엄마의
집

엄마의 집

전경린 장편소설

열림원

If life gives you a lemon,

make lemonade.

차례

방문객   11

아빠는 어디에 있을까?   45

물속 반딧불이 정원   76

생일파티의 구성원들   116

잠자는 숲 속의 공주   133

국제 어두운 밤하늘 협회   167

일요일의 통증   183

유전   208

순간들의 심연   223

내 존재의 강물   257

에필로그 레몬   268

해설 페넬로페의 후일담 김형중   281

작가의 말   299

을씨년스러운 늦겨울 아침이었다. 창문을 여니, 회색 하늘 위에서 서커스 소녀들이 공중그네를 타는 듯 휘파람 섞인 바람이 불어왔다. 묵직한 육체를 가진 슬픈 눈의 소녀들이 아슬아슬하게 손을 바꾸며 작은 쇠고리들을 쥐고 날아가는 위태로운 마찰음……. 숨을 쉴 때마다 얼음 맛이 나는 차갑고 축축한 공기가 몸속으로 들어왔다. 햇빛도 없고 비도 없고, 아침도 저녁도 아닌, 그 어느 시간도 아닌 것 같은 회색의 날, 아무도 없는 무인행성에 홀로 서 있는 것 같은 아침이었다. 항상 등 뒤에 따라오고 있어서 보이지 않던 것들이 문득 보일 것만 같았다. 에밀리 브론테의 시가 생각났다.

내 가슴속에 거짓이 있었더라면……. 이 눈물들이 결코 흐르지 않았으리라. 삼월의 첫날이었다. 나는 다시 엄마의 집을 떠나 학교 기숙사로 들어갔다.

방문객

1

"우리 엄만 전형적인 한국여자 타입이야."

"선배 엄마도 가출했어요?"

네 명의 여학생이 일제히 눈을 마주쳤다. 선배의 뜨악한 표정 아래로 잉크처럼 엎질러지는 당혹스러운 인식의 얼룩이 보였다. 오, 내가 또 개념 없는 말을 한 것이다.

"음, 내가, 전형적인 한국여자에 대한 고정관념에 사로잡혀 있었나봐. 그러니까 내 말은."

태양이 지평선 아래 8도 정도로 내려간 황혼처럼 붉어지는 선배의 얼굴이라니⋯⋯. 더구나 같은 학년 두 명은 웃지도 않고 이게 웬 사태냐는 듯 두 눈에 물음표를 짓고 있었다.

대체 오늘날 전형적인 한국여자란 뭘까?

"실은, 우리집도 한번쯤은 크게 다쳐보았더라면 더 좋을 거라고 생각해. 우리 부모님은 삶이 천길 낭떠러진 줄 알고 사셔. 아빠의 소심한 권위와 엄마의 뻔뻔한 낙심이 지탱하는 가정이란 살얼음판 같아. 한번쯤 얼음판이 깨져보면, 바닥이 별로 깊지 않다는 것도 알게 될 텐데. 그러면 나와도 좀 통하는 사람들이 되었을지 몰라."

간신히 낭패감을 수습한 선배가 자아비판이라도 하듯 말했다.

"가족이라면 억류라는 단어가 먼저 떠오를 정도야. 사사건건 못 하게만 해. 어느 땐 내가 어쩌지 못하니까, 너도 어쩌지 못해야 해, 하며 고의로 심술을 부리는 것 같아. 가족이 함께 살면 외롭지 않다고 생각하는 건 사람들이 흔히 하는 오해야. 식구끼리 마주 보고 밥을 먹어도 왠지 유효기간이 끝난 사이들 같아."

선배는 영문학 전공인데 페미니즘 대학연합 서클과 교내 동성애 서클에서 활동하고 있었다. 둘 다 부모님은 모르는 활동이었다.

살얼음판 같은 집에 대해서라면 나도 좀 알고 있었다. 하지만 내 경험에 비춰볼 때, 막상 얼음판이 깨지는 건 역시 예삿일은 아니다. 온 가족이 흩어지고 각자 꼴은 말이 아니고 마음이 젖은데다 시려서 엄청나게 춥다. 내 유일한 가족은 나, 김호은……. 결국 그렇게 되어버린다.

사실 나의 엄마가 전형적인 한국여자는 아닐 것이다. 엄마는 독립적이다. 직업이 있고 세금을 꼬박꼬박 내며 기사를 가위로 오려가며 신문을 열심히 읽고 이혼을 했고 애인도 있고 지각도 있다. 엄마의 이름은 노윤진, 영자로 쓰면 세 글자에 모두 n이 들어간다. 나는 이따금 엄마를 미스 엔이라고 부른다.

기숙사 룸메이트인 우리 넷은 모처럼 시간을 만들어 동물원에 다녀오는 길이었다. 친목도모가 목적이었지만 전날 인터넷에서 캥거루 동영상을 함께 보지 않았다면 굳이 동물원 같은 데에 가지는 않았을 것이다.

동영상의 배경은 끝없이 펼쳐진 에메랄드빛 바다였다. 캥거루 한 마리가 해변 끝에서 텅 빈 바다를 향해 서 있었다. 황막한 눈길이었다. 천지가 가라앉는 것 같은 막막한 순간들이 흘러간 뒤 캥거루는 한 걸음 한 걸음 바다로 들어갔다. 캥거루는 계속 바다로 들어가서 이윽고 파도에 휩쓸려 사라졌다. 캥거루를 삼킨 에메랄드빛 바다는 잔잔하기만 했다. 캥거루의 자살에 대해 네티즌들의 의견이 분분했다. 알고 보니 동영상을 찍기 직전에 어미 곁에서 놀던 새끼 캥거루가 갑자기 덮친 큰 파도에 휩쓸려가버린 것이었다.

홀로 남겨진 어미가 제 발로 들어가던 바다가 잊히지 않았다. 어떻게도 할 수 없다고 할 때, 난 이제 그 어미 캥거루를 떠올릴 것 같았다.

캥거루는 새끼를 배주머니 속에 넣고 다닌다. 엄마의 배주머니 속에서 땅 위를 통통 튀어오르는 기분은 어떤 것일까? 어미가 무척 힘들 것 같지만, 새끼를 품 안에 넣고 뛰는 편이 탄성에너지를 받아 오히려 힘이 덜 든다고 한다. 캥거루 어미는 애기 집 청소를 할 때 앞주머니를 벌리고 얼굴을 밀어넣어 혀로 핥는다. 캥거루가 뛸 수 있는 높이에 대해서는, 삼 미터부터 십삼 미터까지, 의견이 분분했다.

유감스럽게도 동물원에 캥거루는 없었다. 캥거루를 보지 못하고 돌아오는 길은 무척 허탈했다. 하지만 캥거루를 보았다 해도 실망하기는 마찬가지였을 것이다.

갇힌 동물들은 대개 의욕상실 상태였다. 체중과다였고 우울증이나 히스테리를 앓는 듯했고 개중엔 피부병에 걸렸는지 몸 여기저기를 긁어대는 축도 있었다. 제각기 그다운 핵이 빠져나가고 구슬을 눈에 박은 박제동물같이 보였다. 차라리 볼 만했던 동물은 아빠들이었다.

동물원의 아빠들은 어김없이 유모차를 끌거나 아기를 안고 다녔는데, 더러는 울며 떼쓰는 아이 때문에 쩔쩔매거나 다른 곳으로 내달리려는 아이를 한사코 잡아끌고 다녔다. 양손에 세 살과 일곱 살쯤 된 아이를 붙든 아빠 하나가 아직 쌀랑한 봄날에 땀을 비질비질 흘리며 아내를 찾고 있었다. 여보, 여보, 어디 있어 하는, 체념과 화가 뒤섞인 얼굴로.

벌써 이마가 벗겨지기 시작한 그 남자의 아내는 커피가게에서 문득 짠, 하듯 나타났는데 의외성으로 주변을 살짝 놀라게 했다. 테를 두른 종이 잔을 매니큐어칠을 한 손에 든 여자는 약간의 부기만 접어준다면 패션스타일만큼은 완전히 아가씨 차림이었다. 남자는 아내가 젊어 보이는 데 남다른 자부심을 느끼는지 그 모든 상황을 감당하며 어색한 웃음을 지었다. 그때 별 연관성도 없이 젊은 시절의 아빠가 떠올랐다.

아빠는 백화점이나 붐비는 노로에서와는 달리, 동물원에서는 한결 느긋하고 관대하고 유쾌했다. 나 역시 흙과 건초와 배설물 냄새가 뒤섞인 동물원 냄새에 이마를 찌푸리면서도 차차 포근한 매력에 빠져들었었다. 아빠의 손을 잡고 샛노란 아프리카 앵무새와 어마어마하게 큰 부채 같은 꼬리를 활짝 편 암청색 공작, 바람이라도 넣은 듯 살이 팽팽한 얼룩말과 우는 듯 긴 속눈썹이 젖은 낙타와, 흙 묻은 천막을 뒤집어쓴 것 같았던 코끼리를 오래 둘러본 기억이 생생하다.

그런 때 엄마는 한 손에 종이 커피 잔을 들고 우리와 한두 걸음 떨어져서 혼자 온 여자처럼 걸었다. 엄마는 틈틈이 나와 아빠와는 유리되어 사라졌다가 나타나곤 했다. 어딘가 먼 곳으로부터 알 수 없는 신호를 받고 홀린 것 같은 표정으로 아빠와 나를 등졌던 것이다. 그런 때면 난, 엄마도 아니고 아내도 아닌, 영원히 입을 꼭 다문 조개같이 자기 자신인 한 여자의 본성을 어렴풋이 감지했던 것 같다. 종종 나는 그런 유원지에서 이유 없이 울음을 터뜨리곤 했다.

2

동물원에서 아빠를 떠올린 건 어떤 암시였을까? 버스에서 내리자마자 나는 백여 미터 앞에 서 있는 아빠를 대뜸 알아보았다. 통화는 가끔 하지만 보는 건 이 년 삼 개월 만이었다. 푸릇푸릇한 청춘의 학생들이 띄엄띄엄 나오는 토요일 오후 다섯시의 교문 앞에 아빠가 서 있었다. 중년의 남자들은 해마다 동물들의 털가죽이 더 더러워지고 낡아지는 것처럼 궁색하게 나이 들어간다. 특히 가난한 중년 남자들은. 겨우 마흔일곱 살에 아빠는 단벌로 살아가는 늙고 더러운 곰 같았다. 아직은 추레한 겨울옷을 입고 버텨야 하는 늦겨울이라 더욱 그럴 것이다. 하지만 아빠는 살아 있다고 주장하듯 맑고 단단한 눈길로 똑바로 나를 겨누어 보고 있었다.

나는 뒷걸음질치며 룸메이트들과 작별부터 했다.

"잊은 게 있어. 뭐 하나 사 가지고 갈게……."

나는 주춤대다가 룸메이트들이 교문 안으로 완전히 사라진 뒤에야 마지못해 아빠 쪽으로 다가갔다. 그제야 모자를 눌러 쓴 말라깽이 아이가 보였다. 키가 훌쩍 자란 승지였다. 검정색과 회색 주조의 체크무늬 반코트를 입고 있는 승지는 언뜻 봐서 남자앤지 여자앤지 분간이 가지 않는 모습이었다. 묵직해 보이는 검정색 천가방을 크로스로 멘 승지의 발 옆에 트렁크도 하나 놓여 있었다. 외국 거리에 정처 없이 내려선 장기 여행자 꼴이었다. 나는 코앞에 다가선 뒤에도 승지를 못 본 척 외면했다.

"무턱대고 교문 앞에 서 있으면 어떻게 해?"

볼멘소리가 나왔다. 가족이란 신기했다. 몇 년 만에 보아도 예사롭게 말할 수 있으니.

"전화했는데 안 받더라."

하긴, 마침 휴대폰 전원이 없었다. 어쨌거나 이해하기 어려운 정황이었다. 아빠는 짐작이나 할까? 내 꿈속에서 아빠는 늘 이미 죽은 사람이라는 것을. 잠이 깬 뒤에도 대체로 세수를 하기 전까지 나는 아빠가 죽은 것을 이상하게 여기지도 않았다. 아빠의 죽음은 이제 내게 아무 영향도 미치지 않는 것이다.

승지는? 그런데 승지는 누구와 어디서 사는 거지? 세수를 하다가 홀로 된 승지에게 생각이 미치면 높은 벼랑에서 떨어지는 강보에 싸인 아기를 보는 듯 화들짝 놀라 꿈을 깨곤 했다. 열쇠처럼, 어김없이 승지를 생각하면서 꿈에서 깨는 것과 아빠가 살아 있어서 다행이라고 여기는 안도감은, 누군가 꿈을 통해 반복 학습이라도 시키는 것 같았다.

나는 아빠에게 눈으로 물었다. 자, 김헌영 씨 용건은?

"승지를 네 엄마한테 좀 맡겨라."

내 눈이 말 그대로 휘둥그레졌다.

"이야기된 거야?"

아빠는 대답도 없이 내 모습을 묵묵히 뜯어보았다. 나는 검정색 후드점퍼에 블랙 진바지 그리고 커다란 천가방과 납작한 운동화 차림이었다. 머리카락은 풀어 내렸다. 어쨌거나 고등학교 때에 비하면 많이 가다듬어진 모습일 것이다. 나는 이제 대학 이학년생이었다. 학년이 올라갈수록 점점 더 취업하기 좋은 복장으로 변해갈 것이다. 말하자면 고학년 선배들처럼 심플하고 품격 있는 커리어우먼 복장으로. 내 취향도 아니고 고분고분 입을 자신도 없지만 어쩔 것인가? 아니면, 이 사회에 부응하지 않고도 먹고살 자유업이라도 창출해야 할 텐데, 지금으로선 모든 게 막연하다.

"너 『공산당 선언』은 읽었니?"

아빠는 또 뜬금없이 『공산당 선언』 이야기였다. 작년에 대학 입학하던 날 전화가 왔었다. 그러고는 다짜고짜, 대학생이 되었으니 『공산당 선언』을 읽으라고 했다. 공산당이라니, 흡사 어릴 때 아빠가 사준 고무로 만든 공룡들의 이름 같았다. 티라노사우루스, 브라키오사우루스, 트리케라톱스, 스테고사우루스 같은 공룡 말이다. 어딘가 비정상적인 오렌지색과 녹색, 황토색과 갈색이 입혀진 고무 공룡들은 작았지만 결코, 단 한 번도 정말로 작게 느껴진 적은 없었다. 그것은 가공할 크기와 시간과 괴력과 존재성을 압축한 것들 특유의 환상적 이미지와 상징성을 품고 있었다.

아빠가 대학생 땐 대부분 운동을 했겠지만, 우린 대개 노동을 한다구. 난 평일에 여섯 시간이나 아이스크림가게에서 아르바이트를 하고 있어. 위장 취업이 아니라 진짜야. 아이스크림을 이백 개쯤 퍼내고 밤 열한시가 되면 오른쪽 어깨와 팔이 얼마나 아픈지 알아. 게다가 아이스크림 작업장이란 감정노

동의 강도도 무척 센 곳이라구. 나는 아빠에게 쏘아붙이고 싶은 것을 참고 서 있었다.

아빠는 오른손을 번쩍 들더니 휑 하니 걸어갔다. 그러고는 분식점 앞에 세워진 파란색 트럭 운전석에 올랐다. 아빠의 먼 친척이 경영하는 지방 두부공장의 브랜드 네임이 커다란 초록색 글자로 새겨진 배달 트럭이었다. 공장이라지만 가내수공업보다 조금 더 큰 정도일 것이다. 차는 부르릉 시동이 걸리더니 스르르 움직였다. 그리고 계속 가더니 마침내 갈림길로 접어들었다. 믿어지지 않았지만 아빠의 차는 그렇게 사라졌다. 맙소사…….

"어떻게 된 거니?"

승지는 입을 꼭 다물고 자기에게 왜 묻느냐는 눈으로 맞대응했다. 그 눈빛이 만만치 않았다. 몇 년 만에 보는데도, 승지의 얼굴엔 여전히 나를 거북하게 하는 무언가가 있었다. 승지는 자기도 역시 내가 불편하다는 낯빛을 노골적으로 드러내고 있었다. 설마 하는 마음으로 교문 앞에 버티고 서 있었다. 사십 분이 흘러가도 아빠는 돌아오지 않았다.

"배고프다."

승지가 한숨을 섞어 말했다. 배고파서인지 얼굴이 해쓱했다. 아이를 길바닥에 내버리면서 최소한 배도 채워주지 않았다니…….

"따라와."

승지는 바닥에 놓여 있던 가방을 끌다시피 하며 뒤따라왔다. 중국집은 텅 비어 있었다. 원래는 자장면이나 먹일 생각이었지만, 앞으로 겪을 고초를 생각하니 에라 모르겠다 싶어졌다. 탕수육을 시켰다.

"아빠 어디 간대?"

"몰라."

"언제 온대?"

"몰라."

아이의 입을 열려면 콧속으로 고춧가루물이라도 부어야 할 것 같았다. 나는 느릿느릿 고춧가루와 간장과 식초를 부어 탕수육 장을 만들었다. 아무리 느리게 해도 탕수육 장은 이내 만들어졌다. 승지가 한사코 주방 쪽을 쳐다보고 있어서 나는 그 반대쪽으로 시선을 돌렸다. 그런데 승지가 벗어 의자에 걸어둔 검정색 천가방이 꼬물거렸다. 좀체로 놀라지 않는 편인데도 내 눈이 저절로 커졌다.

"거기, 뭐가 들었니?"

승지는 난처한 표정을 짓더니 가방을 벌려 안을 들여다보았다. 나도 고개를 빼고 가방 속을 보았다. 흰색 토끼였다.

"제비꽃이야."

승지는 미안하다는 표정을 지었다. 엄마에게 맡겨야 할 건 승지뿐만이 아니었던 것이다. 중학생 여자아이 하나와 동물도 하나 추가되었다. 게다가 토끼를 제비꽃이라고 부르다니. 아빠가 나타난 뒤부터 머릿속이 뒤죽박죽이었다.

버스를 타고 엄마 집으로 가는 사이에 날이 어두워졌다. 엄두가 나지 않아 전화도 할 수 없었다. 아빠의 작전처럼 그냥 밀고 들어가는 수밖에. 옆에 앉은 승지에게 신경을 끊기 위해 MP3 이어폰을 귀에 꽂았다. 승지도 부스럭거리더니 제 MP3 이어폰을 꽂았다. 우리는 모르는 노래로 담을 쌓듯 서로 귀를 막았다. 버스는 남대문을 지나 프라자 호텔과 덕수궁 사이 시청광장에 멈추었다. 서울의 핵이라 할 수 있는 거리였다. 승지는 시청광장에 눈길을 준 채 손을 검정 가방 속에 넣어 토끼를 만지작거렸다.

승지는 아빠가 재혼해서 생긴 딸이었다. 승지를 보면 엄마는 먼저 슬퍼할까? 화를 낼까? 그저 놀라기만 할까? 엄마는 승지를 미워할까, 가여워할까, 냉담할까, 무관심할까……. 엄마가 어떤 반응을 보일지 상상하다 보니 처음 엄마의 집으로 가던 날이 떠올랐다.

3

외가에서 사 년 가까이 얹혀 지내는 동안 나는 트렁크를 들고 엄마를 찾아가는 상상을 자주 했다. 표면적으로 엄마에게 냉담했는데도, 때를 놓쳐 배가 고픈 것처럼 본능적으로 늘 엄마가 그리웠다. 내 마음은 달이 비치는 어두운 밤에 몸통과 꼬리를 펄럭펄럭 흔들며 홀로 나는 연같이 늘 외로웠다. 나는 실을 돌돌돌 감고 감아 실 꾸러미 같은 엄마의 가슴에 가 닿고 싶었다. 엄마의 가슴에 닿아 편히 잠들고 싶었다. 기차를 탈까? 고속버스를 탈까? 내렸을 때 지하철은 몇 호선인지, 몇 정거장 후에 내리게 되는지, 지하철역에서 내려 엄마의 아파트에 가는 버스는 어디서 타며 또 몇 정거장인지……. 그리고 엄마의 현관문은 어떤 색인지, 내가 벨을 누르면 얼마 만에 문이 열릴지, 내가 문을 밀고 들어서면 엄마는 어떤 표정을 지을지, 몇 초 만에 나를 알아볼지, 알아보고 웃을지 울지, 혹은 무표정할지. 엄마는 밤이슬에 가장자리가 찢어진 연 같은 나를 꼭 안아줄까……. 엄마는 얼마나 늙었을까, 그전에 엄마가 병들어 죽지나 않을지, 혹은 더 먼 외국으로 떠나버리지나 않을지……. 어쩌면, 어쩌면, 그사이 다른 가족을 만든 것은 아닌지……. 나는 희미한 굴욕을 느끼면서도 지

치도록 상상했다. 나를 키운 것은 엄마에 대한 그런 상상과, 달밤에 홀로 나는 연 같은 외로움과, K와, 무엇인지 알 수 없는 것에 대한 막연한 분노와 의문이었다.

에빙하우스의 망각이론은 인간은 십구 분 후에 기억의 41.8 퍼센트를 육십삼 분 후에는 55.8퍼센트를 잊으며 삼십일 일째에는 78.9퍼센트를 잊는다고 한다. 그렇다면 내 기억은 무엇일까? 엄마와 재회했던 시간은 외계에서 일어난 랑데부처럼 생생해서 이 년이나 지난 지금도 기억으로 수납되지 않고 내 현재 의식을 떠돈다.

역에 마중 나와 서 있던 엄마는 곧바로 나를 알아보지 못했다. 덩어리져 나오는 승객들 속에 섞인 내 언저리에서 아득하고 초조한 시선이 헤맸다. 엄마는 인조털을 댄 낡은 겨울 코트를 입고 있었다.

엄마의 모습은 내 상상 속 이미지와는 달랐다. 완고한 고집과 독특한 개성이 귀퉁이 무너진 성곽처럼 흐려지고 예상치 못했던 표정이 새로운 양식처럼 그 자리를 메우고 있었다. 엄마에게 더 다가가 섰을 때 나는 엄마가 아름다워졌다는 것을 깨달았다. 세상과 맞서기만 하던 경직성이 풀리고 애처롭고 외롭고 지친 모습은 스며든 듯 사라졌다. 엄마는 편안하고 맑고 어딘지 더 깊었다. 언뜻 보면 불행 따윈 겪은 적이 없는 행복하고 예쁜 아줌마로 보일 정도였다. 하지만 그 예쁜 아줌마는 색다른 빛을 품고 있어서 주변과 결코 뒤섞이지 않았다. 엄마는 비밀스러운 정원에 홀로 서 있는 것처럼 많은 사람들 속에서도 호젓했다.

마을버스에서 내려 아파트가 서 있는 축대의 계단을 오르기 시작했을 때 엄마가 뒤돌아보고 말했다.

"이십 년쯤 됐을 거야."

아파트 계단 벽은 페인트칠이 비늘처럼 버석버석 일어나 떨어졌다. 이층에서 사층 사이의 계단엔 페인트 비늘 외에도 눌어붙은 껌과 먼지와 머리카락 뭉친 것들, 담배꽁초와 광고 전단지가 뒹굴었다. 오층 계단을 다 오르자 엄마는 끙, 소리를 내며 나의 트렁크를 왼편 현관문 앞에 놓았다. 내가 그토록 자주 상상했던 현관문은 약간 휜 듯한 느낌이 드는 칙칙한 회색의 철문이었다. 문 위쪽에 십자가 표식이 붙어 있던 흔적이 있었다. 엄마는 전자키의 넘버를 빠르게 누르며 말했다. 너의 생일 숫자야. 달과 날짜만. 외울 필요도 없겠지.

문이 열리자 엄마는 트렁크를 다리로 밀다시피 들고 가 거실 바닥에 쿵, 올려놓았다. 파란색과 흰색의 자잘한 타일이

깔린 좁은 현관은 이제 막 치운 듯 텅 비어 있었다.

스물네 평형의 구식 아파트엔 작은 방이 세 개 들어 있었다. 크게 보아 집의 중앙에 거실과 부엌이 연결되어 있고 남쪽에 안방과 작은 방 하나, 맞은편 북쪽에 작은 방과 욕실이 있는 구조였다. 안방과 거실 사이에는 네 짝의 격자형 반투명 유리문이 질러져 있었다. 오후 세시의 맑은 날씨인데도 실내는 어둑했다. 엄마의 방, 엄마의 모든 공간은 늘 어두웠다.

공기는 훈훈했다. 어린 시절 언젠가처럼, 엄마의 물감 냄새와 몸 냄새, 빗방울 냄새와 담배연기 냄새, 웃음과 우울과 눈물 같은 온갖 감정들이 밴 커다란 순모 파시미나에 발끝부터 머리까지, 몸 전체가 푹 감싸인 기분이 들었다. 그러나 실제로 실내엔 물감 냄새가 전혀 나지 않았다. 유화물감 냄새는 그립기도 하고 역겹기도 하고 사랑스럽기도 하고 밉기도 했다. 어둑한 거실과 부엌을 경계로 놓인 둥근 원목 식탁과 격자문들을 등지고 놓인 삼인용의 꽃무늬 소파와 벽면에 붙은 책장의 책들과 텔레비전 위의 장식물들이 차차 보였다.

권위 있는 미술대전에서 큰상을 받았고 전시회도 두 번이나 연 명실상부한 화가인데도 화구나 이젤 같은 건 어디에도 없었다. 없는 것은 화구나 이젤만이 아니었다. 방 안과 거실과 부엌과 화장실, 곳곳에서 이상하게 비어 있는 느낌이 났다. 그냥 빈 것이 아니라, 급히 치운 느낌이었다. 예를 들면 욕실 선반의 둘째 칸과 침실의 서랍장 위, 거실 책장의 세 번째와 네 번째 칸, 무엇보다 신발 하나 없는 현관 바닥이야말로 가장 어색했다.

엄마는 식탁에 놓인 주전자에서 보리차를 따라 주었다. 물은 미지근했다. 우리는 외투도 벗지 않고 그 식탁 의자에 잠시 앉아 있었다. 몇 년 동안에 걸쳐 한 해에 서너 번쯤, 엄마는 외가를 방문해 내 방에서 자고 갔다. 외할아버지와 외할머니의 생신이나, 나의 생일, 명절과 방학 같은 때였다.

볼 때마다 엄마는 달라 보였다. 엄마는 순간순간 다른 여자 같은 게 특징이지만 그 식탁에서 엄마는 그야말로 낯선 여자처럼 느껴졌다. 오래 고수해온 긴 머리카락을 잘라버리고 보통 아줌마들처럼 퍼머넌트를 한 엄마의 헤어스타일이 세속적으로 보였다. 엄마의 숨소리가 새삼 선명하게 들렸다.

"촛불 도깨비."

엄마가 어린 시절 나의 별명을 불쑥 불렀다. 엎드려 자는 잠버릇 때문에 아침마다 짧은 머리카락이 정수리로 모여 촛불처럼 솟아올라 붙여진 애칭이었다. 잠이 덜 깬 채로, 비몽사몽간에 부엌으로 가면 엄마는 초록불을 켠 아기 도깨비 같다고 깔깔 웃으며 나를 안았었다. 나는 그따위 별명은 다 잊은 듯 무반응하게 앉아 있었다.

"힘들었지?"

엄마의 질문이 어디서부터 어디까지를 포괄하는지 막막했다.

'너하고 나, 이렇게 학원 뒷방을 전전하면서 계속 살 수는 없어. 너는 자라고 엄만 늙어갈 거야. 엄만 일을 많이 해야 해. 이 작은 도시에선 타개할 방법이 없구나.'

아빠와 이혼한 후 미술학원을 하며 나와 함께 살았던 엄마는 그렇게 훌쩍 J시를 떠났었다.

"좀 지루했어."

KTX로 환승하기 위해 시골 역에 내리니 플랫폼 바로 앞이 산이었다. 나는 기계적으로 벤치에 앉아 산을 곰곰이 쳐다보았다. 그사이에 기차들이 몇 번이나 멈췄다가 떠나갔다. 출장 온 세일즈맨들이나 학생들, 할머니들이 플랫폼을 서성이다가 실려 갔다. 겨울나무들은 한 그루 한 그루 저마다 선명하게 따로 서 있고 지난해 가을에 떨어진 누런 나뭇잎이 담요처럼 수북하게 나무들의 발등을 덮고 있었다. 그리고 산을 타고 올라가는 가르마처럼 흰 한 줄기 오솔길……. 눈앞의 모든 것이 너무 투명하고 고요했다. 공기가 잘 닦인 거울 같아서, 내 생의 방향이 전환하는 것이 또렷하게 보였다. 김호은, 넌 이제 엄마와 사는 거다.

"네 방이다."

엄마는 그 안에 보물을 쌓아두기라도 한 것처럼 과장된 몸짓으로 부엌 쪽에 붙은 방문을 열었다. 베란다가 붙어 있는 작은 방이었다. 새로 사넣은 일인용 침대와 서랍장과 책상 세트와 작은 벽거울과 조립한 옷걸이 가구가 있었다. 크림색 벽지가 발라진 벽에는 해안 도시의 정경이 담긴 그림 액자도 걸려 있었다.

아담하고 정겨운 방이었다. 침대 위에는 연두색의 털복숭이 강아지 인형이 놓여 있었다. 낡아서 군데군데 털이 빠진 강아지 인형은 아홉 살 무렵 크리스마스에 엄마에게 받은 선물이었다. 엄만 대체 이런 구닥다리들을 어느 궤짝에다 숨겨 이날까지 끌고 다녔을까. 내가 시선을 거두자 엄마는 실망스럽게 물었다.

"강아지 인형 기억 안 나?"

"내 거였나?"

나는 대수롭지 않게 대답했다.

"네가 좋아했잖니?"

엄마의 음성이 간절하고 쓸쓸했다.

"너무 낡았어."

나는 강아지 인형을 엄지와 검지로만 집어올렸다. 그리고 베란다 문을 왈칵 열었다. 철제 조립 선반을 짜넣은 베란다 양쪽엔 물건들이 쟁여져 창고나 진배없었다. 나는 책과 페인트 통 사이에다 연두색 강아지 인형을 밀어넣고 베란다 문을 얌전히 닫았다.

엄마의 얼굴이 희미하게 일그러졌다. 나 역시 뒤늦게 어색하고 겸연쩍어 얼굴이 달아올랐다. 내 막연한 분노에 대해서라면, 나 자신 스스로 무지했다. 어쩌면 엄마가 나보다는 잘 이해하고 있는 것 같았다.

"집이 꼴사납지? 이 아파트는 결국 헐릴 거야. 일대에 재개발 계획이 있거든. 그때까진 이 집에서 버텨야 해."

엄마의 얼굴에 외로움이 어렸다. 버티는 것이 가난을 타개할 유일한 가능성이 된 모양이었다. 어떤 마음으로 이런 아파트를 샀을지 납득이 되었다. 어쩌면 이 아파트가 엄마의 유일한 희망일지도 모른다. 이 년이 걸리든, 오 년이 걸리든, 혹은 십 년이 걸리든 말이다.

아파트를 사기 위해 지난 몇 년 동안 엄마가 얼마나 필사적으로 일했는지 할머니가 못이 박이도록 이야기해서 나도 안다. 이 낯선 동네에 미술학원을 열었고 미술학원 한구석에 컴퓨터를 놓았다. 오전에는 아동들을 받아 돌봤고 오후에는 초등학생들 공부를 봐주었으며 밤에는 아르바이트를 했다. 선배의 편집 사무실에서 일을 받았는데 주로 홈페이지를 만들거나 일러스트를 대는 일이었다. 일러스트로 그린 캐릭터 몇개가 히트하지 않았다면 집을 사는 일은 요원했을 것이다.

4

엄마의 집은 처음 방문하는 손님을 끌고 올라가기엔 민망할 만큼 높았다. 더구나 그 손님이 무거운 트렁크를 들고 있다면. 계단을 반쯤 올라갔을 때 나는 승지의 트렁크를 빼앗아 들었다.

문을 연 엄마의 눈엔 사람을 놀라게 하는 광채가 번쩍거렸다. 그 눈만 봐아도 곁에 아저씨가 있다는 것을 알 수 있었다. 그것은 세상에서 단 두 사람에게만 보이는 어떤 진실에 직면한 것 같은 경이와 동요를 담은 눈동자였다. 떨림과 흥분과 웃음과 긴장과 어떤 열반이 겹겹의 꽃잎처럼 피어 소용돌이치는 눈동자. 나를 소외시키고 나를 못마땅하게 하고 내게 의문을 불러일으키는 그 비밀결사의 눈빛……. 그로 인해 나는 얼마나 외로웠던가.

토요일 오후를 느긋하게 보낸 두 사람은 맥주를 마시러 나가려던 참인 모양이었다. 사귄 지 삼 년이나 된 사람들답게 어느 땐 검은 머리 파뿌리 되도록 살기로 한 부부같이 편안해 보였다. 엄마와 아빠 사이에서 한번도 경험하지 못한 느낌이었다. 사랑이라는 것의 실체를, 자신을 낳은 아빠와 엄마 사이에서가 아닌 엄마와 다른 남자 사이에서 보는 것은 어쨌거나 당혹스러운 일이다.

승지를 보자 엄마의 표정에 긴장이 어렸다. 긴장하면 늘 그렇듯이 엄마의 뺨이 붉어졌다.
"누구니?"
"승지."
뭐라고 하겠는가? 우선 이름을 댔다. 이 이름을 엄마가 알까?
"아빠와 사는……."
때마침 뜻밖의 방문객을 내다보던 아저씨가 고개를 떨어뜨렸다. 두 사람이 당황하는 모습을 보며 그 말을 뱉은 순간에 생겨난 내부의 균열로부터 예상치 못한 쾌감이 새어나왔다.
"누가 데리고 온 거야?"
엄마도 그 이름을 가슴에 새겨놓았던 모양이다.

"아빠."

"그래서?"

옳았다. 그래서? 나도 아빠에게 분명 그렇게 묻고 싶었다.

"아빠 어디 있어?"

"갔어."

"?"

"트럭을 타고 사라졌어."

엄마는 침착하게 아빠의 휴대폰으로 전화를 했다. 그런 일을 겪으면 누구나 할 행동이었다. 다만 아빠의 전화번호를 가지고 있었다는 게 의외였다. 하지만 아빠의 전화기는 꺼져 있었다. 엄마의 얼굴이 아득하게 혼란에 빠지며 싸늘하게 식어 갔다. 봄의 하늘이 먹빛으로 변하며 돌연 진눈깨비가 흩날리기 시작한 것 같은 분위기였다. 상황이 예사롭지 않은 것을 눈치 챈 아저씨는 재빨리 결정을 내렸다. 엄마와 나에게 굿바이 인사를 하고 자신의 아파트로 떠난 것이다.

"미쳤구나……. 뭐가 어떻다는 말도 없었니?"

나는 고개를 끄덕였다.

미쳤어, 미쳤어……. 몇 번 중얼거린 엄마는 다시 한번 힐긋 승지를 쳐다보았다.

"좀 앉으렴."

승지는 검정색 가방을 무릎 위에 놓고 앉았다. 막상 승지가 소파에 앉자 엄마는 몸을 홱 돌리더니 화장실로 들어가 문을 콩 닫았다. 승지는 이 상황의 중심인물답지 않게 담담했다. 어떻게 돌아가든 관여하지는 않겠다는 중립적인 태도였다.

엄마는 육칠 분이 지난 뒤에 나왔는데 물 내리는 소리도 들리지 않았다. 거울을 보며 숨을 고른 모양이었다. 욕실은 엄마와 나의 도피처이자, 완충지대였다. 우리 사이에 갈등이 일어났을 때, 엄마나 내가 각자의 방에 들어가 방문을 닫는 것보다는 한결 부드러운 방식인 것이다.

"저녁은?"

"탕수육 먹었어."

엄마는 내 얼굴에서 공모의 혐의라도 찾는 듯 훑어보았다. 나는 손이라도 내젓고 싶었다.

"아빠 어디 간다고 했니?"

엄마는 침착해지기로 결심한 것 같았다.

"몰라요."

"언제 온다고 했니?"

"몰라요."

승지는 역시 독립투사처럼 완강하게 잡아뗐다. 엄마는 이런저런 것들이 마구 떠오르는 복잡한 눈빛으로 얼마간 승지를 보고 있었다. 그때 승지가 검정색 가방을 열더니 주섬주섬 비닐봉지와 토끼를 꺼냈다. 가방을 무릎 위에 편편하게 펴고 비닐봉지 속에서 푸른빛 도는 건초를 꺼내 토끼의 입에 갖다 댔다. 토끼는 몹시 주렸던 듯 급하게 건초를 씹었다. 엄마는 기가 막혀 말도 나오지 않는 표정이었다.

"호은아, 방으로 좀 들어와."

엄마는 안방으로 들어가 반투명 유리문을 꼭 닫았다.

골치 아픈 일이나 슬픈 일이나 괴로운 일이나 납득할 수 없는 일이 생기면 입을 꼭 다물고 침대에 누워 생각하는 것은 엄마의 오랜 습관이었다. 집을 떠나기 전, 거의 삼 개월여 동안 엄마는 하루의 많은 시간을 침대에서 지냈다. 당시 엄마는 유리로 만든 발레 인형 같았다. 유리로 만든 발레 인형은 발목에 금이 가서 침대에 눕혀져 있었다. 언제까지나 일어설 수 없을 것만 같았다. 곧 누군가가 들이닥쳐 유리 인형을 창문 바깥으로 내동댕이칠 것만 같아 마음이 초조했다. 유리로 만든 발레 인형은 어쩌면 산산이 부서지기를 기다리고 있는 것만 같았다. 하지만 내 두려움과 달리, 유리로 만든 발레 인형은 어느 날 스르르 일어서서 방문을 열고 걸어나갔다. 그리고 마당으로 가 차를 몰고 마구 달려가버렸다. 그렇게 해서 이 낯선 곳에서 이렇게 살아가고 있는 것이다.

엄마의 침대로 다가가니 한약처럼 검고 쓴 온갖 감정과 상념들의 냄새가 배어 있는 것만 같았다. 침대가 붙은 벽에는 엄마가 직접 그린 꽃 그림이 걸려 있었다. 벽을 반이나 덮는 대형 그림이었다. 중국 화병에 금빛 튤립과 파란색 붓꽃과 히아신스와 흰색의 들꽃들이 꽂혀 있고 화병이 놓인 테이블 바닥엔 조개껍데기들이 흩어져 있었다. 특이한 것은 꽃과 조개껍데기 사이에 곤충과 벌레들을 그려넣은 점이었다. 그렇게 벌레가 꼬이는 게 인생이라는 의미일까.

엄마는 천장을 향해 두 눈을 이상할 정도로 커다랗게 열고 누워 있었다. 마치 놀라서 죽은 새 같았다. 나는 다가가서 팔을 흔들어보았다.

"괜찮아?"

"호은아, 너……."

"뭐?"

"아니다."

엄마는 무언가 묻고 싶은 것을 있는 힘을 다해 참는 것 같았다. 그런데 그 눈빛은 무엇이 궁금한 게 아니라, 이미 답을 알고 있는 사람이 문제를 찾아 헤매는 것 같은 눈빛이었다. 그러니까 자신이 아직 묻지도 않은 진실을 미리 본 눈빛.

"내일 새벽에 내려가자."

손을 이마에 올린 엄마는 비장하게 말했다. 어디선가 무거운 스테인리스 그릇이 바닥에 떨어져 요란하게 뒹구는 소리가 울렸다.

"어디?"

"아빠 집이지 어디니? 데려다주어야지."

"외가에도 가?"

"먼 길이니 아무래도 하룻밤 자고 와야겠지."

그러자 긴 칼집에서 벼린 칼이 빠져나오듯 날카롭게 K가 떠올랐다. K는 근처의 지방 도시로 떠나 대학에 다닌다. 그곳에 이제 K는 없는데, 환지통 같은 추억의 통증이 몰려왔다.

"일찍 돌아올 수 있을까? 난 월요일 오전 수업 있거든⋯⋯."

나는 스스로를 견제하며 중얼거렸다.

"오늘은 네 방에서 함께 자."

엄마는 그 말을 하고 눈을 감았다. 엄마 방을 나와 소파에 앉았다. K는 아직도 유효한 상처인 모양이었다. 이 년이 지났지만, 아무것도 해소하지 못한 채, 그저 내 몸집만큼 큰 바위로 눌러만 놓고 있는 것이다. K에 대한 기억에 휘말릴 때마다 그랬던 것처럼 역시 아무 결론도 없이 이십 분쯤 우두커니 앉아 있었다. 이젠 보고 싶지 않았다.

5

옷을 갈아입을 때 보니 남자애인지 여자애인지 분간도 가지 않는 말라깽이 승지도 브래지어를 하고 있었다. 그 모양을 보니 가슴속의 현 하나가 띠잉잉, 울렸다. 아빠가 사다주었을까? 혹시 생리도 할까? 저애도 엄마가 전업주부인 평범한 친구 집을 방문해 다감하고 알뜰한 살림 냄새를 맡으면 부러운 나머지 얼굴이 흙빛이 될까? 저 아이도 바람이 많이 부는 밤이면 이불을 뒤집어쓰고 몰래 울겠지…….

승지의 엄마는 팔 개월 전에 세상을 떠났다. 이 세상에 엄마가 아주 없는 기분은 어떤 것일까? 그리워할 빛조차 없는 무인행성에 홀로 사는 기분이 아닐까? 춥겠지. 단순히 추운 것과는 다른, 훨씬 더 근본적인 외로움과 어두운 냉기, 오한, 습기…….

승지를 마지막 본 것은 이 년 전쯤 아빠와 함께였다. 엄마에게로 오기 며칠 전, 아빠는 그 파란색 트럭을 타고 외갓집

앞으로 왔었다. 근처의 식당을 찾아들어간 아빠는 작정이라도 한 듯 비싼 갈비를 시켰다. 그때 승지는 오학년 아이였다. J시와 M시는 멀지 않은 거리였다. 아빠는 한 달에 한 번꼴로 나를 찾아와 밥을 샀는데 늘 승지를 데리고 왔다. 승지는 아직 어렸고 명랑했다. 아빠는 굳이 승지를 동생이라고 부르게 하지 않았다. 그리고 우리 역시 서로를 부를 필요도 없다는 듯 멀뚱멀뚱 보다가 밥을 먹고 헤어졌다. 그래서인지 나는 동생이 있다고 생각해본 적이 없었다.

잠옷을 갈아입는데 보니 여행 가방 안에 봄옷뿐 아니라 여름옷까지 들어 있었다. 아빠 대체 무슨 생각을 한 것일까? 여름옷을 보았더라면 엄만 또 한번 펄쩍 뛰었을 것이다.

"너 이제 중학생이지?"

"이학년이야."

승지는 무뚝뚝하게 대답했다.

"트럭에서 내릴 때 말이야. 아빠가 뭐라고 했니?"

나는 이 사태의 이면을 조금이라도 짚어보고 싶었다.

"걱정 마, 라고 했어."

승지는 무표정하게 말했다.

"그전에는?"

"……."

승지는 또 입을 다물어버렸다. 둘이 묵계라도 있는 모양이었다. 침대 아래 바닥에 요와 이불을 펴고 베개를 놓아주었지만 승지는 눕지 않고 벽에 등을 기대고 앉았다. 나는 책상의자에 앉아 공연히 이책 저책을 뒤적거렸다. 승지는 트렁크에서 노트를 꺼냈다. 그리고 나를 쓰윽 쳐다보고는 쪼그리고 앉은 채 글쓰기를 시작했다. 일기인 모양이었다. 하는 수 없이 나도 에리히 프롬의 『소유냐 존재냐』를 폈다. '그대의 존재가 적으면 적을수록, 그대의 삶을 덜 표출할수록, 그만큼 그대는 더 많이 소유하게 되고, 그만큼 그대의 소외된 삶은 더 커진다.' 나는 카를 마르크스의 어수선한 어록을 반복해서 읽었다. 진정한 자기 욕망을 무시하고 세속적인 안락을 추구하면 평생 몸은 편하게 살 수 있겠지만 삶으로부터 존재적 자기소외는 더 커진다, 라는 뜻 같았다.

한 페이지 가득 따복따복 글자를 쓴 승지는 일기를 다시 가방에 넣고 이번엔 자리에 누웠다. 피곤했는지 누울 때 자신도 모르게 음, 하고 소리를 내었다. 글자도 읽어지지 않았던 참이라 나도 얼른 침대에 누웠다. 출렁 안아주는 침대와 조우하자 관절들이 저절로 기지개를 폈다. 오늘도 길고 험난한 하루였다. 눈이 무겁게 감겼다. 하지만 감긴 눈 속은 텅 빈 조개 속처럼 공허하기만 했다.

역시 잠들기엔 너무 이른 시간이었다. 침묵이 차차 불편해지기 시작했다. 나는 뒤척이다가 흔히 아이들에게 어른들이 하는 말을 걸어보았다.

"너, 커서 되고 싶은 거 있니?"

"그런 거 없어."

승지는 내 질문이 아니꼽다는 듯 무시했다. 하긴, 진부한 헛소리였다. 눈을 감고 다른 화제를 생각해보았지만 떠오르는 것마다 너무 예민한 소재들이었다. 하긴 무슨 상관이 있다고 대화를 하겠는가? 저는 저고 나는 난데. 말 안 하는 편이 가장 안전했다. 대화하기를 포기하고 벽 쪽으로 돌아눕는데 승지가 느릿느릿 말을 했다.

"되고 싶은 건 없지만 꼭 하고 싶은 건 있어. 첫째, 세계 각국의 특산 요리를 현지에 가서 먹어보는 거야."

음, 대단한 꿈이었다.

"둘째는 시골에서 친구 몇과 함께 큰 집에서 동물들과 사는 거야. 예를 들면 레버라도 리트리버 종의 개 세 마리와 원숭이와 당나귀와 염소와 오리와 공작새가 집에 돌아다니는 거지. 커다란 황금색 뱀도 좋아."

굉장한 공동체를 꿈꾸는 것 같았다.

"너 비혼족이니?"

"그게 뭐야?"

"결혼 않고 사는 사람."

"하든 말든 상관없어."

"너 게이니?"

"상관없다니까, 그런 건."

꼬마가 아주 맹랑하게도 심하게 쿨한 척했다.

"뭐, 나도 그래. 세 번째는?"

"세 번째는, 사람들이 나의 성대모사를 하는 거야."

으악, 무지막지하게 큰 꿈이잖아……

"근사하다."

나는 승지만 할 때 큰 집을 갖는 게 꿈이었다. 공책이나 땅바닥이나 유리창이나 빈 식탁 위나 빗물 웅덩이 위나 얼음판 위에, 어디에나 오층이나 되는 큰 집을 그렸다. 어른이 되면 그런 큰 집을 지어 엄마와 외할머니와 외할아버지, 이모들과 이모부들과 외사촌들과 아빠와 와글와글 함께 사는 것이 꿈이었다. 엄마는 전망을 좋아하니까 꼭대기층에, 아빠는 땅을 좋아하니 일층에 따로 떼어놓으면 둘 다 좋아할 것 같았다.

"난 말이야. 아직 무슨 일을 할지는 모르지만 온 세계를 다니면서 일하고 싶어. 언론사의 특파원일 수도 있고 기업체의 세일즈맨일 수도 있지. 프리랜스 라이터일 수도 있고. 세계의 도시 곳곳에서 일을 하고 잠깐씩 사랑을 하고 아이를 낳는 거야. 물론 아이들 아빠 경제적인 사정이 좋아야 해. 난 아이를 맡기고 또 다른 나라의 도시로 떠나야 하니까."

나는 잔뜩 엇나가는 심정으로 즉흥적으로 말했다. 승지에게 지지 않을 만큼 황당해지는 게 유일한 목표였다.

"왜 떠나야 하는데?"

"그게 나의 꿈이니까."

"그리고?"

"그리고, 쉰 살쯤 된 어느 날, 어느 나라의 도시에서, 예를 들면 두바이나 카이로 같은 사막 도시에서 무단횡단을 하다 차에 치여 죽는 거야. 정말 그따위로 살다가, 그따위로 죽는 거지."

승지는 그 마음 이해한다는 듯 고개를 끄덕였는데, 나와 눈이 마주치자 먼저 풋, 웃었다. 나도 풋, 웃었다. 우린 풋풋 웃어댔다. 웃음이 어느 정도 가라앉자 승지가 목소리를 잔뜩 낮추어 말했다.

"차에서 내리기 전에,"

속삭이듯 낮았기 때문에 귀를 바짝 기울여야 했다.

"아빠가, 호은이를 언니라고 불러, 라고 했어."

"……"

뭐라 붙일 말이 떠오르지 않았지만 오늘 일어난 일이 간단하게 끝날 사안은 아니란 생각이 들었다. 잠시 침묵이 흘렀다.

"그러고는, 걱정 마, 라고 한 거야?"

"응. 걱정 마, 이렇게."

승지는 아빠 음성을 흉내 냈다. 딱히 해줄 수 있는 말이 없어 나는 자신 없게 중얼거렸다.

"그래, 걱정 마."

어차피 승지가 걱정해서 해결될 문제는 아니었다. 그렇다고 해도 나를 언니라고 부르란 말은 할 수 없었다. 대체 무슨 생각을 하는 거야, 아빤. 하지만 소리 내어 투덜거릴 수 없었다. 언니라니, 내게 동생이라니……. 어른들은 정말 너무들 했다. 엄마의 애인인 아저씨에다, 엄마의 전남편인 아빠, 내 양육권을 포기한 아빠가 키우는 아빠의 새로운 딸 승지……. 도대체 관계 정립이 안 되어 어색하게 방황하는 내 정신세계는 안중에도 없이 제멋대로들이다. 겨우겨우 근육을 풀어 엄마의 애인을 받아들였는데, 이번엔 동생이라니.

나는 팔을 뻗어 전등 스위치를 내렸다. 작은 방 안은 칠흑처럼 어두워졌다.

아빠는 어디에 있을까?

1

도마 소리에 잠이 깼다. 잠과 현실 사이의 반투명 안개 속에서 도마 소리를 듣는 것은 기분 좋은 일이다. 빗방울 떨어지는 소리와 멀리 기차가 지나가는 소리, 혹은 문밖에서 두사람이 낮은 음성으로 도란도란 정담을 나누는 울림도 좋다.

눈을 뜨자 바람에 재가 날려가듯 꿈의 장면들이 스르르 풀려 허공으로 흩어지는 것이 생생하게 느껴졌다. 무슨 꿈이었더라……. 그러자 간밤 꿈은 연기처럼 허공 속에 용해되고 스무 살이 되도록 꾼 온갖 꿈들이 액체처럼 출렁, 흔들렸다. 그러다가 마녀에게 쫓기던 어린 시절의 꿈이 기억 위로 불현듯 떠올랐다.

내가 아는 한 내 인생 최초의 꿈이었다. 검고 긴 모자를 쓰고 그 모자의 끝부분처럼 코가 길게 늘어진 늙은 마녀에게 쫓겨 좁은 산길을 마구 달리다가 외나무다리를 건너 벼랑 끝에서 아득하게 떨어지는 꿈이었다. 꿈에서 난 추락한다고 비명을 질렀는데, 실은 지표면이 끝없이 하강해서 아래에 닿지 않았다. 그 꿈속에서 난 추락한 게 아니라 비상했던 것이다. 이 지구별에서 비상의 성격은 그런 것인지 모른다.

사람은 누구나, 아무리 못난 인간이라 해도 자기 인생의 주인공이다. 새삼 놀라운 사실이다. 우리는 자신이 주인공으로 등장하는, 자기중심적인 꿈을 통해 그 사실을 학습한다.

내려다보니 승지도 눈을 뜨고 천장을 보고 있었다. 다른 아침을 달라고 기도라도 하는 것 같았다. 잠에서 깨어 다시 딛어야 하는 현실이 끔찍해서 무릎이 오그라들 지경이면, 우린 충분히 불행한 것이리라. 승지도, 나도, 엄마도. 나는 슬그머니 눈을 감아버렸다. 다른 아침으로 바뀔 때까지 이불 속에서 버티기라도 할 듯이.

2

승지는 부스럭거리며 옷을 갈아입더니 베란다 문을 열었

다. 토끼가 후다닷 뛰어 조립식 선반 아래로 숨는 게 보였다. 베란다 바닥엔 콩 같은 짙푸른색 똥이 흩어져 있고 오줌 얼룩도 져 있었다. 승지는 빠른 동작으로 목욕탕과 베란다를 오가며 배설물을 처리하고 걸레로 닦았다. 토끼의 배설물에선 풀을 끓인 따뜻한 물 냄새가 났다.

잠옷 차림으로 나가니 엄마는 양파와 피망을 썰어놓고 당근을 네모나게 썰고 있었다. 언제 장을 봐왔는지 조리대엔 스테이크용 고기 세 조각이 핏물을 흘리며 접시에 담겨 있었다. 보아하니 잠을 통 못 잔 모양이었다. 잠이 오지 않을 때 하는 버릇대로, 엄마는 한밤중에 시내 모처에 있는 24시간 영업점을 찾아가 유령처럼 카트를 밀고 다녔을 게 뻔했다. 승지가 고갯짓으로 인사하고 욕실로 들어가자 엄마는 소금과 후추와 다진 마늘을 뿌리고 올리브유에 적신 고기 조각을 밑이 두꺼운 팬에 올렸다.

나이프와 포크를 놓고 스테이크와 샐러드와 스프 접시 사이에 감자를 썰어 넣은 된장 뚝배기를 놓자 아침식사가 시작되었다. 아무도 말을 하지 않았다. 어둑한 실내에서 이른 아침부터 한마디 말없이 고기를 썰며 육식을 하니 컬트영화의 한 장면 같았다. 혀가 굳은 듯 내가 좋아하는 신선한 토마토와 피망과 살짝 익힌 당근의 맛조차 딱히 느낌이 없었다. 그래도 어제 저녁을 어수선하게 넘긴 까닭에 밥은 잘 넘어갔다. 승지도 그런 모양이었다. 그애는 스테이크와 된장국을 번갈아 먹으며 밥을 싹 비웠다. 식사가 끝나자 엄마가 누구에게랄 것도 없이 말했다.

"떠날 준비 해라."

엄마는 접시를 빠르게 치웠다. 이렇게 아빠를 찾아가는 로드무비가 시작되는구나, 생각하니 희망과 절망이 뒤섞인 한숨이 나왔다. 승지는 식탁에서 일어나 내 방으로 들어갔다.

나는 우선 혼자 있을 곳을 찾아 욕실로 숨었다. 거울 속에 평균 이상의 미모인 내 얼굴이 의외로 진지하고 그윽한 표정을 짓고 있었다. 나의 외모 중에서 튼실한 다리는 마음에 들지 않지만 얼굴은 마음에 들었다. 동그랗고 반반한 얼굴은 보통의 스무 살로는 어림도 없는 복잡 미묘한 표정을 짓고 있었다. 사태의 복잡성, 관계의 복잡성, 해결할 수 없이 유보되는 문제들, 모호한 분노와 은폐되는 진실들, 그 위에서 출렁대는 유동적인 현실, 그 현실 위에서 균형을 잡아야 하는 나……. 이 모든 것을 회피하지 않고 응시하는 슬프고 지성적인 나의 두 눈동자여……. 나는 신파적인 표정을 지으며 두 팔을 들어올리고 밸리댄서처럼 잠시 몸을 흔들었다. 그리고 수돗물을 틀어 얼굴에 적셨다.

소공로로 빠져나가 남산 1호터널을 지나고 한남대교를 건너 경부선을 탔다. 얼마간 정체가 생겼지만 판교를 지나자 길은 풀렸다. 고속도로를 자주 탄 엄마는 액셀러레이터를 마구 밟았다. 작고 낡은 차여서 차바퀴 닿는 노면의 경사나 우둘투둘한 감촉이 전부 몸에 느껴졌다. 차가 공중으로 부양할 것같이 위태위태했다. 엄마, 좀 천천히 가, 엄만 흥분 상태여서 내가 몇 번이나 당부해야 했다. 차선까지 급하게 바꾸자 나는 마침내 비명을 꽥, 질렀다. 미스 엔, 천천히!

두 번 휴게소에 들렀는데 그때마다 엄마는 아빠에게 전화를 했다. 아빠의 전화기는 여전히 꺼져 있었다. 대전 조금 못미쳐 휴게소에서 점심을 먹었다. 엄마는 국밥을, 우리는 돈가스를 먹었다. 승지는 토끼에게도 풀을 먹였는데, 토끼가 똥과 오줌을 눌 때까지 기다려야 했다. 그것은 삼십 분이 지나서야 해결이 되었다. 토끼 때문에 몇 마디 나눈 것을 제외하고는 거의 말을 할 일이 없었다. 엄마는 눈곱만 한 정도 들일 생각이 없는 듯이 승지를 외면했기 때문에 나도 덩달아 입을 다물어야 했다.

고속도로변은 비슷비슷하게 삭막한 풍경의 연속이었다. 복제 도시같이 아무런 특성도 없는 소도시들이 반복적으로 나타났고 작은 강과 산, 가든들과 주유소들, 산 언덕의 과수원들과 들판, 터널, 그리고 다시 휴게소가 나타났다. 나는 풀스 가든의 〈레몬트리〉를 흥얼거렸다.

내가 볼 수 있는 건 레몬트리뿐, 고개를 위로 아래로 아무리 돌려봐도, 돌려보고 또 돌려봐도 내가 볼 수 있는 건 또 다른 레몬트리뿐……

그렇게 달리기만 하자니 고속도로가 시속 백이십 킬로미터 속도로 우릴 싣고 가는 오토매틱 복도 같았다. 미래엔 그런 길도 건설하지 않을까. 나는 지겨운 나머지 하찮은 소리라도 지껄이고 싶었지만 분위기상 꿀꺽 삼켰다.

M시 초입의 톨게이트로 들어가서도 엄마는 승지에게 묻지 않고 잘도 차를 몰아갔다. 규모가 큰 농산물 도매센터와 공장들과 고가도로를 지나 아파트 단지가 밀집해 있는 신도시의 한구석에 박힌 임대 아파트로 들어가 파킹을 했다. 단지 내 상가에 작은 슈퍼마켓과 비디오 만화 대여가게와 반찬가게와 과일가게가 오종종하게 붙어 있고 놀이터와 몇 그루의 히말라야 시다가 서 있는 좁다란 십오층 아파트였다. 그 반찬가게에서 아빠가 김치나 멸치볶음, 국 따위를 살 거라고 생각하니 좀 울적해졌다.

엄마는 온몸에 전의가 팽팽한 자세로 엘리베이터에 올라 역시 승지에게 묻지도 않고 층수를 눌렀다. 승지조차 놀라는 듯했다. 육층 복도 끝으로 가서 초인종을 눌렀을 때만 해도 하루가 그렇게도 길 줄은 상상도 못 했다.

아파트 안은 감감 무소식이었다. 초인종을 일곱 번쯤 누른 뒤에 엄마가 물었다.

"키 가진 거 없니?"

승지가 고개를 저었다.

"평소에 사용하던 키 없어?"

"내 방 책상 서랍 안에 있어요."

엄마는 놀랄 만큼 민첩하게 움직여 엘리베이터를 타고 내려가 아파트를 빙 돌아 후미진 관리사무실을 찾아갔다. 관리실 당직자를 만났을 때 엄마는 말을 하기 위해 호흡을 골라야 할 정도였다.

"육백일호 비상키 있나요? 문 좀 열어줄 수 있어요?"

오십대 중반쯤 된 경비실 일근자는 엄마의 급박함에는 아랑곳하지 않았다. 육백일호 세대주 이름이, 하며 느릿느릿 서류 책을 들추더니 고개를 갸웃했다.

"김헌영 씨 맞아요?"

"맞아요."

"가족 되세요?"

"가족…….."

엄마가 얼버무리는 사이 경비실 일근자는 서류 책을 보았다.

"같이 사는 사람만 가족으로 칩니다. 비상키는 집주인인 김 헌영 씨 본인이 직접 와야 줄 수 있어요."

"이애는 그 사람과 함께 사는 가족이에요."

엄마가 승지를 가리켰다. 경비실 일근자는 새삼 우리를 훑어보았다. 그리고 형편을 알 만하다는 표정을 짓고 고개를 저었다.

"안 됩니다."

경비실 일근자는 더 이상은 자신의 권한 밖의 일이라는 듯 완강했다. 우리는 별수 없이 관리실을 나왔다.

"대체 이게 무슨 일이야……. 어떻게 하자는 거지?"

엄마는 관리실 앞 화단 턱에 걸터앉아 허공을 향해 항의하듯 외쳤다.

"이렇게 황당한 테러를 하다니……. 정말 어처구니가 없어. 이십오 년 전에 맥주공장을 접수한다느니, 방송국을 접수한다느니 하며 온갖 모의를 하던 때와 달라진 게 하나도 없어. 내게 화염병을 던진 거라고."

그때 승지가 화장실을 다녀오겠다고 자리를 떴다. 아무래도 엄마가 참고해야 할 것 같아 간밤에 승지에게 들은 이야기를 꺼냈다.

"아빠가 트럭에서 내리기 전에, 승지에게 그랬대. 나를 언니라고 부르라고."

"나에게 떠맡기겠다는 수작인 거야?"

엄마는 정말 숨이 턱 막히는 모양이었다. 그럴 만도 했다. 이혼한 전처가, 전남편이 재혼해 생긴 아이를 맡는 일 같은 건 세상에 없는 일이다. 걱정 말라는 말까지 했다는 제보는 차마 덧붙일 수 없었다. 엄마는 갑자기 수첩을 꺼내 이름을 찾아내고 전화번호를 눌렀다. 다행히 그 사람은 전화를 받았다.

"저, 호은 엄마예요."

엄마의 음성은 다급하면서도 스산했다. 그것은 산전수전 다 겪은 중년 여인의 음성이었다.

"잘 지내요?"

"지금 좀 볼 수 있나요?"

"그때 그 집인가요?"

"그럴게요."

전화를 끊은 엄마는 갑자기 영감이 떠오른 듯, 114 교환원에게 전화를 해 아빠가 일하는 식품회사의 번호를 알아냈다.

하지만 일요일이어선지 아무도 전화를 받지 않았다.

4

엄마가 찾아간 곳은 M시와 외가인 J시의 사이에 있는 공단 도시였다. 우리나라 굴지의 기업 생산 공장들이 입주해 있는 대규모 단지였다. 그 아파트는 공단을 지나 도심의 중심 상업 지구와 재래시장 사이에 있었다. 아파트의 낮은 울타리 곁으로 작고 더러운 하천이 흘렀다. 지형이 어딘가 낯익었다. 기시감으로 인해 불쾌한 혼란이 생겼다.

"이곳 이상하게 익숙해. 데자부 같은 건가?"

나는 투덜댔다. 수분이 흘러간 뒤에야 엄마는 마지못해 반응했다.

"1990년 초에 우린 이 근처에서 살았어. 네가 세 살 무렵부터 다섯 살 무렵, 삼 년 정도였지. 엄만 미술학원을 했었잖아. 그때 온 가족이 이곳 재래시장에 자주 왔었어."

온 가족이라고 해봤자 아빠와 엄마와 나였을 것이다. 하얗게 덧칠되어 사라진 유화 캔버스 아래의 그림을 나는 상상해보았다. 동태나 가자미 같은 생선이나 냉이 달래 같은 봄나물을 한 바구니씩 사고 구제품 옷과 히아신스 구근, 헝겊 인형 같은 것을 샀을 것이다. 싸구려 옷들과 구두나 가방, 야채들과 그릇들이 즐비한 시장 거리……. 팔려가기 위해 나온 강아지와 닭들도 한구석에 있었겠지. 엄마는 내가 어렸을 때 주로 구제품으로 멋을 냈고 우리 가족은 가난했지만 일요일마다 근교로 여행을 나갔을 만큼 활기차고 다정했었다. 시골 장들과 산속의 절들, 계곡과 바다와 강, 숲 속의 오솔길과 동물원이 있는 유원지들, 그런 봄과 여름과 가을과 겨울이 하나의 순간에 수도 없이 겹쳐지며 지나갔다. 기억인지 상상인지 모호한 아름다운 이미지들이었다.

차를 세워놓고 서 있으니 사십대 후반의 야윈 남자가 비적비적 다가왔다. 중간 키에 다리에 힘이 다 풀린 걸음걸이였다. 가까이서 보니 코끝이 알코올릭처럼 붉었다. 자다 깼는지 뭉친 머리에 까치집이 두어 개나 있었다.

"어, 너…… 촛불 도깨비, 호은?"

남자는 충혈된 눈을 둥그렇게 치뜨며 내게 손짓을 했다. 음성을 듣자 나 역시 홈리스 형색의 그 아저씨를 잘 아는 기분이 들었다. 반곱슬머리에 눈동자가 위로 들린 몽상적인 눈이었다.

"이 녀석 다 컸네. 숙녀가 되었어. 그래도 어릴 때 얼굴 그대로 있다. 나 잊었어? 네가 늘 경자 아저씨, 경자 아저씨 했잖아."

경자 아저씨, 나는 속으로 중얼거려보았다.

"하긴……. 우리 본 게 십 년도 넘었구나."

아빠가 교문 앞에 나타나면서부터 삼 년, 오 년, 십 년이 도매금으로 마구 넘어다니는 중이었다.

"……."

"악수나 해보자. 내가 너 많이 업어주었는데."

나는 피하려다 말고 손을 내주었다. 내 손을 몇 번 흔든 아저씨는 승지의 이름을 부르고 예사롭게 머리를 쓰다듬었다. 매일 보는 삼촌 같았다. 초조하게 그 모습을 보고 있던 엄마가 인사를 건넸다.

"어떻게 지내요?"

"뭐 이렇게, 여전하지……. 엄마 집에 얹혀서, 동생들 집에 일 있으면 불려다니고……. 집안 파출부죠, 뭐……."

그는 엄마에게 무언가 숨기려는 듯 눈길을 외면하며 반말인지 존댓말인지 모호한 말을 썼다.

"호은 아빠를 찾고 있어요. 어떻게 된 일인지 혹시 알아요?"

아저씨는 가타부타 반응 없이 엄마를 주차장 끝에 있는 팔각정으로 안내해 갔다. 승지와 나는 조금 떨어져서 그 곁의

벤치로 가서 앉았다. 벤치 뒤로는 아파트 울타리가 있고 그 너머 응달엔 작은 하천이 흘렀다. 만년빙하라도 녹는 것처럼 검고 짙은 녹색의 물이 조금씩 흘러가고 옅은 악취가 났다. 두 사람의 말은 한두 소절 들렸다가 끊어졌다가 했다. 엄마는 무엇을 자꾸 묻는 듯 아저씨를 빤히 쳐다보고 있고, 아저씨는 자주 고개를 흔들었다.

이번에는 아저씨의 한마디에 엄마가 화들짝 놀랐다.

어떻게…… 라는 음절이 들려왔다. 엄마가 두 손으로 얼굴을 가렸다. 아저씨가 띄엄띄엄 이야기를 했다. 엄마는 하늘 먼 곳을 바라보았다.

언제인지 모를 바닷가의 장면이 떠올랐다. 봄이었다. 건너편 산에는 군데군데 구름이 걸린 듯이 벚꽃과 복사꽃이 절정이었다. 해변에는 해파리와 새싹 빛깔의 미역 줄기와 바닷말이 여기저기 널려 있었고 신선한 갯비린내가 바람을 타고 왔다. 해변 마을에 펼쳐진 마늘밭 위에 은사 베일 같은 햇살이 반짝반짝 걸려 있었다.

엄마와 아빠와 경자 아저씨는 섬을 잇는 철교 아래서 낚시를 하고 있었다. 나는 텐트 속에서 작은 담요를 덮고 잠이 들었다가 깨어 아직도 꿈결인 양 어리둥절하고 막막한 눈길로 그들 세 사람을 바라보았다. 샛노란 파라솔의 장식이 바람에 흔들렸다. 무언가가 목구멍 안으로 쑤욱 들어온 듯 숨이 탁 막히는 기분이었다. 나는 입을 커다랗게 벌리고 울기 시작했다.

달려온 엄마가 나를 달래다가 지쳐서 왜 우냐고, 왜 그러냐고 역정을 냈다. 하지만 내 울음은 그치지 않았다. 아빠와 아저씨가 차례로 와서 달래다가 싱거운 몸짓을 하며 돌아갔다. 막무가내로 심하게 울어댔기 때문에 어른들은 어이가 없었을 것이다.

나중에는 혼자 그치기도 민망해서 정말 지쳐서 소리가 나오지 않을 때까지 계속 울었는데 한순간 바다와 하늘이 기우뚱 기울어지며 내 몸이 아래로 와락 쏟아지는 것 같았다. 소스라치게 놀라는 바람에 흐느끼며 끌던 울음이 뚝 그쳤다. 나를 달래기를 포기한 엄마는 묵묵히 라면을 끓이고 있었다.

또 하나의 바다는 겨울이었다. 어느 먼 섬이었고 해 뜨기 전의 어스름 속이었다. 섬의 여관에서 잠을 잔 엄마와 아빠와 경자 아저씨와 나, 우리 넷은 해돋이를 보러 나갔다. 아마도 1월 1일 새해맞이였을 것이다. 내 어린 시절, 젊은 부부는 거의 해마다 이틀이나 사흘씩 해돋이 여행을 갔었다.

낯선 섬의 여관 복도와 현관을 더듬어 나가니 어스름의 냉기가 짐승처럼 달려들어 얼굴을 찢는 듯했다. 나는 놀라 장갑 낀 손으로 얼굴을 가렸다. 차를 몰고 섬의 비포장도로를 달려

올라가다가 도중에 해가 떠오르는 바람에 어른들은 차를 세우고 부랴부랴 내렸다.

하늘과 바다 사이의 어스름 속에서 수십 마리 바닷새가 당황한 듯 어지럽게 날고 긴 띠 같은 검은 구름층 아래가 붉게 물들었다. 잠시 후 구름층 위가 노래지더니 붉고 커다란 해의 꼭지가 불쑥 나타났다. 그렇게 고개를 쳐든 해는 놀랄 만큼 빠르게 쑤욱 올라왔다.

아빠와 엄마는 추위를 피하기 위해 몸을 붙인 채 나를 꼭 안고 있었다.

"해를 봐."

아빠가 떠오른 해를 향해 손짓했다. 그전에도 그 후에도, 내가 본 최고로 큰 해였다. 해는 납작하고 붉은 금속 접시를 내게로 던지는 것만 같았다. 한 장 두 장 세 장……. 나는 눈을 감아버렸다.

쟁쟁쟁쟁…… 하늘에서 분명히 그런 금속성의 소리도 났다. 나는 숨이 탁 막히고 가슴이 폭발할 것 같았다. 그때도 울음이 터질 것 같았지만 온 힘을 모아 꾹 참았었다. 속으로 울음을 터뜨린 내 기분을 알아챘을까……. 온 힘을 다해 울음을 감춘 나를 아저씨가 업어주었다. 울음은 그때부터 터졌다. 나는 해가 멈춘 듯 보일 때까지 계속 울었다.

간혹 내가 울음을 터뜨렸던 그 바다들이 떠오르곤 한다. 그때 난 왜 그렇게 울었을까. 감당할 수 없었던 막대한 양의 몰이해가 이유였던 것 같기도 하다. 예를 들면, 내가 세상 속에 있는 것 자체를 난 이해할 수 없었다. 혹은 제 힘으로 솟아오르던, 짐승처럼 살아 있는 해의 정체 같은 것, 어른들은 당연한 듯이 손가락을 가리켰지만 나는 도무지 이해할 수 없었다.

철저한 몰이해 속에서, 아빠와 엄마와 아저씨와 내가 그곳에 있다는 사실을 나는 더 선명하게 의식했다. 영원한 풍경 속에 이루어진 단 한 순간의 존재적 구도 속에서 그 순간의 유일성을 느끼며 상실의 공포에 빠지는 어린 나…… 뿔뿔이 흩어진 뒤의 어느 먼 날에 다시 그날을 이렇게 떠올릴 줄 알고 미리 울음을 터뜨린 것만 같은 슬픔의 현기증이었다. 그리고 비밀, 비밀도 울음의 기억처럼 갑작스럽게 가슴을 쩍 벌리며 떠올랐다.

5

아홉 살쯤이었다. 나는 아빠 차를 타고 사무실에 함께 출근했다. 방학이었거나, 엄마가 외가에 간 일요일이었거나, 엄마

혼자 그림 작업을 한 날인지도 모른다. 사무실 소파에서 깜박 잠이 들기도 하며 얌전히 오전 시간을 보낸 뒤 경자 아저씨가 오자 우리는 외출을 했다. 차를 타고 얼마쯤 갔을 때 주유소 앞에서 한 여자가 차에 올랐다. 경자 아저씨와 내가 뒷자리에 앉았기 때문에 그 여자는 아빠 옆자리에 앉았다.

어린 눈으로 보기에 예쁜 여자는 아니었다. 당시 나는 얼굴이 희고 머리카락이 길고 옷차림이 화사하고 가느다란 목소리를 가진 여자를 미인으로 알고 있었다. 그 여자의 눈 밑 그늘이 기억에 떠오르는 것을 볼 때 아픈 사람처럼 눈이 퀭하고 보잘것없는 옷차림이었을 것이다. 머리카락도 짧았다. 말하자면, 여자는 가난해 보였다.

아빠와 그 여자가 다정하게 말을 나누어서 나는 놀랐다. 그리고 아빠의 목소리가 굵어지고 표정이 급격하게 밝아져, 내 얼굴이 붉어졌다. 여자는 지방에서는 드물게 표준어를 썼다. 여자의 몸짓은 의젓하고 말소리는 선생님들처럼 분명했으며 눈 밑 그늘이 짙은 눈매는 서글서글했다. 웃음소리는 낮았으며 내게도 깍듯하게 예의를 차렸다.

바닷가의 횟집에서 점심을 먹은 뒤 다시 차를 타고 돌아오는 길에 작은 전시관에 들러 나무와 종이로 만든 공예품을 구경했다. 아빠는 그 전시관 앞 기념품가게에서 도장 케이스를 골라 여자에게 선물했다.

구름무늬가 그려진 천을 씌워 만든 도장 케이스는 지금도 내 뇌리에 화약을 터뜨린 탄피처럼 생생하게 박혀 있다. 그 선물을 받을 때 여자의 가난한 얼굴이 잠시 장밋빛으로 환해졌다. 여자의 눈 속에 서양 인형의 눈 같은 초록빛이 담겨 있어 나는 깜짝 놀랐었다. 납득되지 않는 그 장면 앞에서 나는 급작스럽게 의기소침해졌지만 아무도 눈치 채지 못하는 것 같았다.

어른들이란, 아홉 살이나 된 아이를 눈앞에 두고도 제멋대로들이다. 아홉 살도 상황이 자신의 삶과 조화되지 않으면 충격을 받아 영원히 기억에 새기게 된다는 사실을 간과한다. 그것은 어린이들이 즐겨하는, 틀린 그림을 찾으시오, 라는 놀이 같은 것이어서 붉은 색연필로 그 오류를 종이가 뚫릴 만큼 꾹꾹 눌러 마침내 검은 구멍을 내는 법인데 말이다.

내가 더욱 놀란 것은, 그 후 몇 달이 흐른 뒤, 엄마의 화장대 위에서 같은 도장 케이스를 발견했을 때였다. 엄마는, 그 해 결혼기념일에 아빠가 사온 선물이라고 말했다. 그런 대답은 죽을 때까지 잊히지 않는 법이다.

나는 아빠가 똑같은 도장 케이스를 다른 여자에게도 선물했다는 사실을 발설하지 않았다. 그런 분별력도 아이의 생존

본능일까. 엄마는 그 도장 케이스를 수년 동안 사용했다. 원래 잃어버리지 않으면 계속 쓰는 것이 엄마의 습관이었다. 좀 닳았지만 흉하지 않고 손에 익었다는 것이 이유였다. 난 그 도장 케이스를 볼 때마다 낯선 여자의 모습이 떠올라 곤혹스러웠다. 그런데 아빠가 재혼한 후 승지 엄마를 처음 보았을 때, 또 한번 심장이 발등 위로 떨어지는 것 같았다.

비록 눈 밑 그늘은 더 짙고 안색은 더 누렇게 변했으며 몸이 무거워 보였지만 선생님처럼 분명한 어조의 표준말을 썼던 그 여자가 틀림없었다. 승지 엄마는 나를 잘 안다는 눈빛으로 부드럽게 응시해 나를 곤혹스럽게 했다. 그 여자는 아빠와 결혼하기 전부터 신장에 병을 앓아온 환자였다. 그래서 더욱 아빠와 승지 엄마가 미웠다. 병이 깊었는데도 불구하고 결혼을 한 것이 뜻하는 바를 나로선 감당하기 벅찼던 것이다.

아빠에게 따져볼 마음도 먹었지만, 막상 자신이 없었다. 어쩐지 어린 내가 기억하는 사실이란 게 근거로 인정받기 어려울 것 같았다. 그 무렵의 아이들은 많은 것을 잘못 보고 상상과 실재를 혼동하여 기억하고 시간이 흐르는 사이 기억을 왜곡하기도 한다. 그게 어른들의 논리였다. 그리고 그건 어느 정도 사실이기도 하다. 심지어 내가 본 두 개의 도장 케이스도 실은 전혀 다른 것인지 모른다는 자책과 합리화로 나 스스로를 진정시켰다. 그런데도 내 심중 깊숙한 곳에서는 그래도 지구는 돈다는 갈릴레이의 진리처럼, 승지 엄마가 바로 그 여자이고, 도장 케이스도 같은 것이라는 고집을 끝까지 부리고 있었다. 할 수 있다면, 바로 지금 경자 아저씨에게 엄마 몰래 귓속말로 물어보고 싶었다. 그때 그 여자가 승지 엄마 맞죠?

만약에 승지 엄마라면 승지는 진짜 아빠의 딸일 수도 있으니까 중요한 문제였다. 진짜 자기 딸이니까 승지 엄마가 죽은 뒤에도 혼자서 키우는 것이다. 이 사실은 나에게보다는 엄마에게 더 중요할 것이다. 엄만 자기를 십 년 가까이 속이고 결혼생활을 한 아빠를 죽일지도 모른다. 그리고 아빤 죽어도 할 말이 없지 않을까? 아……. 내 머릿속엔 왜 이렇게 공포물 같이 으스스한 이야기가 들어 있을까? 내 기억의 비밀이 영원히 비밀에 부쳐지기만을, 아니 기억 자체가 혼동된 것이기를 바랄 뿐이었다.

6

아저씨는 엄마가 내민 수첩에 뭔가를 적어주었다. 엄마는 아저씨에게 작별인사를 했다. 아저씨는 승지와 내게로 다가오더니 쓸쓸하게 웃으며 둘의 손을 동시에 잡고 흔들었다. 아저씨의 웃음은 남루하다 못해 구멍이 숭숭 난 지독히 슬픈 웃음이었다. 아빠는 억지웃음을 웃을 바에야 어색한 채로 버티는 사람이지만, 내가 없는 어딘가에서는 그렇게 비루하게 웃을지도 모른다는 생각이 들었다. 나는 감당하기 어려운 의문을 품은 채 우물쭈물 아저씨와 헤어졌다. 그럴 수밖에⋯⋯. 엄만 지친 기색도 없이 또 운전을 시작했다. 그럴 때 보면 엄마에겐 역시 팔십년대식 슈퍼우먼 본능이 있었다.

"이제 어디 가?"

"아빠 친구 만나러."

"아, 배고프다."

나는 강행군에 항의하며 과장된 한숨까지 쉬었다.

"배고프니? 뭐 좀 먹을까?"

나의 배는 엄마의 아킬레스건이었다. 배고프니? 그건, 밥 먹었니? 밥 먹어라와 함께 엄마가 내게 가장 자주 하는 말이었다. 엄마라는 존재의 죄책감과 불안과 연민이 응축된 말, 배고프니? 그로 인해 흔히들 다이어트 삼아 한 끼씩 건너뛰는 성장기에 나는 한 끼도 굶지 않고 먹어야 했다. 엄마의 강박이 할머니의 강박과 합세해 나까지 밥 강박증에 걸려들었다. 엄마는 일요일 오전과 목요일 밤에 꼭꼭 전화를 해서는 외할머니에게 내가 밥을 잘 먹는지 물어본 뒤 전화를 바꾸어 내게 밥 잘 먹으라고 당부하곤 했던 것이다. 덕분에 지금 나는 배고픈 것을 참지 못하는 생태를 지닌 남다른 스무 살로 성장했다. 물론 살도 통통하게 올랐다.

승지는 가느다랗게 쌍꺼풀 진 눈을 아래로 뜨고 입을 꼭 다물고 있었다. 나이에 비해 이상할 만큼 침착하고 강한 아이라는 생각이 들었다. 엄마는 피자가게 앞에 차를 세웠다.

피자를 시켜놓고 창밖으로 고개를 돌린 엄마의 눈에 눈물이 천천히 고였다가 흐르는 게 보였다. 어른들은 눈물을 땀처럼 힘겹게 흘린다.

당혹스러웠다. 혹시라도 아빠 때문에 엄마가 울까봐 초조했다. 이혼한 지 육 년도 넘은 전남편 때문에 운다면 그건 정말 대책 없는 거니까. 하긴 그 나이에 애인 때문에 운다면 더욱 구제불능으로 한심하다. 그러니 엄만 제발 울지 않아야 한다.

"니 아빠 친구가 죽었대……."

다행히 아빠가 직접원인은 아니었다.

"누구?"

"기억나니, 해자 아저씨."

"해자 아저씨가?"

그러고 보니 아빠의 친구들은 서로의 이름에 자라는 여자 명칭을 붙여 불렀었다. 아빠는 영자였고 아까 만난 아저씨는 그래서 경자 아저씨였던 것이다. 해자 아저씨는 내가 엄마에게 가기 전까지 아빠와 승지와 함께 만나곤 했었다. 한번은 술에 취해서 혼자 학교에 찾아와 용돈을 주고 가기도 했다. 더럽게 구겨진 만 원권 두 장이었다.

"해자 아저씨가 정말 죽었어?"

죽는다는 것은 다 자란 지금도 이해하기 어려운 일이었다. 어린 왕자 같은 독신 아저씨였다. 맑고 까다롭고 댄디하고 수줍음을 타던 아저씨. 해변에서 돗자리를 깔고 놀 때면, 육천오백만 년 전에 그곳을 배회했다는 공룡 이야기를 어김없이 꺼내놓고 술을 한잔 마시면 〈파랑새〉라는 노래를 부르곤 했었다. 중생대 백악기의 공룡과 세상에 있지도 않은 파랑새, 그것이 어린 왕자 해자 아저씨의 인생 테마였다. 아저씨도 죽어서 어린 왕자처럼 어떤 무인행성에 의자를 놓고 앉아 장미꽃과 이야기를 나누고 있을 것만 같았다.

"왜?"

"자기 생일날 한밤중에 달려오는 버스를 향해 슬쩍 들어갔대."

"……"

나는 애써 〈파랑새〉의 가사를 기억해내려고 했지만 희미하게만 떠돌았다. 나는 파랑새인데 피릿 피릿 노래 부르며 하늘을 높이 날고 싶지만 날지도 못하고 청춘이 다 흘러간다는, 뭐 그런, 김소월류의 정한 서린 노래였다.

"그뒤에도 행려자로 처리되어 시립병원에 한참이나 보관되었다는구나……. 하긴, 자연사지. 철저한 청춘의 자연사야."

"장례식장에서 경자 아저씨와 아빠 싸웠어요. 아빠 친구들이 다들 서로 싸웠어요."

승지가 조용히 말했다.

"장례식장에 갔었니?"

승지가 고개를 끄덕였다. 엄마가 아이구, 하듯 도리질을 했다. 그런 장소에 어린애를 데리고 갔다는 비난일 것이다. 엄마가 샐러드를 가지러 가자 승지가 내게 속삭였다.

"그날 집으로 돌아올 때 아빠가 차 안에서 개새끼들이라고 계속 욕했어."

"누구에게?"

"살아남은 것들은 다……. 나중엔 아예 〈개새끼들〉이라는 노래를 계속 리플레이해서 들었어."

"개새끼들이라는 제목의 노래가 다 있니?"

"그럼."

"어떤 거야? 해봐."

그러자 승지가 제 MP3를 나의 귀에 꽂아주고 곡목 선택 버튼을 눌렀다. 성난 노래가 갑자기 쏟아져나왔다.

'절대의 선은 없어 절대의 악도 없어 니 밥그릇 앞에 내 밥그릇 앞에 영원한 적은 없어 영원한 친구도 없어 니 밥그릇 앞에 내 밥그릇 앞에 넌 개새끼야 난 개새끼야 니 밥그릇 앞에 내 밥그릇 앞에 절대의 가치는 없어 절대의 신념도 없어……'

맙소사 안치환의 노래였다. 그 노래가 끝나자 내게도 익숙한 럭스의 펑크 록이 흘러나왔다. '아이 새드 앤 어게인 앤 어게인 앤 어게인……'

"〈레몬트리〉, 배우고 싶어. 지금 MP3에 있어?"

승지는 불쑥 말하고 조금 쑥스러워했다. 내가 고속도로를 내려오는 동안 흥얼거린 노래에 관심이 생긴 모양이었다. 다른 사람의 MP3를 듣는 것은 몸속의 풍경을 엿보는 것처럼 은밀한 일이다. 나는 내 이어폰을 승지의 귀에 꽂아주었다. 승지가 고맙다는 듯 미소를 머금었다. 미소를 짓자 눈 속에 반짝 초록빛이 담겼다. 미소 지은 얼굴이 상상 밖으로 예뻐 나는 깜짝 놀랐다. 기쁠 때면 두 눈 속에 초록빛이 담기는 것도 유전일까? 자주 웃게 해주고 싶은 의욕을 고취시키는 놀라운 미소였다.

"폐인이 됐어."

엄마는 샐러드가 높이 쌓인 접시를 탁 놓으며 말했다.

"폐인이야, 쉰 살도 되지 않았는데……. 노인이야."

"누구?"

"경자 아저씨 말이야."

"아빠에 대해선 뭐 좀 알아냈어?"

엄마는 묵묵부답이었다. 대신 기다리던 피자가 왔다. 승지와 나는 피자를 잘라 한 조각씩 들고 먹었다. 엄마는 식욕이 없는지 접시로 옮긴 피자를 천천히 나이프로 자르고 핫소스와 파마산 치즈가루를 뿌려서 피클을 올려 포크로 찍어 먹었다.

"네 아빠 얼굴 본 지 석 달이나 됐단다. 이십 년 이상 애인처럼 붙어 지낸 사이였는데……."

엄마는 한숨을 푹 내쉬었다.

"둘이 해자 장례식 때 보고 안 봤나 보다."

엄마는 피자 조각이 잘 안 넘어가는지 콜라를 많이 마셨다.

"신혼에 말이야. 경자 아저씨와 네 아빠가 어찌나 붙어 지내던지, 난 두 사람이 애인이 아닐까, 의심했었어."

"동성애?"

"그런 거."

"아니었어?"

"하긴 동지애와 동성애의 거리가 얼마나 되는지 모르겠어. 동성애와 꽤 비슷한 거였을지도 몰라."

"이젠 왜 안 본대?"

"서로의 꼴을 더는 봐줄 수 없는 거야⋯⋯."

엄마의 신혼 초에만 그런 게 아니라 내 어린 시절의 추억 속엔 대개 아저씨들이 함께 있었다. 아빠의 사무실에 가면 직원들처럼 일을 하고 점심을 함께 먹었고 이사를 할 때면 우르르 몰려와 도왔고 계절이 바뀌면 야외로 나가 고기를 구워먹거나 바닷가로 소풍 가 낚시를 했고 가족의 생일날에도 초대되었으며 심지어 유치원 소풍에도 아저씨들이 따라온 적이 있었다.

내가 자라면서 점점 뜸해졌지만, 엄마와 아빠가 이혼하기 전까지는 계절에 한 번쯤은 모이곤 했다. 아무 일도 없이 술에 취해 불쑥불쑥 방문하기도 했다. 해자 아저씨는 술에 취해 바지에 오줌을 누어버려서 세탁해서 말리는 동안 커다란 아빠 바지를 끌며 동네를 어슬렁거리다가 개에게 물리기도 했다. 구급차가 오고 난리가 났었다.

피자집에서 쉬고 세시 사십분쯤 차를 탔다. 다음에 차를 세운 곳은 M시의 도심 근처 학원가의 한 논술학원이었다. 엄마는 우리를 차에 남겨놓고 이층 계단을 올라갔다.

결혼생활 동안 아빠는 여러 가지 직업을 전전했었다. 대개

이 년을 끈 적이 없었다. 엄마와 이혼하기 전 아빠의 마지막 직업은 논술학원 강사였다. 그것은 여섯 번째 직장쯤 되었다. 엄마는 그때 아빠와 함께 학원을 만든 친구를 만나는 것 같았다. 집을 담보로 빚까지 내어 학원을 만들었지만 수업을 시작한 지 얼마 안 돼 학부모로부터 항의가 들어왔다. 반미와 부의 분배가 수업시간에 빈번히 등장하고 현대사에 대한 재해석과 시사문제를 보는 시각이 위험수준이라는 게 문제였다. 아빠는 수업 내용을 고치기는커녕 불과 오 개월 만에 논술학원을 그만두었다. 투자한 돈은 시설비와 권리금, 밀린 월세를 제하자 건져올 게 없었다. 나는 그런 이야기를 외가 쪽 식구들의 한탄을 통해 주워들었다.

엄마는 그 일에 대해 끝까지 아빠를 용서하지 못했다. 가족을 위한 마지막 희망이었는데도 아빠는 미숙한 자기 소신을 포기하지 못하고 우리를 사지로 몰아버렸다는 원망이었다. 아무도 이해할 수 없었지만 엄마는 그때 완벽하게 확신을 가지고 절망해버렸다. 아빠가 우리 가정을 전혀 사랑하지 않는다는 것을. 우리 가정을 지킬 의사가 없다는 것을. 실제로 그 일로 엄마와 아빠의 결혼은 정신적으로 경제적으로 완전히 파산에 이르렀다.

그 일이 의미하는 바를 나 역시 전부 이해할 수는 없다. 어쩌면 도장 케이스같이 은폐된 어떤 비밀이 파산에 이르게 한 진짜 이유가 아닐까. 도장 케이스 같은 것이 숨겨져 있는 한 엄마 역시 자기 행동의 전부를 이해하지는 못할 것이다. 무엇이 엄마를 그토록 확실한 절망으로 몰아갔는지 모른 채 절망만이 확고했던 것이다.

"네 생각에 아빠 어디 간 거 같니?"

승지는 난처한 듯 망설였다.

"나만 알고 있을게."

나는 새끼손가락을 내밀었다. 승지는 길고 가느다란 손가락을 건 뒤에 두 손으로 자기 얼굴을 싸안고 아이 같지 않게 한숨을 쉬었다.

"시골. 아빤 귀농할 생각이었어."

"귀농?"

정말 태연하고 싶었지만, 나로선 수용한계였다.

"농사를 짓겠다고?"

"귀농 정보를 수집해왔어. 한우 마을, 염소 마을, 키위 마을, 산 약초 마을과 호박 마을……. 현장을 다니며 다 답사할 거라고 했어."

그러니까 산골에서 산골로 떠돌고 있을 거라는 말이니, 찾긴 틀린 것 같았다. 엄마가 알면 퍼질러 앉아 엉엉 울고 말 것이다.

엄마는 표정이 잔뜩 경직된 채 학원에서 나왔다. 차에 올라앉자 쓴 물을 뱉듯 욕을 했다.

"개새끼!"

나와 승지는 깜짝 놀랐다.

"얼마나 잘살아보겠다고, 정말 더럽게 타락했네."

엄마의 쓰디쓴 음성은 엔진 소음에 묻히지도 않았다.

"두부 배달이 어때서? 아이들 머릿속에 그따위 기계적인 논술을 주입시켜서 먹고사는 것보다야 차라리 깨끗한 노동이지. 저런 것들이 한때 나라를 구한다고 나댔으니, 저 집 여자도 그렇게는 안 봤는데, 정말 속물이네. 번드르르하게 먹고살겠다고 쌍으로 나와서는 쿵짝이나 맞추고……"

그러다가 엄마는 입을 꽉 다물었다. 엄마를 쳐다보니 살짝 찌르기만 해도 울음을 터뜨릴 것 같았다. 입으로 욕을 하면서도 그토록 적막하고 비감한 표정을 지을 수 있다니 어른들의 내면이란 게 절묘했다.

"사실은, 내가 질투가 나서 이래. 저 부부 대단한 사람들이야. 네 아빠 학원 그만두고 또 집에 들어앉았을 때, 나 저 집 여자 부러워서 뼈가 시렸거든……. 뇌를 다 들어내고라도 먹고살려는 저 집 남자의 가부장적인 의지가 장이 배배 꼬이도록 부러웠거든……. 저건 네 아빠의 여섯 번째 직장이었고, 난 그때 완전히 지쳐 있었어. 네 아빠도 무슨 짓을 해서든지, 가장 노릇 좀 해주었으면 싶었어. 속물 중에 속물이 되어서라도……. 그게 나와 우리 가정에 대한 의지의 증명이라고 생각했었어. 하려면 할 수도 있었는데 네 아빠 안 했어……. 네 아빠 속물이 되지 않았어."

엄마는 학원에서 기운을 다 뺐는지 수첩에 받아온 몇 개의 전화번호를 포기하고 외갓집으로 방향을 잡았다.

"내일 두부공장으로 연락해보면 무슨 수가 나겠지."

내일 또 놀랄 일이 엄마를 기다리고 있다는 사실은 나만 알고 있기로 했다. 하긴, 승지도 함께였다. 그제야 다 아는 게임을 보는 듯 중립적인 태도를 견지하고 있는 승지의 눈빛이 이해되었다. 승지는 또 무엇을 얼마나 알고 있는 것일까?

물속 반딧불이 정원

1

꽃샘추위가 끝나는 사월이면 J시엔 벚꽃들이 뭉클뭉클 피어 이십 일 남짓 꽃천지를 이루었다. 꽃가지마다 벌떼들이 붕붕 대고 장사치들과 전국의 행락객들이 몰려와 거리를 메웠다. 해마다 그 무렵이면 나는 장염을 앓았다. 외할머니는 내가 꽃몸살을 한다고 했다. 결석을 하고 마루에 누워 있으면 담 너머 이웃집에서 벚꽃잎이 하늘하늘 날려오곤 했다. 꽃이 다 지고 밀물이 빠져나가듯 행락객과 장사치들이 떠나고 나면 내 장염도 나았다. 삼 킬로그램쯤 살이 내리고 얼굴이 해쓱해져서 거리로 나가면 꽃눈으로 길이 하얗게 덮여 있었다. J시로 들어서자 가슴속의 무엇이 녹는 눈처럼 사박사박 내려앉는 것 같았다.

골목 안에 있는 외가의 평범한 단층주택은 빈집처럼 공허해 보였다. 외할머니는 틀니를 빼고 있다가 우리를 맞았다. 흰 머리카락이 더 많은 파마머리도 더부룩해서 외로워 보였다. 지난해 가을에 외할아버지가 돌아가신 후론 단장하는 것을 잊은 모양이었다. 외할머니는 내 어깨를 안고 마치 포대기 속 아기를 안은 것처럼 잠시 이리저리 흔들었다. 따스한 할머니 품속에서는 예전처럼 아주 희미한 풀 냄새와 비린내가 났다. 그것은 토끼의 따뜻한 오줌 냄새와도 비슷했다. 할머니는 예상대로 승지를 의아해했다. 엄마는 할머니를 부엌 쪽으로 밀고가 간단히 설명했다.

호은이 아빠가 재혼한, 그 여자의 딸……. 외할머니도 사정을 웬만큼 알고 있었던 모양이었다.

"아니 그럼, 너 은이 애비와 다시 살려고?"

그 말에 나는 화들짝 놀랐다. 승지의 몸도 멈칫, 놀라는 게 느껴졌다. 엄마는 대답할 기운도 없는지 손만 휘휘 저었다. 그리고 냉장고로 가서 냉수를 한 잔 따라 마셨다.

"엄마도 참, 무슨 그런 말을 해?"

엄마는 보이지 않는 동요를 가라앉히려는 듯 낮게 말했다.

"그게 아니면, 이게 무슨 조홧속이냐?"

할머니도 음성을 바짝 낮추었다.

"나도 모르겠어."

"몰라?"

"어제 갑자기 아일 맡기고 내뺐어요. 그래서 한걸음에 내려 왔잖아."

"그랬더니?"

엄만 소파에 앉은 나와 승지를 번갈아 쳐다보고는 할머니 팔을 잡고 방으로 끌었다.

"아이고, 여태 운전했더니 뻗겠어요. 좀 누워야겠어."

"아서라, 애들 과일이라도 좀 깎아주고."

할머니는 엄마만 방 안으로 밀어넣고 부엌으로 갔다. 마루 앞 처마 아래에 멘 빨랫줄엔 명태 두 마리가 걸려 있고 그 아래의 화분들 속엔 알로에와 군자란과 백년초가 자라고 있었다. 할머니는 알로에와 백년초를 농사짓듯 키워 상처에 바르거나 즙을 먹었다. 군자란의 오렌지색 꽃이 커다랗게 피어 있었다. 생선 비린내가 은은하게 났다.

사과와 밀감과 우유를 내준 할머니가 승지와 내가 먹는 것을 넋 놓고 쳐다보았다. 어느새 틀니를 끼웠는지 입매가 반듯했다.

"우리 은이 아가씨가 되었네. 얼굴이 반들반들하니 꽃처럼 피는구나."

할머닌 내 손을 잡고 머리카락을 쓰다듬으며 흐뭇하게 웃었다. 그러다가 승지 얼굴에 시선이 붙들린 채 넋을 놓고 있었다.

"할머니 뭐 해?"

"응?"

할머닌 말을 찾지 못하고 머뭇거리다가 텔레비전을 켜주고 방으로 들어갔다.

방문이 스르르 닫히자 나는 밀감조각을 놓고 소파 아래로 떨어져 카펫 위에 누웠다. 승지는 검정 가방을 열고 토끼를 만지작거렸다. 토끼는 식물처럼 조용했다.

텔레비전의 웅얼거림을 들으며 납작 누워서 처마 아래 군자란을 보니 시시각각 바뀌는 다양한 장면 속에서 K의 모습이 점점 더 선명하게 표정을 지으며 떠올랐다. 이젠 보고 싶지 않다고 중얼거려보았다. 정말 보고 싶지 않았다. 그런데도 머릿속에서는 K가 더 생생하게 눈을 깜박이며 웃었다. 그 시절에 대한 혐오와 그리움이 똑같은 밀도로 육박해왔다. 그제야 나는 깨달았다. 좋은가 싫은가를 선택하는 문제가 아니었다. K는 해결이 필요한 내 감정의 과제였다.

2

내가 이학년으로 올라간 삼월부터였다. 새 교복을 입은 신입생 K는, 운동장이든 매점이든 독서실이든 학교 앞 길거리든, 어디서나 나와 마주쳤다. 나중에 알고 보니 K는 무조건 나를 따라다닌 것이었다. 그즈음의 나는 성적은 상위권이었지만 좀 어둡고 과묵하고 나름의 사생활이 있어 종종 교무실로 불려다니는 불량한 여학생이었다.

한 달쯤 지났을 때 K는 친구들을 동원해 편지와 선물을 보냈다. 편지는 그저 덤덤하게 자기를 소개한 내용이었고 선물은 눈부시게 새하얀 속옷 세트였다. 어느 때는 K의 친구가 고백을 전해주기도 했다.

"K가 선배, 너무 좋대요."

"K는 부끄러워서 말을 못 하겠대요."

점점 내 친구들도 K를 알게 되었다. 친구들은 한두 차례씩 언니나 동생을 둔 경험을 갖고 있었지만 나로선 처음 겪는 일이라 난감했다. 운동장이나 복도에서 나와 내 친구들과 마주치면 K는 얼굴이 붉어져서 고개를 푹 숙이고 지나갔다.

"완전 쑥맥인데?"

내 친구들은 의아해했다. 제 친구들을 통해서 그렇게 세게 밀고 들어오는 애가 저런 쑥맥이라니, 두 얼굴이다, 이런 식이었다. 나 역시 어떻게 대해야 할지 종잡을 수가 없었다. 그러는 사이에 내 촉수도 차차 K에게로 기울어갔다.

운동장에서 통통한 팔다리를 활기차게 놀리며 피구를 하는 K, 수돗가에서 눈부신 허릿살을 살짝 드러낸 채 새하얀 손을 뽀독뽀독 씻는 K, 매점에서 도넛을 먹느라 입가에 설탕가루를 묻히고 분홍빛 입술로 씩 웃는 K, 체육복 차림으로 등교하다가 학생 주임에게 걸려 이마를 찌푸리고 울상을 짓는 K…….친구들 사이에서 K는 활달하고 자신만만하고 잘 웃고 웃기며 모두의 애정과 주목을 받는 아이였다.

K의 친구들은 계속해서 편지와 작은 선물들을 전해주었다. 편지엔 시나 노래 가사, 이런저런 학교생활이 주로 적혀 있었다. 자기가 하루를 어떻게 보냈는지 눈 떠서 잠자리에 누울 때까지를 시간대별로 적어 보내주기도 했다. 이따금 언제 어디서 나를 보았다는 내용도 상세하게 적어 보냈다. 선물은 삭스에서 사탕, 펜, 메모지까지 다양했지만 아주 가벼운 것이었다. K는 그런 식으로 늘 내 주변에서 어른대면서도 막상 나와 부딪치면 빨리 그 자리를 모면하고 싶은 듯 불안하고 초조한 모습으로 비켜갔다.

그런 사이사이, 어느 순간부터였을까…….초조한 갈망이

담긴 두 눈이 작은 짐승처럼 절실하게 나를 바라보면, 나는 그만 사로잡힌 듯 동요되었다. 동요는 처음엔 미처 느끼지 못했지만, 차차 파문처럼 가슴에 동그라미를 그려갔고 점점 더 강하게 소용돌이쳤으며 마침내 나의 몸과 나의 시간과 내 공간을 뒤흔드는 전율로 변해갔다.

여름방학이 되어 떨어져 있게 되자 표정 없는 새하얀 얼굴과 작은 짐승같이 절실하게 나를 바라보던 검은 눈이 그리웠다. K는 시골집에 가 있었다. 나는 친구들과 후배들에게 수소문해 K의 시골집으로 편지를 썼다. 우리는 여름방학 동안 자주 만났다. 시내로 가서 영화도 보고 아이스크림도 먹고 돈가스를 먹었으며 바닷가의 탁구장에서 탁구도 쳤다. 내가 몇 번 K의 시골집을 방문하기도 했다. 여름방학을 마칠 때쯤에 나는 K의 손을 잡았다. 손톱이 분홍빛인 통통하고 작고 유난히 흰 손은 헛것처럼, 너무나 가볍고 차가웠다. 표정 없는 얼굴과 초조한 갈망이 담긴 적요한 두 눈은 여전히 불안정했다.

유복하게만 보이던 K도 알고 보니 가정형편이 어렵고 가족 간에 상처도 많았다. 엄마는 병들어 외가에 의탁해 있었고 아빠는 어린 동생과 둘이 시골 소읍에서 살고 있었다. 아빠는 한 가지 일로는 생활이 안 돼 투 잡을 하느라 늘 바쁜데도 형편은 곤궁했다. 우리의 절정은 그 여름방학 동안이었을 것이다.

적어도 그 여름에 우린 정면으로 다가섰고 서로의 진심에 몰입했었다. K의 동네 끝에 흐르는 강에 갔을 때, 미루나무 아래서 한시를 외워주던 K의 명랑한 음성을 나는 잊지 못한다. 영영 잊지 못할 것이다. 칠월칠일장생전 야반무인사어시 재천원작비익조……. 암기엔 젬병인 K는 일주일이나 걸려 그 시를 외웠다고 했다.

한시의 장중한 과장이 우스꽝스러웠는데도 불구하고 나는 감동했다. 천장지구유시진, 차한면면무절기. 그리고 K는 혼잣말하듯 고백했었다. 연리지인 것처럼, 비익조인 것처럼 난 선배를 사랑해……. 버스를 타고 갈 때나 분식점이나 길거리에서, K는 우리 사이의 암호처럼 명랑하게 그 시를 외웠고 속으로 따라 외우던 내 마음은 끝없는 우물처럼 깊어져갔다. 겨우 열여섯일곱 살, 아직은 풋과일처럼 어렸던 우리의 마음이 한때나마 그렇게 깊었다는 것이 믿어지지 않는다.

여름방학이 지난 뒤에는 나는 남학생들과 미팅도 그만두었고 술을 마시며 보내는 친구들과의 밤샘 모임도 꾀를 부려 빠졌으며, 학생회 간부모임에도 곧잘 결석하면서 K를 만났다. K의 생일날엔 친구의 자취방을 빌려 미역국을 끓여 생일파티를 열어주었고, K의 엄마가 입원했을 때는 주말에 함께 병문안을 가 병원에서 하룻밤 자고 오기도 했었다. 일기 같은 형식의 편지를 보냈고, 사탕과 초콜릿 같은 작은 선물을 했으며, 분식집에서 자주 저녁을 먹고, 독서실에서 함께 밤을 새웠고 영화를 보았고 쇼핑을 다녔으며 시험이 끝났을 때는 K의 친구 하숙집으로 우르르 몰려가 맥주를 마셨다.

늘 K의 친구 한두 명과 함께였다. 영화를 보러 갈 때든, 독서실에서 밤샘 공부를 할 때든, 저녁을 먹을 때든……. 우리가 무엇을 하든, K는 좀처럼 혼자서 나를 만나지는 않았다. 그리고 친구들과 섞여 있을 때, 유독 내게만 특별하게 대하지 않았다. 내가 다가갈수록 다툼도 잦았다. 내가 조금 더 친해지려 하면 오히려 나를 밀어내는 것만 같았다.

K는 누구나 가진 휴대폰도 없어서 주말이면 자주 연락이 끊어지곤 했다. K가 먼저 전화해주지 않으면 나는 일요일 내내 막막하게 기다리는 수밖엔 없었다. 아무래도 K는 나보다는 제 친구들과 어울리기를 더 좋아하는 것 같았고 어느 때는 의도적으로 나를 피하는 것 같았다. 심지어 제 친구들과 함께 있을 때는 그토록 잘 웃고 활달하게 떠들고 패거리를 이리저리 끌고다니던 아이가 나와 있을 때는 무력했고 의기소침했다.

행동도 굼뜨고 말수도 없었으며 무표정했고 무엇을 해도 억지로 하는 것처럼 의욕이 없어 보였다. 두 눈은 쫓기는 작은 동물처럼 불안정했다. 틈만 나면, 마치 구조대를 부르듯 친구들에게 전화를 했고 내게서 벗어나려 하는 것 같았다. 그런데도, 그럴수록 내 마음은 온통 K에게로 집중되어갔다. 나는 기숙사에서 홀로 틀어박혀 긴 편지를 썼고, 교정에서나 매점에서 복병처럼 기다리고 있다가 불쑥 K의 팔짱을 끼었고, 분식점과 독서실로 K를 찾아다녔다.

그 시절 내겐 오직 K뿐인데 K는 문틈으로 빠져나가는 연기처럼 멀어져가는 것만 같았다. 내 마음이 조급해질수록 하나둘 친구들이 멀어져갔고, 반 아이들에게 손가락질을 받았으며, 후배들은 시시덕거리며 나를 피해 지나갔다. 이학년 이학기는 내게 몹시 고통스러웠다.

절친한 친구들은 K를 비난하고 내게 경고했다. K는 이기적이고 평범하고 수다스럽고 욕심도 많고 제멋대로이며 가난하며 성적도 나쁘고 살이 쪘고 무엇보다 예쁘지도 않아서 나와 어울리지 않는다고 험담했다. K는 내가 생각하는 그런 애가 아니다, 착각에서 벗어나 공부하고 학교생활에 성실하라고 충고했다. 제 생각만 하고 내 생각은 하지도 않는 애이고, 나를 망가뜨리고 있으며, 어디로 보나 나와 어울리지도 않는다는 말은 특히 나를 괴롭혔다. 그렇게 보인다면 그건 적어도 객관적으로 사실인 것이다.

중간고사 시험기간 동안 나도 K를 애써 찾아다니지 않았다. 독서실에 가지 않고 교실에서 공부를 했다. K에게서도 연락이 오지 않았다. 내가 애써 찾아다니지 않자 교정에서조차 우연히 부딪치지 않았다. 일주일 동안의 시험이 끝나자 천지가 고요했다. K에게선 연락이 오지 않았다. 기다림의 긴장에 지친 나는 기숙사 방에서 실신하듯 잠들어버렸다.

눈을 떴을 때는 사방이 무섭도록 캄캄하고 고요했다. 밤 세시……. 휴대폰 폴더를 열어보았지만 아무에게도 전화나 메시지가 들어와 있지 않았다. 세상의 어둠과 시간이 점액질처럼 끈끈하게 고여 영영 흐르지 않고 나를 가둘 것만 같았다. 나는 손바닥을 펴 입을 막고 울기 시작했다.

K에게 먼저 연락하지 않기 위해 이를 악물고 버티면서 남자애과 미팅도 하고 연합 동아리에 나가 밤새워 어울렸으며 학생회 간부모임도 여러 차례 가졌다. 그리고 나를 좋아하는 남학생들 중의 한 명인 Y와 데이트도 했다. 하지만 그 관계는 삼 주 정도 후에 갑자기 끝이 났다. Y와 친해질수록 K를 결정적으로 잃는 것만 같아 조바심이 났기 때문이었다. Y는 결코 K를 대체할 수 없는 상대였다. K를 대체할 수 있는 건 이 세상에 아무것도 없다는 것을 나는 잘 알고 있었다.

Y에게 마음의 상처를 주고 일방적으로 헤어진 뒤 공부와 학생회 활동에 충실하기로 했다. 학생회의 주요 안건은 총학

생 회장을 삼학년에서 실무를 할 수 있는 이학년으로 바꾸어 선출하기, 교복에 바지를 추가해 선택하도록 하기, 두발을 자유화하기였다. 나는 그것을 꼭 바꾸어놓고 싶어 열성적이었으며 마음속으로는 K와 화해하기 위해 기회를 찾고 있었다. 그런 내 귀에 믿을 수 없는 소식이 흘러들었다.

K와 Y가 커플이 되었다는 소식이었다. 거짓말 같았지만, 곧 내 눈에도 띄었다. 둘은 나와 함께 어울린 친구들과 휩쓸려 다니고 나와 함께 다닌 독서실에 가서 공부하고 나와 함께 간 분식점에서 우동을 먹고 나와 함께 간 빵집과 영화관과 바닷가의 탁구장에 갔다. 나와 함께 걸었던 길을 걷고 나와 함께 한 장난을 하고 나와 함께 나눈 이야기를 하고, 내가 안았던 가슴을 둘이 안았다.

이학기의 마지막 나날을 어떻게 견뎠는지 생각이 잘 나지 않는다. 안간힘을 다해 버티는 사이에 기말고사를 쳤고 학교는 방학에 들어갔다. 기숙사를 나가기 위해 짐을 싸던 날은 크리스마스이브였다. 룸메이트들은 이미 떠난 빈방에서 나는 그 속에 K가 들어 있기라도 하듯 벽을 노려보며 앉아 있었다. 한 시간, 두 시간, 세 시간…… . 오후가 다 지나고 저녁이 될 무렵 K의 친구에게 전화를 해보았다.

"K 거기 있니?"

"예, 선배님, 바꿔줄까요?"

후배는 명랑하게 대답했다.

"바꿔."

곧이어 K가 기어들어가는 목소리로 전화를 받았다.

"응……."

너 나한테 왜 이러니? 눈앞에 흰 휘장 같은 현기증이 내려오면서 그 말 외에는 할 말이 모두 지워져버렸다. K도 말이 없었다. 만나서 이야기를 해봐야 할 것 같았다.

"내일 보자."

"내일 친구들과 교회 가."

잔뜩 방어하는 목소리였다.

"다녀와서 만나."

"행사가 많아."

"그래서 나를 못 만난다고?"

"……."

K는 묵묵부답이었다.

"이야기할 게 있어. 만나."

"난 없어."

너 왜 그러니? 우리가 겨우 이런 사이니? 우리의 특별함은 모두 어디로 갔니? 친구의 자취방을 빌려 K의 생일파티를 열어주었던 날, K는 내가 끓인 미역국 한 모금 삼키고 눈이 붉어지더니 울음을 터뜨렸었다. K의 엄마가 의식을 잃고 잠들어 있던 병실에서 함께 밤을 새우던 날 K는 삶이 두려운 듯 틈틈이 나의 손을 꽉 잡았었다. 그런 진심들은 다 어디로 갔을까……. 내 속에서 아우성치는 슬픔을 누르고 나는 다른 말로 화를 냈다.

"비겁하게 왜 하필 Y여야 해? 쓰레기 같은 것들! 너, 왜 나를 이토록 골탕 먹이는 거야?"

"……."

먹통 같은 수화기를 귀에 대고 대답을 기다렸지만 K는 결심이라도 한 듯 끝까지 묵묵부답이었다. 나는 전화기 폴더도 닫지 않은 채로 벽에다 던져버렸다. 몸체와 폴더가 깨어져 분리되었다.

모두 떠나버린 괴괴한 기숙사 방에서 밤을 새우는 동안, 몸을 무는 벌레처럼 질문이 끊이지 않고 일어났다. K는 왜 내게 다가왔을까? K는 대체 무엇을 원하는 것일까? 그리고 왜 이렇게 냉담할까? 무엇을 피하는 것일까? 무엇을 부정하는 것일까? 대체 진심이 뭘까? 우린 무엇을 한 것일까? 우리에게 무슨 일이 일어났던 것일까?

그 겨울에 엄마는 나를 불렀었다. 오랜 계획이 실행되는 것처럼 너무 확고한 어조여서 위엄까지 서려 있었다. K와 마냥 잘 지냈다면 나는 아마 엄마의 제안을 거절했을 것이다. 기숙사를 나가 K와 함께 방을 얻어 지내는 것이 나의 꿈이었다. K와 함께 지내며 같은 대학을 다니고 직장생활을 하고 언제까지나 K와 살고 싶었다. K에게 그 말을 했던가, 하지 않았던가? 그때 K는 무어라고 반응했던가……. 기억이 나지 않았다. 이상한 일이다. 온갖 사소한 일들은 다 떠오르는데, 그토록 결정적인 일은 기억이 나지 않는 것이다.

3

어느새 날이 어둑했다.

가물가물 잠이 들었던 것일까? 승지도 소파에 누워 잠든 것 같았다. 여기저기 실려다니느라 고단했는지 숨소리가 제법 컸다. 열린 방문 틈으로 말소리들이 흘러나왔다. 그사이 근처에 사는 이모가 와 있었다.

"너하고 합칠 생각이 아니라면 무슨 맘으로 저 아이를 네게 안기겠냐?"

"엄마, 무슨 소리야. 헤어진 지 육 년이고 재혼까지 했던 사람이야."

이모의 음성은 두 사람보다 단연코 높았다. 이모 때문에 방 안의 음성들이 점점 더 높아지는 것 같았다.

"그러면 어떠냐, 그런 부부들도 많아. 난 지금이라도 은이 애비와 다시 합쳤으면 좋겠다. 그게 사람 사는 거지, 달리 무엇이 더 있다고."

할머니가 단호하게 말했다. 만에 하나 엄마와 아빠가 다시 합친다면 어떻게 될까? 승지와 난 한가족이 되고 우린 한집에 살겠지. 엄마와 아빠, 승지와 나, 토끼도……. 잠이 덜 깨서인지 그 생각을 하니 햇솜을 넣은 이불을 턱까지 덮은 것처럼 마음이 포근해졌다.

"엄만, 뭐가 예뻐서 은이 아빠에게 아직도 미련이 있어?"

"사람 인연이 쉽지 않다."

"그만해요 엄마. 나, 사람 있어요."

방 안에 잠시 침묵이 흘러갔다.

"사람이 있다고?"

"……."

"얼마나 됐는데?"

"삼 년."

"삼 년이나? 그렇게 되도록 입 다물고 있었어?"

"아이고, 사람 일 어떻게 될지 모르는데, 만났다고 다 엄마에게 이야기를 해요? 언니, 결혼할 생각도 있어?"

엄마는 대답이 없었다. 갑자기 할머니와 이모의 음성이 뒤섞였다.

"맙소사, 그러면 그 사람이 이 일을 아냐? 저 아일 다만 며칠이라도 니가 맡고 있으면 뭐라 생각하겠냐?"

"겁나겠지 뭐, 나 같아도 결혼이고 뭐고 도망가겠다. 애가 하나도 많은데, 둘씩이나 딸리면……. 게다가 전남편과 아직 정리도 제대로 안 된 채 엉겨 있구나, 할 거 아냐?"

"그쪽은? 애가 몇이냐?"

"하나. 애 엄마 쪽에서 맡았고……. 젊었을 때 이혼하고 애를 보지 못하고 살아왔나봐."

엄마의 음성이 의기소침했다.

"뭐 하는 사람이냐?"

"평범한 직장인이야."

"직장은 든든해? 그 일 오래 했대?"

"오래 했어. 평생 그 일만 했어."

"된 사람이구나. 잘됐다, 돈은 좀 있고?"

"……"

"그렇게 오래 직장생활했으면 퇴직금에 연금도 나올 거고,

괜찮겠다. 언니, 결혼할 생각이면 저애 얼른 데려다줘."

"혹시 못 찾아도 서울 집으로 데려가진 마라. 안 되면 내게 맡겨놓고 가든지……."

"엄마가?"

"그래, 내가 데리고 있는 거 알면 제 아빠가 찾아가든지 하겠지."

"그것도 방법이네."

이모가 맞장구를 쳤다.

"엄마한테 못 맡겨. 엄마도 그럴 기운 없잖아. 호은이 맡긴 것만 해도 미안하고 고마운데, 안 돼……."

엄마가 느릿느릿 말했다.

"내 걱정 마라. 힘들어봤자 죽기밖에 더 하겠니?"

외할머니가 결기 있게 말했다.

"왜 막말을 해?"

엄마 음성에 걱정과 함께 짜증이 섞였다.

"네 사는 꼴 보니 내가 막가게 생겼잖니?"

"……."

"언제까지 혼자 살래? 먹고살겠다고 몸을 상해가면서? 내일, 내일, 다가오는 세월이 늘 겁나잖니? 이제 좀 한숨 돌리고 편히 살 궁리를 해봐야지."

"요즘 세상이 어떤 세상인데, 지금 와서 결혼한다고 뭐 편키만 할라구?"

이모의 목소리가 더 높아졌다.

"지금 세상이 군사 독재보다 더 무서운 독재래요. 온 국민이 돈에 억눌려 옴짝달싹 못 하는 세상 아니에요. 젊은이들부터 노인들까지 경제에 얽매여 딴 궁리할 틈이 없어요."

"그러니 하는 말 아니냐? 나이 들면 믿고 의지할 데가 있어야 하는 것이고 뭐니 뭐니 해도 의지하기에는 부부가 제일이다."

"하늘에서 뚝 떨어진 것도 아니고, 남자든 여자든, 아무리 서로 좋아도 세속에 뒹구는 속마음이야 다 거기서 거기지. 이제 와서 마음 놓고 믿고 의지할 사람이 어디 있담? 새파랗게 젊은 놈들도 맞벌이하겠다고 어떻게나 여자 직장 따지고 집안 형편 따지고 장인 될 사람이 얼마나 도와줄 수 있나 눈치를 살피는지 아가씨들이 넌더리를 내요. 아가씨들 하는 말이, 호박이 넝쿨째 굴러와서 결혼하면 모를까, 계산 맞추어 할 바에야 어차피 여자가 손해니 아예 혼자 살겠다고들 해요. 다 언니 하는 만큼, 언니 가진 만큼이겠지, 그 나이에 요행이야 바라겠어요? 더구나 재혼하려는 마당에."

"나도 남자에 대해서든, 이 세상에 대해서든, 순진한 기대는 버린 지 오래야."

엄마가 차가운 음성으로 또박또박 말했다.

"그러니, 차라리 애를 여기 두고 가라고 하잖아? 은이만 해도 쉽지 않을 텐데, 밑도 끝도 없는 엉뚱한 혹까지 달고 있으면 그쪽도 당연히 정 떨어지지."

할머니가 윽박지르듯 낮게 말했다.

"그런 문제가 아니야. 문제는 이런 게 아니라구."

"그럼 뭐냐?"

"……."

"뭐가 문제냐고?"

문제가 뭘까……. 엄마 결혼이 안 되는 문제……. 나도 아니고, 승지도 아닌, 그 문제가 무얼까…….

"언니, 아이구 답답해."

할머니에 이어 이모가 날카롭게 한탄했다.

그리고 말이 뚝 끊겼다. 말은 늘 그런 식으로 끊기게 마련이었다. 가족간의 소박한 대화로는 더 이상은 소통할 수 없는 경계에 이른 것이다. 일상언어로 표현할 수 없는 존재적 고뇌를 가족과 나누는 것은 무리이다. 일상과 존재의 경계에서 가족간의 절망이 생겨나는 것이다. 성장기 내내 가족과 소원하게 살아온 엄마는, 아마도 천성적으로 그랬듯이, 이모와 외할머니 앞에서 입을 굳게 다물어버렸다. 가족 공동체의 내부는 다정과 간섭이 넘치지만 사실, 한 치만 건너서 들으면 또 얼마나 이기적이고 흉한 공모인가. 승지가 돌아누워 소파 등에 얼굴을 파묻었다. 왠지 깨어 있는 느낌이 들었다. 방 안에서는 웅얼웅얼 낮은 소리만 들리다가 문득 이모가 소리쳤다.

"엄마도 좀 다듬어요. 그 꼴이 뭐야? 며칠 전 시장에서 우연히 만났는데, 글쎄 틀니도 안 넣고 나온 거야. 사람들 보기 민망해서……. 늙거나 젊거나, 여자는 죽을 때까지 예뻐야 하는 거야."

"깜박 잊었다. 그럴 수도 있지 몇 번이나 그 말을 하냐? 너나 잘 꾸며라."

"그 인물에 좀 다듬고 노인정에 나가 취미활동도 하고, 남자친구도 만들고, 놀러도 다니고, 그러면 살맛이 날 거 아냐? 숨 쉬고 사는 동안은 살맛 나게 살아야지. 죽은 사람 시늉을 하면 어떡해? 난 엄마처럼 안 살아. 영감은 떠났어도 산 사람은 인생을 즐겨야지. 난 늙어 죽을 때까지 여자로 살 거야. 늙어도, 죽을 때까지 섹시하게 살 거라고."

"미친년!"

외할머니가 냅다 소리친 뒤 뭐라고 우물거렸다. 뒤이어 이모의 웃음이 시원하게 터졌다. 유난히 피부가 희고 환하게 빛

96

나는 이모는 이 집 식구들과 달리 성격이 시원시원하고 활달했다. 잠시 후 방문이 열리고 세 사람이 다 나와 저녁 준비를 시작했다.

다음 날 아침에 엄마는 나와 승지의 예상대로 실망스러운 소식을 들었다. 먼 친척의 두부공장에서도 모른다고 했다. 아빠가 불쑥 장기 휴가를 내고 가버려서 당장 사람 구하느라 애먹고 있다는 대답뿐이었다. 승지를 두고 가라는 할머니의 만류에도 불구하고 임마는 나와 승지를 데리고 길을 나섰다. 엄마가 이쯤에서 승지를 놓아버리지 않는 것은 납득하기 어려웠다. 아빠에 대한 일종의 의리일까? 혹은 엄마가 쥐고 있는 과제 같은 것일까? 어쩌면 단순히 엄마의 성격일지도 모른다.

4

엄마의 차는 M시의 해안 매립지로 나가 바닷길을 계속 달려갔다. 세관을 지나고 여객선터미널을 지나고 결핵요양원과 작은 포구를 지나 어촌들을 지나갔다. 모처럼 맑게 갠 날씨여서 바다의 빛깔이 선명했다. 길모퉁이를 돌 때마다 레이아웃이 달라지는 바다는 시시각각 정취가 바뀌었고 잔바람에 작은 파도들이 출렁댈 때마다 파랑과 초록색 바닷물 속에서 보라와 분홍빛이 신기루처럼 일다가 사라졌다. 어선들이 지나가는 자리엔 보라와 분홍의 빛이 더 선명했다. 오래 바다를 보면 그 속에 검정색에서 흰색까지 모든 색이 다 들어 있었다.

그물을 둘러친 골프연습장과 외딴 아파트를 지나 바닷가의 비포장 길을 달려 찾아간 곳은 양어장이었다. 맑은 햇빛이 쏟아지는데도 그곳은 습기 찬 비린내가 가득했다. 갑작스레 슬퍼지는 냄새였다. 물고기들은 비좁은 양어장 속에서 서로의 옆구리를 치며 몰려다니고 있었다. 물고기들이 서로 닿을 때마다 아픔처럼 비린내가 뭉클 퍼지는 것 같았다.

우리가 차에서 내려서자 양어장 끝의 어막에서 머리카락이 하얗게 센 남자가 나왔다. 몸에 살집이 있고 자세가 곧고 얼굴이 검고 둥글었다. 건강하고 밝아 보이는데 머리카락만 노인처럼 온통 희었다.

"여전하네요."

엄마가 인사했다.

"아이구, 몇 년 만입니까? 윤진 씨는 더 좋아 보이는데요."

아저씨는 엄마와 악수했다. 아저씨 얼굴에 수줍음이 어렸다.

"더 좋아요."

엄마가 장난처럼 말했다. 엄마와 손을 놓은 아저씨는 승지의 어깨에 그 손을 올렸다.

"여, 승지, 어쩐 일이야?"

아저씨도 영문을 모르겠다는 얼굴로 오히려 엄마에게 물었다. 무슨 이유인지 아저씨 얼굴이 와락 더 붉어졌다. 내가 보기에 아빠의 친구들은 한결같이 엄마에게 뭔가를 숨기는 눈빛이다. 공모자들……. 그런데도 엄마는 늘 눈치를 못 챈다.

"어떻게 함께 왔어요? 어, 네가 호은이구나!"

나는 꾸벅 인사했다.

"이 말썽꾸러기, 이젠 의젓하구나."

아저씨는 동시에 인사하느라 분주했다. 아저씨는 우리를 어막 곁에 놓인 둥근 목재 테이블가에 둘러앉히고 커피와 주스와 과자를 내왔다.

"좀 있다 라면 끓여먹자. 겨울 내내 묻어두었던 묵은 김치가 있는데, 라면하고 먹으면 죽인다."

아저씨는 그렇게 말하고 담배를 물었다.

"영미 씨는 요즘 어떻게 지내요?"

"그 사람 지금은 영세민 자녀들 대상으로 방과후 교실 운영해요. 그런 일은 늘 일손이 달리니 바쁘죠."

"아직 그 동네 사세요?"

"아파트를 하나 사서 나오자고 돈을 모았는데, 막상 돈이

모이자 그곳을 떠나지 않기로 아예 마음을 고쳐먹었어요. 운동이란 것이 의미를 상실한 뒤에도 의미조차 묻지 않고 하던 그대로 해왔더니 이제 그들을 돕는 것이 우리의 정체성이 되었어요. 나를 지키는 방법이 된 거죠. 우리 정체성을 지금 와서 무화시키고 싶진 않아요. 우리가 이념성을 넘어서 삶 자체의 가치로서 봉사를 선택한 건 정말 최근이에요."

"두 분 다 대단하세요."

"나야 뭐⋯⋯. 이런 데서 물고기나 키워서 파는 놈인걸요."

"이 일 해서 영미 씨 돕잖아요."

아저씨 얼굴에 흐뭇한 웃음이 번졌다.

"허허, 처음엔, 나도 세상에서 도망치듯 이 어막으로 들어와서 양어장 관리인부터 시작했잖아요. 그땐 집사람이 영세민 대상으로 유아원을 할 때였죠. 그런 연계가 없었으면 나도 얼마 못 버텼을 거예요."

"영미 씨가 참 좋은 분이에요. 영미 씨 자원 봉사자들 모아 무료 유아원 운영할 때 우리 호은이도 맡기고 했었는데⋯⋯. 덕분에 내가 미술학원을 할 수도 있었죠."

"승지도 거기서 자랐죠. 제 엄만 승지 맡기고 공장 다니고 ⋯⋯."

엄마의 얼굴이 조금 굳어졌다. 말을 한 장본인도 눈에 띄게 표정이 어색해졌다. 두 사람은 약속이나 한 듯 동시에 승지를 쳐다보았다. 승지는 양어장 저편에서 민들레잎을 뜯고 있었다.

"승지 엄마도 예사 사람 아니었어요. 서울에서 제적당하고 내려와 공장 일을 하며 지역 운동권에 합류했었죠. 참 곧은 사람이었어요. 그게 인연이 되어 헌영이와 알게 되었어요."

"알게 된 지 오래되었겠죠?"

엄마의 음성이 문득 낮아졌다. 나는 눈치가 보여 자리에서 일어섰다.

"승지 엄마 그렇게 빨리 갈 줄 아무도 몰랐어요. 헌영이 녀석, 그뒤에 정말 힘들었을 거예요."

승지 쪽으로 향해가는 내 등 뒤에서 아저씨의 말이 들렸다. 오래되었겠죠, 라는 엄마의 질문은 싹둑 잘라먹었다.

"승지 친아빠가 누군지 아세요?"

소리 죽인 엄마의 음성이 공기 속에 파고드는 듯 또렷이 들렸다. 나는 놀라 뒤돌아보았다.

"네?"

아저씨는 난감한지 얼른 되묻고는 말을 잇지 못했다.

"그건 모르겠네요……. 승지 엄마가 워낙 입을 다물어서 우리도 전혀…… 짐작이 안 가요."

엄마는 뭔가 따지려는 듯 입을 내밀었다가 돌아선 내 얼굴을 보더니 그만두었다. 나는 가만히 등을 돌리고 그 자리에 서 있었다. 움직이고 싶지 않았다. 승지는 검정 가방을 벌리고 토끼에게 풀잎을 먹이고 있었다. 나는 양어장 턱 앞에 가만히 앉아버렸다.

"보통 남자들 그렇게 못 해요. 불과 이 년을 함께 살고 승지를 맡게 되었으니……. 그런데 현영이 성품이 그렇잖아요. 전혀 부담스러운 내색을 안 해요. 승지를 자기가 맡는 게 당연한 일인 것처럼……. 정말 보통 남자들 그렇게 못 해요."

얼마간 침묵이 흐른 뒤 엄마가 입속의 자기 살을 씹는 듯한 음성으로 말했다.

"승지를 키울 만한 이유가 있는지도 모르죠."

그 말에 아저씨는 대답하지 않았다.

"……호은이 아빠가 승지를 내게 맡기고 어디론지 가버렸어요."

"늘 그 모양이죠. 그래도 이번엔 하던 일을 꽤 오래했는데, 한 오 년쯤 했을걸요."

아저씨는 담배에 불을 붙였다. 한동안 말이 없었다.

"우린, 구십년대에 들어와 생존과 진실 중에서 하나를 택해야 했는데, 참 난감했어요. 우리가 원하는 사회를 만드는 데엔 실패했는데, 꼼짝없이 그 사회에서 밥을 빌어먹어야 하는 현실 말이에요. 아니면 굶어야 하고⋯⋯. 나 같은 사람은 아내와 같은 길을 걸어왔고, 의기투합이 잘 되었고 아이도 없어서 그나마 쉬웠어요. 헌영이 같은 놈보다는 상처도 적었으니까요. 적어도 감방을 갔다 오진 않았으니까. 헌영이 같은 놈은 지금도 밤새 켜져 있던 감방의 백열등과 살진 변소 쥐와 감옥의 목욕탕을 잊지 못해요. 겨우 일 년 남짓이라 해도 사람이 변해요. 적이라는 대상조자 흐리게 만든 지독한 상처였죠. 헌영이같이 직접적인 외상을 입은 친구들은 진실을 택하지도 못했지만, 생존을 택하지도 못했어요. 그게 결국, 가정을 저버린 셈이 되었지만⋯⋯. 그러나 지금 와서 보면 생존을 택한 친구들도 꼴이 한심하기는 마찬가지예요. 꿈은 상실되고 자신을 돈과 바꾸어 살아야 하니, 삶 자체가 하루하루 이렇게 소모적이기만 한 건가 싶죠. 참 다들 고독하고 가련해요."

"그렇지만, 개인적인 삶으로 돌아가 충실해야 했어요. 적어도 가정이 있고 아이도 있는 남자는요. 삶에 복무하는 것이 하찮은 일은 아니잖아요."

"할 수 있으면 그랬겠죠. 자기를 해체하고 재정비해서 다른 사람인 양 다시 살아야 했어요. 하지만 헌영인 할 수가 없던 거예요. 윤진 씨도 배신감을 버리세요. 가정이 소중하지 않아서가 아니라 못 했던 거예요. 어렵겠지만, 누군가 정말로 할 수가 없었던 것에 대해 이해해보세요."

아저씨가 나무라듯 말했다. 잠시 침묵이 흘러갔다.

"그놈은 출가한 스님이 스님의 삶에 충실하듯, 자기가 할 수 있는 생을 선택하고 최소한 그것에 성실해요. 거의 속세에 사는 스님이죠. 가난도, 노동도, 고독도……. 윤진 씨 떠난 후 몇 년 동안 그걸 보여주었어요. 모든 것을 잃고도 나름대로 성실했어요. 승지를 윤진 씨께 맡긴 건 터무니없는 일이지만, 곧 찾으러 올 거예요."

나는 엄마의 곁으로 가서 앉았다. 엄마의 코끝이 붉었다. 억울한 감정을 담담히 누르는 얼굴이었다.

"헌영이 그놈, 여기도 오기 싫어해요. 생선의 눈을 못 견뎌 하죠. 나도 이제 눈이 없는 것을 키우고 싶어요. 식물 같은 거요. 아무리 좋은 일에 쓰일 돈이라지만, 눈이 시퍼런 저것들을 가두어 키우고 무게를 달아 횟집에 팔아넘기는 건 점점 못 할 짓이에요."

"내가 가난과 하찮은 노동을 못 견뎌서 떠났다고 생각하는 군요."

엄마가 조금 전 말로 돌아가 따지듯 물었다.

"다 알지도 못하면서 단순화시키는 건 나쁘지만 최소한, 헌영이 할 수 없었던 그 마음을 이해하지 못했던 건 사실 아닙니까? 삶에 대한 비전이 달라졌던 거겠죠."

엄마는 더 이상 말이 없었다.

"하지만, 윤진 씨 허물이라고 생각하지 않습니다. 정말 그렇게 생각하진 않아요."

우리는 아저씨가 끓여준 라면을 먹었다. 묵은 김치 맛은 과연 대단했다. 깊이 익었으면서도 색은 붉고 배추 결은 단단하면서 아삭아삭했다. 겨울을 품은 듯 이가 시리도록 차고 칼칼하고 새큼한 맛이었다. 떠날 때 아저씨는 웃었지만 그 웃음 역시 어딘가 허술하고 허약하고 무언가를 숨기는 듯 보였다. 어른들도 누구나 삶을 힘겨워하고 있고 누구나 조금 비겁하다는 생각이 들었다.

"이제 돌아가?"

내가 묻자 엄마는 그 엄청난 거리에 질리는지 고개를 저었다.

"아주, 영영 못 돌아갈 것 같다. 너무 멀어……."

교량 구간에서는 날려갈 듯 흔들리는 작은 차를 타고 또다시 다섯 시간 넘게 고속 운전을 하는 건 사실 잔인한 일이었다.

"좀 쉬었다가 출발하자."

엄마의 좁고 야윈 어깨와 홍조 띤 뺨이 애처로웠다.

엄마가 쉴 곳을 찾아 들어선 곳은 근처에 있는 공룡 발자국 해안이었다. 삼십 센티미터쯤 되는 공룡 발자국들 이백오십여 개가 상을 편 듯 평평한 암반 위에 잇달아 찍혀 있다고 했다. 햇빛이 쏟아지는 해변에서 팔랑이는 바람을 맞으며 그냥 쉴 생각을 하니 마음이 한결 가벼워졌다. 해안 입구의 휴게소에서 승지와 내가 아이스크림을 하나씩 사는 동안 엄마는 인포메이션 센터에서 안내서를 받았다.

승지와 나는 공룡 발자국을 찾겠다고 평평한 암반으로 달려갔다. 막상 다가가니 공룡 발자국은 찾을 수 없고 한려해상 쪽으로 툭 트인 바다를 향해 펼쳐진 암반의 규모에 압도되었다. 천 명이 들어와 앉아도 넉넉할 암반 위에 관광객은 우리 셋뿐이어서 어지럼증이 몰려왔다. 억겁의 우주를 향한 재단 위에 우리 셋만 달랑 올라선 것 같았다.

승지와 엄마도 얼마 동안은 그저 섬들이 놓여 있는 바다를 넋 놓고 바라보았다. 암반광장은 누군가가 이제 막 솔로 문질러 물청소라도 해서 말린 듯 청결했다. 아마도 아침저녁으로 바다가 들어와 청소를 하고 나가는 것 같았다. 우리는 징그러운 갯강구떼가 빠르게 지나다니는 암반 위를 걸어다니며 공룡 발자국을 찾다가 해식동굴 안으로 이끌려 들어갔다.

그 안은 깊고 어두운 미로였다. 바닷물이 스며든 젖은 미로를 지나 입구로 나올 때, 아주 어릴 때 그곳에 소풍 왔던 기억이 되살아났다. 특이한 모양을 한 해식동굴 입구에서 찍은 사진도 기억났다.

우리 셋은 공연을 보기 위해 객석에 앉은 관람자들처럼 한려수도를 향해 나란히 앉았다. 스물한 살의 나, 열다섯 살의 승시, 마흔다섯 살의 엄마……. 셋이 각자 의지할 데라곤 없는 천애 고아들 같았다. 승지의 길기만 한 몸, 엄마의 납작하고 작은 몸이 눈을 시리게 했다. 신의 이름이라도 부르고 싶은 장소였다. 영혼을 신의 선반 위에 얹어두고 살아가는 삶은 얼마나 포근할까. 하지만 나는 아버지 신을 찾기 전에 인간인 아빠를 찾아야 했다. 아빠는 어디에 있을까……. 파도가 몰려와 발끝을 적시고 얼굴에 물방울을 뿌렸다. 파도는 무슨 짐승처럼 아무것도 없는 바다 가운데서 끊임없이 벌떡벌떡 일어나 해안으로 몰려와서는 있는 힘껏 부딪쳐 부서졌다. 어릴 때라면 나는 또 울음을 터뜨렸을 것이다.

"일억오천만 년 전 옛날엔 이 일대가 다 호숫가 늪지였단다. 우리가 살았던 M시도, 외가가 있는 J시도……. 이 일대엔 공룡들이 집단으로 서식했는데, 공룡 발자국 위로 퇴적층이 쌓이면서 암석으로 굳어졌고 그뒤 지층이 솟아오르면서 퇴적층이 씻기자 발자국이 드러난 거야. 저런 해식 바위굴도 그렇고 여기 암반도 그렇고 다 이 파도가 만들어낸 거지."

엄마가 안내서를 보며 말했다. 주변 육 킬로미터에 이르는 해안을 따라 이천여 개에 이르는 공룡 발자국들이 찍혀 있는데, 춤춘 듯 공룡 발자국들로 뒤덮인 암반은 공룡들의 무도회장으로 불린다고 적혀 있었다.

그렇게 앉아 있자니 어릴 때 아빠가 사준 공룡 모형들이 하나하나 떠올랐다. 내가 가장 좋아한 모형은 용처럼 생긴 머리에 목이 긴 브라키오사우루스였다. 브라키오사우루스는 키가 십육 미터였고 몸길이가 이십오 미터인 초식 공룡이었다. 사람처럼 두 발로 달리는 티라노사우루스도 친숙했다. 티라노사우루스는 몸길이 칠 미터에 길이가 십사 미터였다. 등에 쭈뼛쭈뼛한 뿔 갈기가 솟은 스테고사우루스와 몸이 짧아 보이는 트리케라톱스, 그리고 네발로 걷는 키 칠 미터의 육식 공룡 이구아노돈…….

나는 인형 대신 공룡 모형을 가지고 놀았다. 티라노사우루스는 아빠, 브라키오사우루스는 엄마, 트리케라톱스는 아이, 스테고사우루스는 친구, 하는 식이었다. 키 십육 미터 내지 칠 미터에 길이 이십오 미터인 건물처럼 거대한 공룡들이 쿵쿵

발소리를 울리며 해안가를 뛰어다니는 상상을 하니 역시 초현실적이기만 했다. 파도는 한결같이 몰려오고 바람은 잔잔하고 햇빛은 따사로워 머리카락 사이로 졸음이 스며들어왔다.

"엄마, 햇빛은 말이야, 천만 년이 걸려서 오는 거래⋯⋯. 오늘 이 햇빛은 천만 년 전으로부터 온 거라구. 정말 초현실적이지 않아⋯⋯."

내 중얼거림은 지나가는 바람이나 들은 것 같았다. 천만 년 전으로부터 내 머리 위에 도착한 햇빛, 이억 년 전에 이곳을 지나간 공룡의 발자국들, 영원 사이로 몰려오는 파도와 불어오는 바람⋯⋯. 내 작은 몸은 강처럼 열려 무한 속으로 흘러나가는 것 같았다.

"아빠와는 어떻게 생활하니?"

엄마의 음성이 꿈결처럼 들려왔다. 바다 지편에서 파도가 일어나 달려오고 있었다. 파도가 우리의 발아래 암반에 부딪혀 부서질 때까지 승지는 침묵을 지켰다. 흩어지는 파도의 물방울이 내 얼굴까지 튀었다.

"아빠 자신을 도시빈민이라고 자조하지만, 우린 잘 지내요. 아빠 음식을 잘하고 일부러 시골을 찾아다니며 오일장 보기도 좋아하고, 꼬박꼬박 잘 챙겨 먹고, 정돈도 잘해요. 병적일 정도는 아니지만 청결벽이 있죠. 평일 아침엔 어김없이 일하러 나가고, 물론 나는 학교를 가죠. 우린 토요일과 일요일엔 산에도 가고 좋은 영화가 들어오면 극장에 가기도 하고……. 노래를 다운 받아 시디에 담기도 하고……. 뭐, 사람을 잘 만나지 않는다는 것 빼곤 평범해요."

승지는 모범생이 발표하듯 또박또박 말했다.

"네가 보기에, 아빠는 어떤 사람 같니?"

엄마의 질문에 승지는 흥미진진하게 대답했다.

"아빠의 특징은 다섯 가지로 요약할 수 있어요."

"다섯 가지?"

내가 되물었다. 졸음이 사라지고 정신이 번쩍 들었다. 함께 사는 사람에 대해 다섯 가지로 요약할 수 있는 논리성이 상큼했다.

"첫째 아빤 내가 무엇을 물으면 외판원처럼 정색을 하고 길게 설명하죠. 아무리 사소한 걸 물어도 온갖 걸 다 끌어내서 지리멸렬하게, 논리적으로, 길게 대답해요. 이제 텔레비전 뉴스 보다가 질문 같은 거 안 해요. 무심코 했다 하면 설명이 최소 삼십 분이죠."

엄마와 나는 갑자기 웃음보가 터졌다. 우린 정말 배를 잡고 웃어댔다.

"386이라 그래. 386!"

내가 폭소 사이로 비명을 질렀다. 386, 그건 지난 시대의 컴퓨터 용량같이 처량했다.

"둘째 아빠 집에서 늘 걸레 아니면 행주를 쥐고 있어요. 틈만 나면 비켜비켜 하면서 발밑에서 바닥을 싹싹 닦아요."

우리가 실컷 웃을 틈도 없이 승지는 세 번째를 했다.

"아빠 밤 열시가 되면 매일, 어김없이 밤참을 만들어 소주 반병을 마셔요. 자기만 먹으면 좋겠는데 꼭 내게 맛을 보라며 권해요. 집요하게요. 결국 걸려들어 먹고 아침이면 불은 얼굴로 학교 가야 하는 거예요."

그건 좀 우울한 정보였다.

"넷째는 인간이 싫다, 정말 싫어, 하면서도 가게나 버스 안, 엘리베이터 같은 데서 어린아이들만 보면 어김없이 말을 걸어서 울린다는 거예요. 애들은 아빠가 말을 걸면 십중팔구 울어요. 달래도 그치지 않아서 낭패를 보죠."

우리가 자기를 향해 손짓까지 하며 거의 구를 것같이 웃어대는데도 승지는 여세를 몰아 쉬지 않고 이어갔다.

"그리고 다섯째는, 술만 마시면 곧 시골로 가겠다고 말해요. 시골에 가서 분재도 하고 약용식물도 재배하겠다고."

"맙소사!"

엄마가 갑자기 바다를 향해 벌떡 일어섰다.

"시골에 갔구나……."

얼굴엔 이미 웃음기가 싹 가셔 있었다.

"FTA 때문에 시위 농민이 분신자살을 하는 마당에 하필 불구덩이 속으로 들어간 거야. 왜 그 모양일까, 무슨 팔자가 늘 침몰하는 배만 찾아서 타려 하냐구? 그 인간은 정말 왜 그러냐고? 왜 그래야 하냐구?"

엄마는 묵묵히 파도를 몰고 와 발밑에서 부서지는 바다를 향해 전신으로 항의 구호를 외쳐댔다. 나는 웃음을 멈출 수가 없었다. 아빠라는 사람이 마치 사라진 공룡같이 느껴졌다.

돌아나올 때 광장처럼 더 넓은 암반 위에서 삼십 센티 정도 크기의 공룡 발자국들을 연이어 발견했다. 발자국마다 맑은 바닷물이 공룡의 눈물처럼 찰랑찰랑 고여 있었다.

6

고속도로를 달릴 때, 승지는 잠이 들었다. 검정 가방을 벌려보니 토끼가 놀라 귀를 파닷 세웠다. 그 모양이 제법 귀여웠다. 나는 승지의 MP3 이어폰을 뽑아 내 귀에 꽂아보았다. 사람들 속에 있어도 돌아누워 홀로 수척해지는 가을 산처럼 가을 산처럼……. 그건, 아빠의 음성 같았다. 이상하게 아빠의 얼굴을 생각하면, 대통령의 얼굴이 떠올랐다. 지방선거 참패 이튿날 신문 일면에 실렸던 침울한 대통령의 얼굴. 그때, 아빠와 너무 닮아 깜짝 놀랐었던 기억 때문일 것이다. 하지만 아무리 비슷해도, 정작 아빠처럼 패색 짙은 표정일 수는 없었다.

대통령이 당선된 얼마 뒤에 민주화 운동으로 실형을 산 아빠 같은 사람에 대해 보상을 해준다는 통지서가 날아와 아빠는 서류들을 구비해 보냈다고 했다. 그때 아빠의 얼굴에 잠시 자긍심이 어렸던 것 같다. 나 역시 처음으로 이제부터는 아빠를 존경해야 하는 게 아닐까 하는 고민을 잠시 했다. 하지만 민주화 보상은 어떻게 시행되는지 그 후로 몇 년째 소식이 없다. 친구들에게도 말을 했을 테니 대내외적으로 아빠는 더 우스꽝스러워진 게 아닐까.

"엄마, 난 말이야. 아빠가 자살하지도 않았고 범죄자가 되지도 않은 것을 존경해."

썰렁한 농담 같지만 내 진심이었다.

"가끔 이토록 황당하지만 꿋꿋하잖아. 그동안 노동도 성실하게 했고 살림도 직접 살았고, 그것도 청결하게. 여자들도 만나지 않았고, 딸을 씩씩하게 키우고, 신문도 열심히 읽고, 음악도 듣고 영화도 봐…… . 우울하지도 않고 아프지도 않아."

나는 변명하듯 중얼거렸다.

"그래, 죽지 않았어. 범죄자도 되지 않았고, 주정뱅이도 아니야. 어처구니없지만 제 청춘에 변절도 하지 않았지. 저렇게 자신의 바닥을 버티며 사는 건 아무나 할 수 없는 일이야. 그거야말로 성실일지 모르지. 나도 알아. 나도 너처럼 생각해."

엄마는 다가오는 터널을 노려보며 말했다. 어두운 터널을 지난 뒤 나는 승지의 MP3 버튼을 누르고 이어폰 하나를 엄마 귀에 꽂아주었다.

'사람들 속에 있어도 돌아누워 홀로 수척해지는 가을 산처럼 가을 산처럼 적막함이 목구멍까지 밀려오는 그런 날이면 당신도 따뜻했던 기억들을 꺼내들고 천천히 내 이름 천천히 내 이름 천천히 내 이름 부르겠지요 무명실 같은 달빛마저 떠나간 저문 강가에서 차르륵 차르륵 풀벌레로 울다 당신 생각에 더듬이가 부러져 그만 물속으로 들어가버린 내 마음이 빛이 닿은 물에 눈동자처럼 당신 속에 퍼질 때 새삼 타는 듯 그리워지겠지요 당신이 조금만 조금만 더 무심했더라면 짓이겨진 날개를 들키지 않았을 것을 서럽게 파닥이는 여린 빛들이 모두 사라지면 당신 얼굴을 아주 잊게 될까봐 온몸에 불을 달고 검푸른 물풀 새를 떠돌며 물속 반딧불이 정원에 반딧불이 정원에 반딧불이 정원에 물속 반딧불이 정원에 살았습니다.'

생일파티의 구성원들

1

낮과 밤은 서로 잘려진 단면이 얼마나 아플까? 해 뜰 때나 달이 뜰 무렵이면 무한히 긴 절단면이 아파하는 경련을 나는 느낀다. 삶을 위해 나누어진, 누구의 아픔도 아닌 이 세상의 본질적인 아픔이 내 마음에도 사무쳐 해와 달 사이에서 눈이 아프다.

2

봄이란 하나의 계절이라기보다 겨울과 여름 사이의 격렬한 신경전 같다. 비와 바람과 햇빛과 눈이 서로의 매력과 무기를 다 동원해 밀고 당기고 엎치락뒤치락거렸다. 한겨울같이 기온이 떨어졌다가 삼월 마지막 날엔 깃털 같은 바람이 목덜미를 간질이더니 사월 첫날에는 눈이 내렸고 다음 날엔 황사 때문에 모든 것이 바랜 사진처럼 누렇게 보였다. 그런 날은 의식조차 현실감각을 잃고 부유하는 느낌이었다. 그사이로 개나리와 목련, 벚꽃이 귀신들처럼 피어났다. 꽃은 한 송이 한 송이마다 자기의 세계를 열며 피어난다고 한다. 그래서 꽃 하나가 필 때마다 세계가 하나씩 생긴다고. 사람도 그렇게 자기를 꽃피워야 한다고.

3

사월 첫째 주의 금요일은 엄마가 태어난 날이었다. 우리는 저녁 외식을 하기로 했다. 엄마가 징한 식당은 동네 대로 가에 새로 생긴 상가에 입점한 베트남 식당이었다. 어쩌다 보니 약속시간인 일곱시보다 십오 분쯤이나 먼저 도착했다. 나는 노란 꽃이 핀 선인장 화분을 안고 들어갔다.

새로 지은 상가는 아직 썰렁했고 베트남 식당은 손님이라곤 없이 텅 빈데다 음식 냄새보다 본드 냄새가 차 있어 뭔가 잘못된 느낌이 들었다. 오 분쯤 지난 뒤 재색 양복을 입은 한 중년 남자가 백합과 흰 장미와 안개꽃이 섞인 푸른 잎과 흰색 꽃 일색인 화려한 꽃다발을 들고 들어섰다.

민경 씨, 민경 씨……. 엄마는 아저씨를 그렇게 불렀다. 최민경, 밖에서 보니 아저씨는 키도 생김새도 옷차림도 영락없이 세파에 지쳐가는 중년 남자였다. 중년 남자들이란, 누군가 오래 쓰고 내놓은 가구같이 수상쩍다. 명품이건 싸구려건 찜찜하긴 마찬가지다. 엄마의 애인도 그랬다. 엄마가 높은 점수를 준 건, 이십 년 넘게 한 직장에 근무한 성실성 정도가 아닐까? 하긴 아무리 점수를 깎아도 몸가짐이 단정하고 눈빛이 남달리 반짝이는 것까지 기어이 무시할 수는 없다. 나는 속으로 아이고, 했다. 엄마가 먼저 와주길 바랐던 것이다.

우리는 서로 반기는 척했지만 아저씨도 편치는 않아 보였다. 나는 최대한 우호적인 표정을 지었다. 아저씨도 마찬가지였다. 아저씨가 나를 약간 어려워하고 수줍어하고 긴장하는 모습이 차라리 좋았다. 우리 관계의 선을 감지하며 그 이상 다가오지 않는 소심함도 좋았다. 내 앞에서 태연히 어른 행세를 한다면 참기 어려울 것이다.

"꽃이 예쁘다."

아저씨가 눈으로 내 화분을 가리켰다.

"청양환이래요. 한약 이름 같죠."

아저씨는 고개를 끄덕이며 미소 지었다.

"아저씨 꽃도 예뻐요."

아저씨는 민망한 기색이었다. 정말 한심한 대화라는 생각이 들었다.

아저씨는 얼마간 침묵을 지키고 있다가 띄엄띄엄 물었다. 학교생활은 좋은지, 기숙사 음식은 어떤지, 아르바이트는 힘들지 않은지, 공부는 잘 되는지, 미팅도 하는지, 뭐 그런 것이었다. 나는 간단간단히 대답했다. 뭔가 말하면서 공백을 메우는 편이 쉬우니까. 엄마에게 말하면 아저씨도 안다. 말하자면, 아저씨도 나에 대해 전혀 무지하지는 않았다.

"숙제가 너무 많아 힘들어요. 교수들은 학생들이 자기 수업만 듣는 줄로 착각하나봐요. 숙제 때문에 일주일에 두어 번은 밤을 새워요. 기숙사 밥은, 사실 일식 삼찬의 급식판에 별수가 있겠어요. 게다가 재료를 한꺼번에 사들이는지 오징어가 올라오기 시작하면 하루는 오징어볶음, 다음 날은 오싱어국, 그다음 날은 오징어무침, 하는 식으로 나오죠. 그게 시금치든, 콩나물이든, 돼지고기든, 삼 일 행진을 계속하는 거예요. 끙……"

내 조잘거림에 아저씨가 웃었다. 아저씨의 웃음이 의외로 깨끗하고 산뜻하다. 누굴 웃게 하는 건 기분 좋은 일이다.

하루 여섯 시간 아르바이트, 장난 아니에요. 오른쪽 어깨가 빠지는 거 같더니 팔뚝에 알이 배겼어요. 게다가 꼭 하루에 세 명쯤은 이상한 손님이 들거든요. 아이스크림 고르는 데 십 분쯤 걸려서는 콘에 담아주면, 계산하기 직전에 다시 바꾸어 달라는 거예요. 심지어 아이스크림을 샀다가 하루가 지난 뒤에 다른 맛으로 바꾸어달라고 가져오는 아주머니들도 있죠. 난 그런 고객을 상대하지 않기 위해 상냥하게 미소 지으며 본점 고객센터의 전화번호를 재빨리 가르쳐준답니다. 본점 고객센터엔 그런 감정노동을 하기 위해 근무하는 직원들이 있으니까요. 그래도 가장 젠틀한 고객은 아저씨들 같아요. 퇴근길에 가족을 위해 아이스케이크를 사가는 여유 있는 젊은 아저씨들요. 그들은 아주 빠르게 고르고 군말 없이 계산을 치르고 민첩하게 가게를 떠나죠. 아, 할아버지들도 질색이에요. 오십대 중반만 되어도 말이 많거든요. 아이스크림 사는 건 핑계고 젊은 여자애에게 말 걸기 위해 가게에 들어오는 것만 같아요. 고작 나이가 몇 살이냐? 고향이 어디냐? 대학에선 무슨 공부를 하느냐? 심지어 키가 몇이냐, 같은 것을 묻고는 예쁘다고 몇 번이나 중얼거리죠. 하지만 난, 아르바이트에 대해서는 말하지 않았다. 그 말을 하면 돈에 쪼들려 억지로 일하는 거 같을 테니까. 난, 돈이 필요하지만 노동도 경험하고 싶다구요. 물론 벌써 깨닫고 있죠. 아, 이 세상에다 나를 이렇게 값싸게 팔아서는 안 돼. 나의 퀄리티를 높이기 위해 공부를 더 열심히 해야겠어. 공부를 열심히 해서 삼학년 일년쯤은 교환학생으로 가고 싶어. 아니면 워킹홀리데이라도.

나는 대신 미팅 이야기를 했다.

"미팅은, 하면 백발백중 전화가 와요."

아저씨가 설마 하는 표정을 지은 뒤 웃었다.

"진짜예요. 내가 예쁘잖아요. 실은 내 미모보다는 나의 의젓함과 깊이의 매력에 빠져들죠."

흠, 요즘 자기 과시는 기본이죠, 하는 눈으로 아저씨를 쳐다보니 아저씨도 두 눈에 웃음을 담고 동의한다는 듯 고개를 끄덕였다.

"일주일 정도 문자를 열심히 주고받아요. 그러면 생활의 윤곽이 대략 잡히죠. 그러고 나면 다음 주엔 만나기도 해요. 하지만, 그뒤가 문제예요. 세 번쯤 만나면 지금 뭐 하느냐? 우리 서로 모닝콜 해주기 할까? 네 학교 근처에 왔어. 잠깐 나와. 나 옷 사는 데 따라가줄래? 내 문자를 왜 씹니? 나 집에서 나가, 나 집에 들어왔어……. 자니? 뭐 그러기 시작하면 딱 성가신 거예요. 그렇게 삼 주만 되면 여자친구라는 역할 자체에

회의가 와요. 그뒤 한 번만 더 만나면 대체로 깨져버리죠."

아저씨가 살피듯 나를 보고 있더니 말했다.

"호은인 미팅은 하지만, 막상 관계가 시작되는 건 피하는구나."

그러자 K가 불쑥 떠올랐다. 아저씨는 내 얼굴빛이 변하는 것을 걱정스럽게 바라보았다. 더 이상 떠들 기분이 아니었다.

"우린 무언가를 할 때마다 실패도 하고 상처도 입고 후회도 하지. 마음이 무너지기도 해. 사는 동안 몇 번이고 마음이 무너지지. 하지만 중요한 건 다시 하는 거야."

아저씨는 정말 마음이 다 무너져본 사람 같았다. 아저씨는 젊었을 때 이혼을 했고 그 후로 아이도 잘 보지 못하게 되어 마음고생을 많이 했다고 들었다.

"그럴 때, 난 쉬운 일만 해. 심각하지 않으려고 노력해야만 하지. 쉬운 일도 규칙적으로, 지속적으로 하다 보면, 힘이 생겨. 그리고 시간이 가면, 그게 무엇이든, 새롭게 시작할 수 있어. 걱정 마, 곧 그렇게 될 거야."

나와 아저씨는 눈을 딱 맞춘 채 얼마간을 말없이 보냈다. 그러자 이상하게 어색함이 없어졌다. 나는 고개를 저었다.

"그런 게 아니에요. 아니에요……."

아저씨는 그럼 뭐냐는 눈빛으로 기다렸다. 그런 게 아니지만 정확히 말할 수는 없었다. 외할머니 앞에서, 사람이 있다며 아저씨 이야기를 꺼내놓고 막상 결혼 말이 나오자, 그런 문제가 아니야. 문제는 이런 게 아니라구…… 하며 한사코 부정하던 엄마의 모습이 떠올랐다. 엄마는 무슨 말을 하고 싶었을까? 나는 그런 게 아니면 무엇일까. 막상 남자애를 사귀어볼까, 할 때면 어김없이 함께 생겨나는 그 불편함과 거북함은……. 그런데도 나는 습관적으로 미팅을 했다.

내가 그저 씨익 웃고 난 뒤 표면적으로 평정을 되찾자 아저씨는 케이크를 사오겠다고 나갔다. 아저씨가 나간 뒤 엄마가 들어왔다. 미장원에서 머리를 하고 온 엄마는 어쩐지 더 나이 들어 보였다. 무엇보다 미용사가 부풀려 올린 드라이가 문제였다. 마치, 그래 난 나이 든 중년 여자고 다 포기했다, 어쩔래, 하는 것 같은 스타일이었다. 게다가 미장원에서 시달려서인지 피곤해 보이기도 했다. 내가 머리에 대해 한마디 하려고 할 때 승지가 등장했다. 승지는 프리지어 꽃다발에다 케이크까지 들고 왔다. 엄마도 놀라는 것 같았다.

"이게 다 뭐야?"

내가 귓속말로 물었다.

"아빠가, 돈 줬어. 아줌마 좋아하는 프리지어 꽃다발과 초콜릿케이크를 사라고……."

무슨 맘일까? 아빠의 엉뚱함은 해석이 가 닿지 않는다.

우리는 아저씨가 사온 케이크에 불을 붙였다. 손님이 없으니, 생일파티 하기엔 좋았다. 아저씨와 승지와 나는 해피 버스데이 노래를 불렀다. 눈이 마주칠 때마다 서로 겸연쩍어서 결국 모두 엄마 얼굴만 쳐다보고 노래를 불렀다. 승지는 노골적으로 아저씨를 구경하는 눈빛이었고 아저씨는 승지의 정체에 의구심을 갖고 있는 것 같았다. 나 역시 엄마의 생일 자리에 참석해 있는 승지가 생뚱맞았고 아저씨와는 조금 편해지는가 싶으면 어느새 생면부지인 듯 불편해졌다.

음식 맛은 예상대로 썰렁했다. 무엇보다 베트남 쌈이란 것을 화기애애하게 먹기에는 구성원들 간의 어색함이 도무지 극복되지 않았다. 쌀로 만든 쌈종이를 미지근한 물그릇에 적셔 도마 위에 펴놓고 채 썬 고기와 버섯과 야채와 계란꾸미를 베트남 나무젓가락으로 집어가서 올린 뒤 돌돌 말아 먹어야 했다. 우리는 쌈종이를 돌아가며 하나의 물그릇 속에 적시는 것이 민망했고 꾸미는 가져가다가 자꾸 흘렸고 돌돌 싸보면 너무 크거나 작고 또 잘못 뭉쳐서 망가지곤 했다. 정말 수공적인 식사였고 수고롭기만 하지 맛은 밋밋했고 먹어도 배가 불러지지도 않았다. 마침내 아저씨가 베트남 쌈을 포기하고 춘권을 시켰다. 빠삭빠삭한 춘권에 맵고 달콤한 소스를 듬뿍 적셔 먹으니 마음이 조금 풀렸다.

춘권을 먹다 보니 그사이에 엄마의 얼굴이 불 켠 종이등처럼 환하게 피어 있었다. 눈은 반짝반짝 빛나고 뺨은 홍조를 띠고 피로도 간 데 없이 표정이 청량했다. 헤어스타일도 그사이 자리를 잡아 우아하고 더 젊어 보였다. 아저씨도 온몸에 힘이 가득 차오른 듯 단단하고 팽팽했다. 소심한 인상은 사라지고 두 눈 속에 관대함과 충만함이 가득했다. 사랑하는 사람들 사이에는 생명의 제5원소 같은 초록색 파동이 바글바글 끓으며 서로의 몸속을 넘나들고 주변까지 물들이는지 모른다. 나는 다름 아닌 바로 그 모습 때문에 꼼짝없이 두 사람을 승인하게 된다. 두 사람은 함께 있을 때 근원을 알 수 없는 불가해한 광채가 난다.

엄마의 애인을 용납할 수 없는 내 나름대로의 기준이 없지는 않다. 아저씨는 진지하고 순수하다. 못생기지 않았다. 옷도 못 입지 않는다. 직업도 나쁘지 않다. 성실하다. 소심해서 붙임성은 없지만 성격이 비열하지도 않고 경박하지도 않다. 물론 모두가 그렇듯 어딘가 답답하고 괴팍한 데도 있겠지만 그건 내가 상관할 바가 아닐 것이다. 그건 엄마의 취향 문제니까. 하지만 비열한 건 내게도 문제가 된다.

성실한 직장생활을 한다. 가끔 밥도 산다. 엄마 집의 전등을 갈아 끼우고 가구들을 옮기고 세면기의 개수관도 교체해 주었다. 기념일에는 엄마에게 선물도 한다. 내게도 간간이 용돈도 주지만, 그렇다고 친한 척 끼어들지는 않는다. 내 앞에서 어른 행세도 하지 않는다. 이따금 우릴 웃긴다. 엄마에게 열정적이다. 만약 그 반대라면 나는 엄마와 아저씨에게 시비를 걸지도 모른다. 어쨌든 아저씨는 엄마와 나 사이를 비집고 들어와 내 외로움을 무럭무럭 자라게 하는 장본인이니까. 하지만 엄마에게 아저씨가 없다면 가엾다.

난 숙제도 많고 미팅도 해야 하고 아르바이트도 해야 하며 장래엔 교환학생도 갈 것이다. 지금도 할 일이 많고 앞으로 점점 더 많아질 것이다. 아저씨가 없다면 엄마는 내가 오기만을 기다리고 늘 혼자 밥을 먹고 외식이라곤 하지도 않고 영화도 보지 않겠지. 아무도 예뻐하는 눈으로 보아주지 않고 선물도 하지 않겠지……. 초저녁이나 한낮에 잠이나 자며 늙어가는 건 너무 가엾다. 지금은 엄마의 생에서 사랑에 빠질 수 있는 마지막 시기이다. 엄마는 행복해 보인다. 나는 그게 좋다. 안심이 된다. 나의 외로움? 확실히 내 외로움이 문제적이다.

삼월 초에 엄마의 집에서 나와 갑자기 생긴 밤 시간을 주체 못해 아르바이트를 시작했었다. 내 얼굴이 외로워 보였을까? 아이스크림가게의 선배가 물었었다. 선배는 나의 집이 지방이라고만 알고 있었다.

"기숙사 방에서 잠잘 때 엄마 보고 싶지 않니?"

"뭐, 별로."

나는 건성으로 대답했다. 기숙사 이층 침대에서 커튼을 두르고 눈을 감을 때마다 컨테이너 박스 속에 누운 기분이었다. 화물선에 선적되어 어딘가, 먼 대륙으로 수출이라도 되는 듯한 막막한 기분······.

"난 바로 옆방에서 자도 엄마가 보고 싶던데······."

나는 그냥 싱긋 웃어주었지만 그런 나이브한 표현들이 성가셨다.

그 무렵엔 예기치 않게 엄마의 동네 앞으로 버스를 타고 지나간 일이 많았다. 대개 친구 한둘과 함께 이동할 때였다. 엄마의 동네를 지나갈 때면 형언할 수 없는 추상적인 감정들이 횡경막을 뻐근하도록 밀어댔다. 언어로는 설명할 수 없는 느낌이었다. 그 느낌이 지나가고 나면, 저녁에 피자를 시켜먹은 뒤 밤늦게까지 거실 소파에서 뒹굴며 텔레비전을 켜놓고 잡담을 하던 일요일의 시간들이 그리웠다. 조금 불안정한 엄마의 음성과 어둑하고 차갑고 향긋한 엄마의 냄새, 언제나 감탄하듯 나를 보는 엄마의 눈동자. 나는 좀 다급하게 아이스크림 가게의 화장실로 가서 치약을 잔뜩 짜고 양치질을 했다. 옹색

한 거울 속엔 한 도시에 살면서 엄마를 그리워하는 여자애가 입에 흰 거품을 물고 양치질을 하고 있었다. 칫솔이 움직일 때마다 슬픈 두 눈이 흔들렸다. 젖은 두 눈 속에 반딧불이가 반짝이는 것 같았다. 꼬리에 붙은 푸른 심장이 반짝거리는 반딧불이, 하지만 물속에 빠져 날아가지 못하는 반딧불이…….. 나를 엄마 집으로 불쑥 들어가지 못하게 하는 장본인은 다름 아닌 아저씨였다.

하지만 암만 생각해봐도 외로움 같은 건 이제 내게 넘어온 공이다. 난 현명해서 그걸 안다. 하우 투 파이트 어로니스…….. 스마일, 스마일…….. 스마일이죠. 그 무렵 어느 날, 아빠가 내게 문자를 보냈다. '외로움을 두려워 마라. 마음은 누구나 스님처럼 홀로 흘러가는 거다.' 그날은 정말 아빠가 미웠었다.

식사가 끝난 후에 상가 지하에 있는 노래연습장으로 가 노랠 불렀다. 겉보기엔 완벽하게 평범한 한 가족 같았다. 엄마와 아저씨가 한팀처럼 나란히 앉아 틈틈이 귓속말을 주고받으며 속닥거리는 바람에 나는 승지와 한팀이 되어 노래도 하고 귓속말도 하게 되었다. 아저씨와 엄마는 팔십년대, 구십년대, 이천년대 초반의 노래를 한 곡씩 불렀다. 나는 주로 김윤아 노래를, 승지는 에픽하이와 럭스의 노래를 불렀다. 나를 위해 나를 위해 지금보다 나은 나를 위해 내일의 굳은 다짐을…… 럭스를 부를 수 있는 승지의 힘과 노래 실력에 모두 감탄하고 말았다. 김윤아의 〈걸 토크〉를 부르자 승지는 활짝 웃었다. 두 눈에 초록빛을 담고.

'너는 반짝이는 작은 별 아직은 높이 뜨지 않은…… 생이 네게 열어줄 길은 혼란해도 아름다울 거야.'

다음 노래는 승지와 내가 함께 불렀다.

'절대의 선은 없어 절대의 악도 없어 니 밥그릇 앞에 내 밥그릇 앞에 영원한 적은 없어 영원한 친구도 없어 니 밥그릇 앞에 내 밥그릇 앞에 넌 개새끼야 난 개새끼야 니 밥그릇 앞에 내 밥그릇 앞에 절대의 가치는 없어 절대의 신념도 없어…….'

구십년대엔 그나마, 〈사람이 꽃보다 아름다워〉를 힘차게 불렀던 안치환도 물질만능의 이천년대엔 이렇게 처참한 노래를 부른다. 그리고 아빠도 이렇게 처참한 노래에 젖어버렸다.

승지는 안치환의 〈부메랑〉과 〈꼭두각시〉를 이어 불렀다.

나를 낳았을 무렵에 아빠는 정태춘 노래만 불렀다. 엄마는 아빠가 크게 틀어놓고 나간 노래를 들으며 설거지하고 청소를 하고 나를 목욕시켰다고 한다. 정태춘 테이프의 마지막 곡은 〈우리의 소원은 통일〉이었다. 물론 내가 태어나기도 전에는, 〈산 자여 따르라〉나 〈청산〉〈공장의 불빛〉 같은 노래를 불렀다. 내가 어릴 때도 아빠 친구들이 모여 술에 취하면 그런 노래들을 불렀고 나와 함께 길을 걸을 때면 나지막이 부르곤 해 나도 그 가사들을 기억할 정도였다.

아빠는 〈오월의 어느 날〉이라는 그리스 노래를 잘 불렀다. 오월의 어느 날 너는 나를 떠나갔다. 오월 어느 날 나는 너를 잃었다. 봄날에 너는 사랑을 하고 천국에 올라갔다…….

뭐, 그런 뜻의 노래였다. 아빠도 어느 오월에 사실은 죽어서 천국으로 올라갔는지 모른다. 그래서 자살할 필요도 없고 절망조차 하지 않는 것이다. 사람이 그렇게, 죽은 채로 살아갈 수도 있는 것이다.

엄마는 우리의 도전적인 노래에 어처구니없다는 표정을 짓고 쏘아보더니 입모양만으로 나를 타박했다. 촛. 불. 도. 깨. 비. 노래하는 승지를 보고 있으니 체 게바라의 얼굴이 떠올랐다. 승지의 가방에서 나온 물건이었다. 옷과 교과서, 몇 권의 책 그리고 체의 얼굴이 든 작은 액자…….

"이건 왜 가지고 다니니? 사진인가, 그림인가?"

내가 고개를 갸우뚱하자 승지는 별걸 다 묻는다는 얼굴로 대답했다.

"그린 거야. 지난 겨울방학 때 미술 숙제였어. 인물화 그리기."

"그런데, 체 게바라를 그렸단 거야?"

"늘 아빠 방 벽에 걸려 있으니까, 그리는 게 자연스러웠어. 그런데 그리고 나니까, 아빠 얼굴을 닮았어."

그러고 보니 그랬다.

"그래서 사진 액자에 넣은 거야. 머리카락이랑, 귀에 주름 그리기가 무척 어려웠어."

"넌, 아빠가 그렇게 좋아?"

승지는 피식 웃었다.

"그냥, 아빠잖아."

그러자 가슴이 뭉클했다. 승지는 아빠의 진짜 딸이 틀림없다는 생각이 들었다. 나보다 더 진짜 딸 같으니까. 체의 그림 액자를 본 엄마는 정색을 하고 물었었다.

"가방 안에 화염병은 없었니?"

내가 웃어대자 엄마가 혼잣말을 했다.

"하긴, 쟤 자체가 화염병이다. 네 아빠가 내게 화염병을 투척한 거라구."

어찌나 진지하게 그 말을 하던지 내 웃음이 멎었다. 전혀 농담 같지 않았다.

"화염병을 던진 아빠의 구호는 뭐 같아?"

"진실."

엄마는 그 말을 한 뒤 입을 다물었다.

그 말을 한 다음 날 엄마는 승지를 근처 여중학교로 전학시켰다. 그리고 일주일 내내 교복과 체육복과 교과서를 구하느라 돌아다녔다.

잠자는 숲 속의 공주

1

백화점에 가기 위해 시청 앞 버스 정류장에서 내렸다. 엄마와 나, 그리고 어리둥절해하는 승지. 시청 앞은 이 도시에서 내가 가장 좋아하는 장소였다. 아마 엄마도 그럴 것이다. 덕수궁의 대한문 앞엔 늘 그렇듯 관광객들이 둘러서 있었다. 운이 좋으면 옛날 수문장 교대의식을 볼 수도 있었다. 나는 덕수궁 미술관에서 어떤 전시를 하는지 포스터를 눈여겨보며 지나갔다.

전근대적인 과도기 건축양식인 시청 건물은 일제 강점기의 경성부 청사였단다.

지난해 광복절날, 시청사를 온통 무궁화꽃으로 장식한 것을 보고 아이러니한 감동을 느꼈었다.

시청 문 앞엔 늘 이런저런 시위가 있고, 광장에선 한 달에 한두 번 이상 전시와 공연이 열리기 때문에 늘 북적인다. 멋지게 차려입은 커리어우먼들과 정장 차림의 회사원들이 활기차게 지나다니고 오랜만에 나들이를 나온 오십대 여인들이 느긋하게 산책을 한다. 잔디광장 안엔 가족단위 나들이객들과 연인들이 돗자리를 펴놓고 휴일을 즐겼다.

여름엔 작은 분수에서 물줄기들이 솟구쳐 아이들이 물장난을 할 수 있고 겨울엔 작고 동그란 이동 스케이트장이 들어서서 늘 만원이다. 그리고 광장을 둘러싸고 있는 프라자호텔과 JAL여행사와 호텔 프레지던트, 그 뒤의 롯데호텔과 백화점, 조선호텔, 국가인권위원회와 전국은행연합회 같은 큰 글자가 새겨진 건물들과 주변에 포진한 신문사 본사들과 대기업들의 사옥인 고층건물들…….

신기한 것은 서울 광장에서 무슨 일이 벌어지든, 심지어 밤샘 월드컵 응원전이 열릴 때조차 내게는 고적하게 느껴진다는 것이다. 늘 무슨 일이 일어나고 있는 역동성과 고적함의 극단적인 대비야말로 시청광장의 매력이었다. 광화문과 남대문의 직선로와 전근대적 과도기 건축양식의 시청이 현재를 과거의 정적 속으로 빨아들이는지 모른다.

하지만 내가 시청 앞을 좋아하는 진짜 이유는 엄마와의 추억 때문일 것이다. 서울에 온 이후 엄마와 나는 유독 그 광장을 자주 가로질러 갔다. 명동에 갈 때나 백화점 쇼핑을 할 때, 외식을 할 때는 물론이고 그저 심심한 일요일에도 우리는 마을버스를 타고 가 시청 앞 정류소에서 내렸다. 영화를 보기도 했고, 호텔의 골목 뒤에 숨어 있는 작은 중국식당에 가거나 혹은 청계천 산책을 하기 위해 광장을 지나갔다. 우리는 찜통 같은 한여름에, 지나간 한겨울의 살을 에는 듯한 추위를 회상하며 옥외에 난로가 설치되어 있던 온기 어린 장소들을 손가락으로 가리키고 비밀스럽게 웃었다.

눈 내리던 어느 날 덕수궁에 간 적이 있었다. 미술관 전시를 본 뒤 석조전과 중화전을 지나 즉조당 뒤편 정원에 홀로 놓여 있는 정관헌 앞에서 오래 머물렀었다. 그 시대의 정서를 반영하듯, 서양식 지붕과 로코코 양식의 난간 장식들과 이오니아식 기둥들과 한국 전통 투각 문양들이 뒤섞인, 네 벽이 열린 테라스였다. 제국주의 열강의 틈바구니에서 강제로 문이 다 열려버린, 황당할 만큼 복합적인 양식의 슬픈 연회장……. 엄마는 한참 만에야 적절한 단어를 찾았다는 듯 중얼거렸다.

"세속적이다. 하지만 아름답구나."

엄마 역시 인생에 의해서 자의 반 타의 반으로 네 개의 벽이 다 열어젖혀진 슬픈 연회장 같은 표정을 짓고 있었다.

우리는 덕수궁을 나온 뒤 서울 광장을 지났다. 눈이 내리는

데도 원형 스케이트장엔 저학년 아이들이 바글바글거렸고 아이들의 손을 붙든 젊은 엄마나 아빠들이 길게 두 줄로 서 있었다. 광장엔 여전히 많은 사람들이 우산을 쓰거나 쓰지 않고 오고 갔다. 눈송이들이 소리를 흡수하기라도 하는 걸까? 분명 아이들이 만들어내는 소음이 웅웅거리는데도 불구하고 그날의 풍경은 특별히 더 적요했다. 광장 한가운데를 지날 때 내 속에서 비명 같은 것이 솟구쳤다.

아아, 미끄러지는 것만 같아…….

행인들의 생이 단단하고 차가운 표면 위로 영원을 향해 미끄러지는 것만 같았다. 나의 생도, 엄마의 생도, 풍경들도…….

아무리 파고들고 싶어도 빙판 위의 스케이트처럼 속수무책으로 미끄러져서 사라져가는 것이었다. 난 몸부림치며 그 무엇엔가에 깊이 파고들고 싶었다. 신호등 앞에서 엄마의 얼굴을 보았다.

엄만 이 인생에 얼마나 깊이 파고들었을까? 엄마에게 생의 가장 깊은 곳은 어디일까? 지금 이곳일까? 아니면 지나간 어느 시간, 어느 장소일까. 아니면 아직도 엄마는 무엇을 찾고 있을까?

엄마가 천천히 내게로 고개를 돌렸다. 방심했을 때 엄마는 생의 아주 깊은 심연에서 살고 있는 것만 같다. 아빠가 그랬었다. 스무 살 때의 네 엄마는, 그때껏 벽장 속에 숨어 살다 이제 막 나온 것같이 순수했다고. 하지만 그 스무 살 처녀는 이제 집 한 채를 갖기 위해 열다섯 시간 노동을 불사하는 지극히 평범하고 세속적인 여자가 되었다. 그런 여자는 이 나라 어느 도시에나 어느 시골에나 어느 구역에나 살고 있다.

하지만 이따금 엄마의 방심한 눈과 마주치면 나 역시 아빠의 말에 수긍하게 된다. 그때의 엄마는 눈으로 보지 않고 생각으로 보는 것 같았다.

2

토요일 오후인데다 세일 기간이라 백화점은 몹시 붐볐다. 잡지책에서 본 해외 명품 코너들과 브랜드 화장품들이 즐비하게 늘어선 일층에 들어서자 맥박이 불안정하게 뛰고 혈액이 방향을 잃고 말단 부위들을 향해 달아나는 것 같았다.

중앙을 장식한 거대한 샹들리에와 고급스러운 인테리어를 한 매장들과 환한 조명, 매끄러운 바닥, 가죽 냄새와 화장품 향기와 팔기 위해 눈을 번득이며 설명하는 판매원들의 격앙된 얼굴과 오만하고 차분한 여자 고객들의 거드름과 너무나 다양한 상품들 때문이었을 것이다. 젊은 남자들은 가뭄에 콩 나듯 한둘씩 여자 꽁무니를 따라다녔다.

엄마는 잔뜩 주눅 든 승지와 나를 대동하고 영패션 층인 이 층으로 곧바로 올라갔다.

엄마가 데려다준 매장마다 걸려 있는 옷들은 응석받이같이 귀여운 투피스거나 섹슈얼 로맨티시즘이 지나쳐 낭패스러운 원피스들이었다.

나와 승지는 판매원들과 엄마가 권하는 옷들을 계속 거절했다. 그리고 엄마도 우리가 어쩌다 고른 옷들을 쓴 물이라도 삼킨 표정으로 무시했다.

"대체, 왜 그 옷이니? 이런 옷이 훨씬 예뻐 보일 텐데."

엄마는 내가 잡은 점퍼를 외면하고 미련이 가득한 손길로 다시 원피스를 붙들었다. 나는 후드 달린 은색 여름 점퍼를 꼭 쥔 채 엄마가 카드를 꺼내 계산할 때까지 무반응으로 대처했다.

승지는 엄마의 권유에 따라 체육복을 한 벌 골랐다. 엄마는 우리가 고른 옷을 계산한 뒤에도, 원피스를 한 벌 사자며 다른 매장을 기웃거렸다. 나는 단호히 고개를 저었고 승지는 유치원생 옷 같기도 한 롤리타 스타일의 옷들을 재미있어했다.

구두 매장에서 엄마는 끝까지 고집을 꺾지 않았다. 결국은 내가 매장에서 달아난 뒤에 자신이 집요하게 권했던 구두를 구입하고 말았다. 커다란 비단 리본이 달린 검정색 에나멜 샌들로 굽이 오 센티였다. 맙소사……

엄마는 딸이 대학생이 되면 그런 구두를 반드시 사리라고 결심해둔 모양이었다.

"옷 입는 것도 그렇지만, 머리 스타일도 그게 뭐니?"

버스를 타고 자리를 잡자 엄마가 정색을 하고 비난했다. 그 전 주에 나는 머리를 짧게 잘랐다. 검정색 점퍼를 자주 입는 나에게 룸메이트들은, 중국 소년 같다고 품평했었다. 엄마가 나와 승지의 머리카락을 동시에 휘둘러보며 말했기 때문에 둘 다 마음에 들지 않는다는 뜻 같았다. 나에 빗대서 말하자면, 승지는 살짝 영국 소년 풍이었다. 창백하고 펑키하면서 좀 루즈하고 내성적인 소년 이미지.

버스 맨 뒷좌석 창가 자리엔 엄마, 다음엔 나, 내 곁엔 승지가 앉아 있었다. 마을버스는 주말과 휴일에 오히려 한산했다.

타인들의 눈에는 쇼핑을 하고 돌아가는 평화로운 엄마와 두 자매로 보일 것이다. 거리를 지나고 있는 평범해 보이기만 하는 많은 사람들이 예사롭게 보이지 않는 순간이었다. 겉보기엔 비슷비슷한 모습으로 살아가지만, 저마다 건너야 할 인생의 강들은 얼마나 다를 것인가?

"남자애 같아. 같은 길이라도, 그건 도저히 아니야. 앞머리는 뱅 스타일로 하고 뒷머리는 단발로 정리하면 훨씬 나을 텐데. 어릴 때 넌 내내 그 스타일이었어."

나는 엄마가 바라는 소녀적 이미지가 못마땅했다. 그건 수동적인 헤어스타일이다.

"나중에 그 킬러영화 나왔을 땐, 마틸다를 닮았다고 했지. 〈레옹〉 말이야."

무삭제 〈레옹〉에서는 어린 마틸다가 늙은 킬러의 애인이다. 하지만 커트된 〈레옹〉에선 나이를 넘어선 친구이다.

"영화에선 창녀들도 그런 머리 많이 해. 창녀들일수록 더 짧게 하긴 하지만."

엄마가 당황한 기색으로 흘겨보았다. 나는 장난이라는 표시로 혀를 내밀고 웃었다. 엄만 내가 비디오방을 얼마나 자주 드나들었는지 상상도 못 할 것이다. 비디오방 주인들은 열일곱 살 때부터 나를 스무 살로 봐주었다. 술집에서도, 영화관에서도, 대학생들과 미팅을 할 때도, 담배를 피울 때도, 전혀 문제가 없었다.

내게 프러포즈했던 가장 나이 많은 남자는 나보다 무려 열여덟 살이 많았었다. 대학 입학을 앞둔 공백기에 몇 달 다닌 음악학원의 선생이었다. 밀라노에서 음악공부를 하고 돌아왔고 엄청난 고가의 오디오 시스템을 소유하고 있었다. 물론 오디오 세트와 차 한 대가 그의 전 재산이었다. 하지만 부모는 부자였다.

그는 내 첫 경험의 상대가 되기를 희망했지만, 나는 거절했다. 우리는 키스를 나누는 선에서 끝냈다. 언젠가 첫 경험을 해야겠다고 결정하면 음악학원을 찾아오라고 했지만, 모르겠다. 그럴 수도, 안 그럴 수도. 첫 경험을 하기 위해 고3 때 만난 음악학원 선생님을 찾아간다? 기억에 남기는 할 것 같다. 게다가 그는 매너가 나쁘지는 않다.

사춘기를 지나던 시절에 고삐 풀린 망아지처럼 홀로 지낸 나는, 마음먹기에 따라 무슨 짓이든 할 수 있었을 것이다. 길을 잃고 어디까지 가버렸을지도 모른다. 하지만 그렇게 되지 않았다. 엄마와 아빠라는 가로수가 서 있는 길을 걷는 것같이 그 바깥으로는 나가지 않았다. 엄마의 기도와 아빠의 믿음, 그런 것이 양치기 개처럼 나를 인도했던 것만 같다.

첫 경험은 언제쯤 하는 게 좋을까? 그건 경험 없는 동년배와 하는 게 좋을까, 경험이 많은 연상이 좋을까……. 사랑하는 남자와 하는 게 좋을까, 사랑하지 않는, 그냥 괜찮은 남자와 하는 게 좋을까? 아니면 내가 만난 가장 훌륭한 사람과 하는 건 어떨까? 모텔 같은 데보다는 내 방, 내 침대가 낫겠지. 대체 누구에게도 방해받지 않는, 조금이라도 근사한 내 방을 가지려면 몇 살이나 돼야 할까? 어쨌든, 첫 경험은 그래도, 남자와 하는 거겠지. 이런 건 그저 해보는 생각이고, 다행히 난 첫 경험에 대한 도덕적인 선입견도 없지만 그늘진 호기심도 없었다. 기대도 없고 두려움도 없으며 심지어 초조한 강박증도 없고 미신도 없고 심지어 불안도 없었다. 자연스럽게, 그때가 오면 가장 자연스러운 것을 선택하면 되는 것이다.

"지낼 만하니?"

내 질문에 승지는 눈썹을 조금 찌푸렸다. 승지는 내 방을 쓰고 있었다.

"밤에 자려고 불을 끄고 누우면, 옆집 남자의 숨소리가 들려. 본 적도 없는 사람과 이마를 붙이고 자는 것처럼 기분이 이상해. 자다가 숨결이 뒤섞이는 것을 느끼고 화들짝 깨곤 해."

그 숨소리에 대해서라면 나도 잘 알았다. 그 방엔 어떤 사정인지 몰라도 오십대 정도의 남자가 혼자 자는 것 같았다. 남자는 열한시 무렵부터 한시 사이에 코를 심하게 골았다.

"옛날 집이라 벽이 얇아서 그래. 정 거슬리면, 거꾸로 자. 한결 나아. 나도 그랬거든."

승지는 무표정하게 고개를 끄덕였다. 무심을 가장하는 아이의 마음을 나는 잘 알고 있었다. 언뜻 보면 강하고 쿨한 거 같지만, 상처받지 않기 위해 무심한 척할 뿐이다. 그러나 승지의 의연함은 놀라운 데가 있는 게 사실이었다. 아빠와 승지 사이에 어떤 밀약이라도 있는 게 아닐까. 그게 아니라면, 하루아침에 아빠의 전처 집에 얹혀 지내게 된 아이가 이렇게도 태연할 수 있을까? 오랫동안 엄마와 단둘이 자라면서 어린이집 같은 보육 시설에서 단련된 정서적 기술일지도 모른다. 혹은 본성 자체가 워낙 의젓한 아이일까.

"호은이 너, 미팅할 때도 그렇게 입고 나가니?"

엄마가 걱정 어린 눈길로, 확인하려는 듯, 내 차림을 훑었다. 나는 검정색 점퍼에 회색이 도는 스키니 진바지, 검정색 운동화를 신고 있었다.

"엄만 미팅 때 늘 원피스 입고 나갔나봐?"

나는 좀 심술궂게 대꾸했다.

"대학 입학을 앞두고 초록색과 파란색이 많이 들어간 체크무늬의 투피스를 샀었지. 위는 더블 버튼, 아래는 주름 스커트였어."

"거의 여고생 교복 수준이네 뭐."

"맞아. 그 투피스, 입학식날 꼭 한 번 입었어. 미팅은 한 번도 안 했어. 단벌 투피스는 장롱 속에 고이 모셔두고 내내 청바지만 입고 다녔지. 그 후 사학년이 되어 남자 중학교로 교생 실습 나갔을 때 꺼내 입었어."

"왜 미팅 안 했어?"

"우리 땐 너희와는 다른 세월이었다. 대학 입학해 두 달쯤 다녔을 때 5·18이 일어났어. 학교는 장기 휴교를 했고. 미팅할 사이나 있었겠니? 가을 학기부턴 내내 데모였지……."

"데모하다 아빠 만난 거지?"

대답이 궁금한지 승지도 엄마를 빤히 쳐다보았다.

"아냐, 네 아빤, 운동권이었지만 난 학교 근처의 미술학원 뒷방에서 그림만 그렸어. 집이 멀어 주중엔 거기서 숙식하는 아르바이트를 했거든. 하긴 그림만 그렸다 해도, 시대 공기가 그랬으니 내 물감과 파라핀유에도 최루탄 가스가 섞여들었지."

"데모하다 쫓겨 아빠가 그 미술실로 들이닥친 거지? 그래서 사귀게 되었고……."

"그렇게 간단치 않아."

엄마는 언짢은 표정을 지었다. 그건 질문을 그만하라는 사인이었다.

엄만 부정하지만, 난 아빠한테서 들은 적이 있었다. 그날은

스크럼을 짜고 교문을 나서자마자 바로 진압이 시작되었다고. 최루탄이 연이어 터지고 시위 학생들은 손수건으로 눈과 코를 가리고 시야도 보이지 않는 매운 안개 속에서 튀어 달아나느라 사방이 온통 아우성이었는데 골목 끝의 그 단층 미술실 안에서 엄마는 문을 꼭꼭 닫고 그림을 그리고 있었다고. 콧물, 눈물, 침 같은 것이 진물처럼 저절로 흘러나왔는데 눈물 줄기가 지나가는 부분은 표피들이 찢어지는 듯 아팠다고 했다. 그런 아픔 속에서 처음 엄마를 보았다고…….

"그럼 엄마와 아빠 어떻게 만났어?"

"실제로 사람이 만나는 건, 드라마와 달라. 말할 수 있는 게 아냐. 질서 있는 인과관계도 없고. 착각과 도취, 혹은 무지한 고집과 자기 합리화와 이상한 자포자기 같은 것이 운명을 만들기도 하지."

엄만 자세히 말할 생각이 없는 모양이었다. 나도 꼭 알고 싶은 건 아니었다. 승지도 실망하는 것 같았다. 인생이라는 드라마란 믿을 만한 게 못 된다는 것쯤은 나도 알고 있었다. 착란과 무지로 인해, 그러니까 말할 만한 내용조차 없는데도 결혼을 하고 부주의하게도 콘돔을 쓰지 않아 나 같은 아이를 낳을 수도 있을 것이다. 그리고 아이들을 키우느라 십 년도 넘게 얽혀 산 후에 이혼을 하고 바다생물과 육지동물처럼 전혀 모르는 얼굴로 따로따로 사는 것이다.

"무슨 생각을 그리 골똘히 하니?"

엄마가 물었다.

"아무 생각도 안 해."

나는 볼멘소리로 대답했다.

"너 그러고 있으니까 말이야. 이름이 뭐더라, 요즘 음료수 광고하는 남자 배우 걔, 닮았다."

"L."

승지가 퀴즈라도 맞추듯 끼어들었다.

"그래, L."

"흥흥, 그런 말 자주 들어."

나는 승지를 힐긋 쳐다본 뒤 씨익 웃었다.

"남자 닮았다는 말이 듣기 좋아?"

승지가 물었다.

"원래 여자 닮았다는 말보단 꽃미남 쪽이 더 듣기 좋은걸."

사실 여성호르몬만으로는 단순할 뿐 아니라 진부하다. 우린 좀더 복합적이고 중층적인 이미지와 개인차가 선명한 이목구비의 비율과 피부의 밀도와 촉감과 강도와 빛, 그리고 느낌과 향기를 선호한다. 여성적인 외모의 내면을 물결치며 흐르는 남성호르몬의 미소와 향기라든가, 남성적 외모 속에서 되비치는 여성적 향수의 어른거림 같은 거……. 거기엔 무수한 색과 질감과 이미지의 순열과 조합의 환상과 종의 역사에 대한 경이가 있다. 이젠 생물학적 여성이나 남성이 아니라, 문화사회적 인류로서 여성이거나 남성을 스스로 선택하면 되는 것이다. 아직도 생물학적인 여성으로만 머물겠다고 고집을 부린다면, 글쎄, 애 둘쯤 낳고 전업주부로 세월 보내다간 여자도 아니고 남자도 아닌 아줌마로 도태되어 긴긴 잉여의 세월을 한숨만 쉬며 보내야 할걸……. 그거야말로 진정한 의미의 타락이 아닐까? 빌어먹을, 맞긴 하지만, 난 너무 앞서가는 게 문제다.

"엄만 내가 양성애자라면 어때?"

"어떻긴? 그런가 보다 하지."

엄마는 의외로 쿨했다.

"엄만 왜 그렇게 관대한 거야? 내 친구 엄마들은 끓는 물이라도 뒤집어쓴 것처럼 펄펄 뛸 텐데. 잘못 발설했다간 집에 갇히거나, 쫓겨나. 그래서 다들 상자처럼 입을 꼭 닫고 최후까지 가족에겐 비밀로 하지."

"인간은 누구나 행복을 추구할 권리가 있어. 저마다 자기 생긴 대로, 행복을 찾아야 한다구. 그게 인생인걸. 범죄가 아닌 이상, 누구도 그걸 억압해서는 안 돼."

엄마는 말은 시원하게 하면서도 표정은 심각했다.

"그리고, 이성애자라는 정체성이 꼭 동성애자나 양성애자보다 덜 위험한 것도 아니야. 어차피 인생이란 숱한 기회들과 선택의 연속인걸. 난 네가 다른 사람들과 좀 다르게, 너의 방식으로 행복을 추구하고 삶의 진실들을 경험하는 것에 반대하지 않아."

"아휴, 걱정을 덜었네."

"가족이 이건 해라, 이건 하지 말아라 하며 족쇄를 채우고 각자 가는 길에 바짓가랑이를 붙잡아서야 되겠니. 그건 월권 행위지."

엄만 그런 건 참을 수 없다는 표정을 지으며 고개를 저었다.

"더군다나 우리 같은 가족은 최선을 다해 서로 돕는 게 우선이야. 불필요한 고집을 서로에게 부리거나 무리한 요구를 해선 안 되는 거야. 좀 달라도 서로를 이해하고 자유로워질 수 있게 도와야 해."

"옳은 말씀."

"하지만 네가 정말로 양성애자라면, 사회적 소수로서 피할 수 없는 불이익과 차별과 편견을 감당해야 한다는 점도 분명히 알아야 해. 이 세상에 대한 선택의 폭과 기회가 훨씬 더 좁아질 거야. 그게 정말로 더 행복한지, 더 치열하고 어려운 삶을 살 용기가 있는지 검증해봐야 해."

엄마는 펄쩍 뛰진 않았다. 하지만 자신의 방식으로 내게 책임을 각성시키고 만만치 않게 경고도 했다.

"내겐 시간이 필요해. 그러니까 엄마도, 그런 롤리타 스타일 원피스를 강요하진 말라구."

엄마는 검정색 에나멜 샌들을 만지작거렸다.

"그거, 네가 혹시 결핍감을 느끼고 있을까봐 그걸 충족시켜주고 싶었어. 통과의례 같은 거. 한번도 안 입더라도, 네 스무 살을 그런 식으로 장식해주고 싶은 엄마의 마음."

"모순투성이의 모성."

나는 즐겁게 비아냥거렸다.

"네 취향이 아니더라도, 그런 원피스 한 벌쯤 갖는 추억도 나쁘진 않아."

"에이, 추억 속이 아니라, 꿈에라도 나타날까봐 무서운 어리광쟁이 옷들이었어. 나중에 내가 갖고 싶어지면 엄마가 뒤집어질 만큼 지적이고 성숙한 여자의 원피스를 살게."

나는 성숙한 거, 높은 거, 빛나는 게 좋았다.

"그동안 잘 간직했다가 이 샌들을 신으면 되겠구나. 그사이 발이 더 자라지는 않을 테니."

엄마가 샌들을 내밀었다.

"그럴게."

나는 어깨를 으쓱하고 샌들을 받아 안았다.

"그게 언제쯤일까?"

"글쎄, 스물다섯? 혹은 서른다섯? 마흔다섯일지도 모르지. 쉰다섯에도 늦지는 않을걸. 아, 난 이제 겨우 스물하고 한 살이야. 심각한 문제는, 내가 이렇게도 젊다는 거지. 내 문젠 바로 이거라구."

엄만 결국 훅, 하고 웃음을 터뜨렸다.

가녀리고 피폐한 엄마가 웃을 때면, 여성적인 애잔함과 함께 소년적인 에너지의 에고가 물씬 풍기는데 그 모습이 묘하게 매력적이다. 에고로 인해 생이 점점 애잔해지고 애잔함으로 인해 에고가 점점 더 깊고 성숙해지는 듯하다. 그림을 버린 에고는 허탈하다 못해 해탈할 지경일 텐데, 이제 엄만 무슨 의지로 사는 것일까.

3

아침에 잠에서 깬 승지가 화장실로 들어가더니 나오지 않았다. 요 위에 깐 순면 패드 위엔 단풍 잎사귀 같은 붉은 얼룩이 져 있었다. 기다리다 못해 화장실 문을 노크해보아도 대답이 없었다.

처음인 모양이었다. 승지는 어쩔 줄을 모르고 눈물을 떨어뜨리고 있을 것 같았다. 엄마에게 알렸더니 엄마는 물품보관소의 직원 같은 얼굴로 사용하다 남은 생리대를 넘겨주었다. 엄마와 나는 그것을 생각대라고 불렀다. 우리 사이의 은어가 이제 승지에게도 전해질 것이다. 나는 새 팬티를 꺼내어 적절한 위치에 생각대를 고정시킨 뒤 화장실 문을 두드렸다.

"지금 네게 필요한 거야."

그러자 잠겼던 화장실 문이 딸각 소리를 내며 열렸다. 문틈으로 새 팬티를 내밀자 승지의 손이 나왔다.

"고마워."

승지가 기어드는 소리를 하고 생각대를 받았다. 승지가 아빠가 아닌 우리 사이에서 첫 생리를 경험해 다행이었다. 승지가 화장실에 들어가 있는 사이에 또 하나의 사건이 터졌다.

"맙소사. 이게 뭐니?"

청소기를 돌리려던 엄마가 신음 소리를 냈다. 청소기의 코드 선 곳곳이 패여 불그레한 구리선 가닥들이 드러나 있었다.

베란다에 둔 청소기의 코드 선을 토끼가 갉아먹은 것이었다. 전기에 관한 것이라면 공포부터 느끼는 모녀는 구리선의 섬뜩함에 진저리를 쳤다. 자그마치 다섯 군데가 파먹혀버렸다.

화장실에서 나와 사태를 파악한 승지는 서랍장에서 비닐 테이프를 꺼내 구리선이 노출된 부분들을 감았다.

"구리선이 다친 건 아니니까, 괜찮아요. 정말 괜찮아요. 우리집에서도 많이 그랬거든요."

나는 우리집이 전하는 울림에 잠시 민감해졌다. 그건 아빠와 승지의 집이었다. 승지의 얼굴은 태연했지만 음성은 금세라도 울음을 터뜨릴 것만 같았다. 승지의 말대로 전원을 켜니 정상적으로 작동은 되었다. 하지만 청소기 코드가 누더기꼴이어서 엄마의 표정은 풀리지 않았다. 청소기를 엄마 손에 넘긴 승지는 황급히 방으로 들어갔다. 노크를 하고 들어가보니 스펀지 요의 긴 지퍼를 열고 시트커버를 벗기려 했다.

나는 승지의 손을 떼어내고 그 일을 했다.

"제비꽃이 플라스틱을 먹니?"

승지가 고개를 끄덕였다.

"청소기 코드 외에 또 뭘 먹니?"

"세탁기 호스도 먹어. 욕실 슬리퍼도 먹고 텔레비전 리모컨의 버튼들도 먹었어."

"정말 별난 녀석이네."

"물론 건초가 주식이야. 하지만 가장 좋아하는 건 민들레잎이야."

"민들레잎?"

승지는 고개를 끄덕였다. 그러고 보니 승지는 늘 민들레잎을 뜯어 말리고 있었다.

"조심해. 자꾸 말썽부리면 엄마 감정이 나빠질 수도 있잖아."

"알아."

승지가 그걸 모르겠느냐는 듯 어깨가 축 처진 채 기운 없이 대답했다. 나는 시트를 벗긴 뒤 세탁기에 넣고 돌렸다.

4

아침식사가 끝나고 설거지를 한 뒤 엄마는 우릴 식탁에 앉혔다. 그리고 열다섯 살 봄에 내가 들었던 바로 그 이야기를 시작했다.

"너는 언젠가 엄마가 될 수 있단다." 그 말을 한 뒤, 엄마는 이제 막 찍어낸 것같이 눈부시게 빛나는 백 원짜리 동전을 앞뒤로 똑똑 소리가 나게 몇 번 뒤집었었다. 그리고 내부의 저항을 견디는 표정으로 간신히 말했다.

"축하해."

엄마가 그렇게 말했을 때 내게 시작된 일이 축하할 일만은 아니란 것을 난 알아들었다.

"이제 너 자신을 더 잘 보호해야 한단다. 네가 엄마가 될 준비가 될 때까진 아주 조심해야 해. 내가 진심으로 바라는 건, 네가 원하지 않거나 피임이 준비되지 않은 섹스는 하지 말라는 거야. 그런 일은 일어나지 않도록 잘 통제해야 해. 부주의하게 성행위를 해 원치 않을 때 아이를 갖게 되는 건, 네게도 아이에게도 굉장히 불행한 일이야."

예전의 나는 그 시점쯤에서 질문을 했었다.

"엄마 사람들은 애를 왜 낳아?"

엄마의 두 눈이 바르르 떨렸다. 대답은 돌아오지 않았다. 엄마는 자신이 할 말만 계속했다.

"생리를 하게 되면 좀더 여성적이 될 수밖에 없어. 비밀이 생기는 거니까. 예민해지게 되고 불쾌하기도 하고, 불편하고 열등감을 느끼게 되지. 조심스럽게 움직여야 하고, 단정하게 행동해야 하고 더 위생적이 되어야 해. 흔적을 남기지 않더라도, 잘못하면 냄새를 피워 남에게 폐를 끼칠 수 있어."

그러자 여성의 그늘진 역사란 생리의 어두운 역사 같기도 했다.

"앞으로 대략 삼십오 년 동안이나 매달 치르게 돼. 그렇다고 익숙해지는 건 결코 아니란다. 매달 문제적이지. 내 말 이해하겠니?"

엄만 내가 알아듣든 알아듣지 못하든, 일단 말하는 게 낫다고 결정한 듯했다. 추상적인 이야기였지만, 학교에서도 들어온 소리니 이해하는 데 문제는 없었다. 문제는 엄마가 늘 그런 식으로 반일상적이라는 점이었다. 예를 들면, 피지분비 과잉으로 이마와 뺨, 콧등은 물론이고 머리 밑과 등에도 여드름이 날 수 있다는 점이나 여성호르몬 과다로 살이 두부처럼 허옇게 부풀어오를 수도 있다는 점, 감정이 몹시 불안정할 수 있으며 그 감정의 대부분을 차지하는 비중은 열등감이니 이를 알고서 기분 조절을 잘 해야 한다는 점, 간혹 몹시 난폭해져서 시건방 떠는 후배를 화장실로 데려가 따귀를 때릴 수도 있고 생리 중인 선배로부터 이유 없이 따귀를 맞을 수도 있다는 점 같은 것은 전혀 말해주지 않은 것이다. 심지어 내가 가장 궁금했던 것은 몇 시간마다 패드를 교체하는가였지만 엄마는 그에 대해 설명하지는 않았다. 해봐야 알 일이었다. 그러나 생리를 할 때면, 이상할 만큼 생생하게 엄마의 말이 다시 떠오르곤 했다.

내가 진심으로 바라는 건, 네가 원하지 않거나, 피임이 준비되지 않은 섹스는 하지 말라는 거야. 내가 고무적으로 여기는 건, 언젠가는, 내가 원하게 되고 피임을 준비하게 될 거라는 그 예언이다. 내 첫 경험은 그 예언이 실현될 때 이루어질 것이었다.

나는 엄마 말이 끝나기를 참을성 있게 기다렸다가 좀더 실제적인 이야기를 승지에게 해주었다. 그리고 예전에 했던 질문을 다시 했다.

"엄마, 사람들은 애를 왜 낳는 거야?"

이따위 세상에, 라는 말은 삼켰다. 엄마의 눈은 예전처럼 바르르 떨리지 않았다. 엄마는 나와 승지를 번갈아 쳐다보더니 예사롭게 말했다.

"살아보려고 낳는 거야. 더 열심히, 더 사랑하면서, 도리를 다하며 끝까지 살아보려고……. 이유는 조금씩 다르겠지만, 근본적으로 그래."

"자기들이 살아보겠다고 애를 낳는다고?"

비난하는 나를 엄마는 연민 어린 눈으로 쳐다보았다.

"꼭 그런 것만은 아니야. 때론 생명이 그 자체의 힘으로 준비 안 된 여자들을 덮치기도 하는 거야."

엄마는 원치 않는데도, 라는 말을 삼켰을 것이다.

문득 비둘기 울음소리가 들려왔다. 그러자 집안이 무척 고요하게 느껴졌다.

"그래서 엄마의 사랑엔 죄의식과 슬픔과 희생과 희망이 뒤섞여 있지."

엄마는 당혹스러울 정도로 건조하게 말한 뒤 승지를 불렀다.

"승지야, 아줌마 눈을 좀 봐."

엄마의 음성은 공적인 업무를 집행하려는 사람처럼 차갑지도 따뜻하지도 않았다. 최대한 공정하려고 노력하는 것 같았다. 승지는 눈을 내려뜬 채 망설이더니 막다른 곳에 부딪힌 사람처럼 어쩔 수 없다는 표정으로 고개를 들었다. 엄마는 애써 시선을 더듬어 승지와 눈을 맞추었다. 비둘기 울음소리가 다시 들리고 어느 집에선가 서툰 리코더 소리가 새어나왔다. 많이 들어본 동요였는데 제목이 떠오르지 않았다. 우리나라 동요들은 하나같이 왜 저렇게 슬픈지……. 승지의 눈 속이 붉어지며 눈물 막에 덮이고 있었다. 나는 승지의 눈물이 떨어질까봐 긴장되어 어깨를 움츠렸다.

토끼가 승지의 방 베린다 쪽에서 살금살금 나오더니 식탁 아래로 와 내 발등을 밟았다.

"여긴 아주 가까운 친척집이야. 난 친척 아주머니이고, 그렇게 생각하고 마음 놓고 지내."

그 순간 승지의 눈에서 굵은 눈물방울이 툭 떨어졌다.

"걱정하지 마. 네가 걱정할 일은 하나 없어."

그건 아빠가 한 말과도 같았다. 나는 토끼를 잡아 무릎 위에 올렸다. 토끼는 어느새 낯을 익혔는지 고분고분 내 품에 안겼다. 토끼는 끊임없이 코를 발름거렸다. 그래서 눈과 입가에 난 흰 수염들이 섬세하게 흔들렸다. 길쭉한 귀를 살짝 잡으니 튕기듯 내 손을 쳤다. 의외로 힘이 단단히 차 있는 귀였다. 맑고 커다란 두 눈 가장자리엔 아이가 잘못 칠한 새도처럼 두꺼운 갈색 얼룩이 뭉쳐 있었다. 토끼의 귀는 길게 잡아맨 리본 같았고 비현실적으로 느껴지는 새하얀 가슴은 작지만 뜨겁고 중량은 생각보다 묵직했다. 토끼의 콧등을 살살 쓰다듬자 한결 더 온순해져 졸린 듯 눈을 감았다. 그러자 왜 그것을 제비꽃이라고 불러야 하는지 이해가 되었다. 제비꽃을 승지에게 안겨주었다.

5

엄마의 히트 캐릭터는 푸른 불빛을 반짝이는 외뿔 도깨비 니니와 지하 나라에서 온 소녀무사 윙윙이다. 귀여운 니니와 긴 칼을 등에 메고 짧은 칼을 오른손에 들고 머리카락을 바람에 날리는 윙윙의 모습은 블로그를 가진 여자들에게 인기가 꽤 높다. 나는 천방지축 장난꾸러기 니니보다 윙윙이 더 마음에 들었다.

강변에 부는 초겨울 바람 소리 같은 윙윙, 나이는 열일곱 살, 무술수련 경력 십 년이다. 강을 가르고 지상으로 올라온 윙윙은 검은 강이라는 이름의 애마를 타고 하얀 안개라는 이름의 새끼 고양이를 가슴에 품고 지상으로 납치된 엄마를 찾아 방랑한다. 강과 사막과 들길과 초원과 호수, 아침과 저녁과 한낮, 폭우와 눈과 바람과 꽃 피고 지는 계절들을 지나가는 방랑자의 풍경이 슬프도록 서정적이다. 그리고 악인을 만났을 때 긴 머리카락을 흩날리며 춤추듯 해치우는 무술 솜씨와 피 묻은 칼을 닦는 결연하고 처연한 얼굴 표정은 압권이다.

"엄마, 이제 그림 안 그려?"

작업실에서 일러스트를 그리던 엄마는 거실 소파에 앉은 나를 멀거니 보았다.

침묵이 길어지자 나는 어깨를 으쓱했다.

"진짜 작품 말이야."

엄마는 나를 지나 다른 곳을 뚫어지게 보고 있었다. 그러다가 다시 일을 했다. 그럴 의도는 아니었는데도 마치 엄마를 비웃은 것만 같아 미안해졌다.

"지금 하는 일이 작품이 아니라는 뜻은 아니고, 내 말은
……."

뒤늦게 변명해보려 했지만, 그나마 실패하고 말았다.

얼마간이 지난 뒤에 엄마는 일을 마치고 소파로 다가왔다.
나는 읽던 책에 눈길을 둔 채 길게 뻗고 있던 다리를 얼른 치
워주었다. 엄마는 곁에 앉더니 물었다.

"……너, 〈잠자는 숲 속의 공주〉 알지?"

"물론."

뜬금없이……. 나는 생뚱맞아하면서 책을 덮었다.

"미안한 말이지만,"

엄마는 먼저 사과를 했다.

나는 그제야 고개를 들고 엄마를 보았다.

"난, 너무 오래 긴 잠에 빠져 있었던 거 같아. 태어나면서
부터, 혹은 소녀기나 사춘기의 어느 날…… 어쩌면 동화책
처럼 열다섯 살일지도 몰라. 공주가 잠들면, 왕궁의 시종들도
왕과 왕비도, 군사들과 백성들도 모두 그 자리에 굳어 잠에
빠져버리지. 공주의 꿈속 세계에서는 넝쿨만이 무성하게 자
라 왕국을 친친 감고 뒤덮어. 나의 세상도 나와 함께 잠들었
던 거야."

내 얼굴엔 이게 무슨 소리, 하는 표정이 떠올랐을 것이다.

"숱한 왕자가 공주의 잠을 깨우러 오지만 그 넝쿨에 감겨 죽거나 넝쿨 사이에서 길을 잃고 죽어. 왕국의 정원엔 해골만 쌓이지. 백 년의 세월이 흐른 뒤 한 왕자가 칼을 휘두르며 모든 넝쿨을 다 잘라내고 길을 헤쳐나가 공주에게 도달해. 그리고 키스를 하면 공주는 잠에서 깨지. 공주가 깨어나면 왕과 왕비와 시종들과 성의 백성도 일제히 깨어나."

엄마는 긴 한숨을 쉬었다.

"내 그림은, 잠 속을 휘감는 욕망의 넝쿨이고 동시에 넝쿨을 자르고 길을 내는 칼날이었어. 내가 나에게 도달했을 때, 난 꿈에서 깨어났지."

그러니까, 자신이 잠든 공주이고 동시에 자신이 공주를 구한 왕자라니…… . 생각지 못한 비약이었다.

"꿈에서 깨어 꿈을 생각하면 백 년만큼이나 오래된 일 같단다. 백 년이 흘러버린 것같이 멀어."

엄마는 정말 백 년의 미망을 겪은 노파 같은 표정을 지었다.

나는 한숨을 내쉬었다. 납득이 되었다.

"내 그림 때문에 너도, 아빠도 힘들었다는 거 알아. 하지만, 누구에게나 그림 같은 게 있다고 생각해. 네 아빠에게도. 스무 살 시절에 한 친구가 그런 말을 했지. 피할 수 없으면 즐겨라. 네 아빤 즉각적으로 화를 냈어. 5·18도, 군사정권도, 국가 보안법도, 다국적 기업 노동자의 현실도, 이 살벌한 현실도 피할 수 없으니 즐기자고? 나도 아빠와 한편이었어. 인간인 이상, 피할 수도 없고 즐길 수도 없는 게 있어. 그래서 싸우는 거지. 난 모두에게 저마다의 잠과 저마다의 싸움이 있다고 생각해. 그 잠 속에서 피할 수 없는 것을 즐기면, 영영 꿈에서 깨어날 수 없어."

나도 언젠가 운명의 물레 바늘 같은 것에 찔려 잠들었던 것 같기도 했다. 현실에 대한 실감이 없이, 마치 괴로운 꿈을 계속 꾸는 잠 속인 것만 같으니까. 성벽을 감는 넝쿨들만 마구 뻗쳐나가고 있는 게 아닐까? 나도 나를 구하기 위해, 언젠가는 칼을 뽑아들고 넝쿨에 친친 감긴 왕국으로 한발 한발 들어가야겠지. 몇 번이고 쓰러져 죽고, 또다시 발밑에 쌓인 나 자신의 해골들을 차내며 들어가겠지. 나는 나에게 도달할 수 있을까…….

"꿈에서 깬 기분이 어때?"

"사십 몇 년 동안 줄곧 마음 안에서만 갇혀 살았던 기분이야. 태어나서 단 한 번도 문밖으로 나간 적 없이 자신의 마음 속에서만 살아온 기분."

"그래서, 꿈에서 깨면 뭐가 달라져?"

나는 미간을 약간 찌푸렸다. 난해할 때면 드러나는 버릇이었다.

"흠……."

엄마는 심오한 비밀을 즐기는 사람처럼 빙긋 웃었다.

"진짜 자기 집에 도착한 사람처럼, 삶에 대한 모든 부정들이 걷혀. 인간다운 의식주, 생계를 위해 하는 일, 타인과의 교제, 자기 역할, 누군가를 사랑하는 일, 방바닥을 닦고 유리창을 닦는 일, 밥을 끓이는 일, 세속적 조건 속에서 살기 위한 온갖 노력들의 경건함을 알게 돼. 그게 포인트야."

"단지 세속적인 인간으로 살기 위해 백 년의 잠을 자고 깼다고?"

"그냥 세속성과 달라. 말 그대로, 자신의 꿈이 선택한 삶 속에서 깨어 있는 세속성을 말하는 거야."

엄마의 동공이 보랏빛 광석처럼 난단해 보였다.

"살기 위해, 생활비를 버느라 일러스트를 하지만 전과 달리 초조하지 않아. 묵묵히 삶에 복무하는 거지. 언젠가 때가 되어서 다시 그림을 그리면, 예전과는 아주 다른 그림을 그리게 될 거 같아."

엄마는, 어디에도 매인 데 없는 사람처럼 선선한 태도로 말했다.

한 가지 일을 소망하며 평생 매진해온 사람의 힘이란 대단하다는 생각이 들었다. 스스로 잠의 넝쿨이면서, 스스로 칼날이 되어 백 년의 잠을 깨우고 세상 밖으로 나오는 것이다.

"이제 사람이 어떻게 자유로워지는지 알 것 같아."

엄마의 말은 더 이상 어렵지 않았다. 내 몸이 물을 빨아들이는 스펀지처럼 이해 이전에 그냥 흡수했다. 엄마에게 자각이 있다는 것을 느낄 때는 바로 이런 순간이다. 엄마에겐 삶을 직접 통찰하는 자유롭고 예지적인 처녀의 이미지가 있다. 그래서 백 살 할머니가 되어도 영원한 미스 엔일 것 같다. 어쨌든 다행이다! 적어도 엄마가 꿈에서 깼으니, 난 그 꿈 바깥에서 시작할 수 있는 것이다. 아니면, 엄마의 꿈속에서 내 꿈을 꾸고 있을 테니 내 잠은 실로 얼마나 깊겠는가? 나를 구할 엄두가 아예 나지 않을 것 같다.

"너 아니?"

"뭘?"

"니니와 윙윙, 둘 다 바로 너야."

"뭐?"

"엄만 멀리 두고 온 너를 그리워하며, 니니와 윙윙을 만들어낸 거야."

내 눈은 엄마를 향해 동그랗게 치뜨고 있는데도 내 몸 안에 차오르는 기쁨이 보였다. 기쁨의 색은 강변의 새벽빛처럼 투명한 푸른빛이었다. 내가 보기에 엄마의 가장 큰 변화는 다정함이었다. 결혼생활의 마지막 무렵에 엄마는 산산이 부서질 유리 인형처럼 무감각했었다. 세상과 엄마 사이에 온기가 없었고 끌어당김이 없었고 접착력이 없이 툭툭 끊기고 푸석푸석 흩어졌었다. 희미한 얼굴, 희미한 음성, 희미한 숨소리, 희미한 발소리, 희미한 흐느낌……. 하지만 엄마는 원래 다정하고 상냥한 사람이었던 것이다. 이토록 생생하게 살아 있는 사람이었다.

"휴……."

엄마가 긴 한숨을 내쉬었다.

"승지 엄마는, 저런 애를 두고, 어떻게 떠났을까……. 엄마의 마음이란 어느 누구나 다 똑같은데, 그 여자, 저애를 두고 얼마나 눈이 감기지 않았을까……."

그러자 윙윙은 승지라는 생각이 들었다. 승지는 마음속으로, 늘 또 다른 지상으로 올라가, 긴 칼을 등에 메고 엄마를 찾아 헤매는지도 모른다. 이곳에 없는 것을 찾아 헤매는 마음은 얼마나 춥고 슬프고 어두울까…….

엄마는 제비꽃에겐 쌀쌀맞게 굴었지만 승지는 친척 아이 정도로 대접하고 있었다. 자신은 먹지도 않는 아침을 꼬박꼬박 먹여 등교시켰고 저녁엔 근처의 맛있는 집들을 찾아다녔다. 식사 후엔 나란히 앉아 텔레비전도 보았다. 백화점에 가서 옷을 사입혔을 뿐 아니라 치통이 있다는 것을 알고 거금을 들여 치료를 했고 자세가 나쁘다고 정형외과에 데려가 척추 사진을 찍기까지 했다. 그리고 마음에 쌓인 앙금은 이따금 제비꽃에게 풀었다. 제비꽃은 이불에 오줌을 누기도 하고 전화기나 주스기의 코드를 갉아먹고 소파에 콩 같은 똥을 뿌려놓기 때문에 화풀이할 명분은 얼마든지 있었다.

국제 어두운 밤하늘 협회

1

아이스크림가게는 하루 여섯 시간에 시급 삼천 원과 저녁 식사대 삼천 원을 받는데 눈코 뜰 새 없이 바빴다. 아이스크림을 뜨고, 뜨고, 또 뜨고⋯⋯. 팔이 붓다가 마비가 오는 것 같았다. 그러나 나는 항상 입가에는 미소를 짓고 일곱 번씩 시식을 하는 손님에게도 한결같은 태도로 친절한 서비스를 해 손님들로부터 경외의 시선을 받았었다. 아이스크림콘을 발등에 떨어뜨렸던 손님은 나의 서비스에 거의 경악의 표정을 지었었다. 나는 쏜살처럼 손님에게 달려가 외쳤던 것이다. 손님, 다치신 데는 없으세요? 물론 아이스크림콘에 발등을 찍히는 손님은 한번도 없었다.

친구들 이야기를 들어보면 그래도 아이스크림가게는 좋은

아르바이트 자리였다. 최소한 편의점이나, 분식점보다는 조금 더 행복한 손님이 들어온다. 아이스크림을 산다는 건 일종의 행복을 고르는 행위이다. 가족에게든, 스스로에게든 행복을 선물하는 행위인 것이다. 고객들의 표정은 밝은 편이고 그나마 여유가 있다. 그리고 억지로 미소를 짓다 보니, 미소가 자리를 잡았다. 핑크색 유니폼과 핑크색 모자를 쓰고 멋진 미소를 짓는 건 내 취향은 아니지만 그리 해로운 일은 아니다.

하지만 매우 단순한 작업이다 보니 가끔 이상한 망상에 사로잡힐 때가 있다. 무슨 일로든 바삐 움직이는 거리의 행인들이 밤마다 어딘가에 있는 자기 방을 찾아들어가 여덟 시간 정도 정신을 놓은 채 잠을 자고 나온다는 생각이 들면 머리가 쭈뼛 선다. 사람이란 게 몸에 스위치를 꽂고 밤새 배터리를 보충하는 공상 소설 속의 사이보그들과 다를 바가 없는 것이다. 사람이, 적당한 온도와 습도와 햇빛만 갖추면 솟아나는 버섯같이 추상적인 존재로도 여겨지는 것이다.

버섯이 밥을 먹고 지하철에 실려가 돈을 벌고 마음을 숨긴 채 다른 버섯과 대화를 하고 앞으로 어떻게 될지 모르는 사랑을 나누고 가끔 강에 가서 시름을 흘려보내며 운다 해도, 사람이 그렇게 하는 것에 비해 별로 이상하지도 않다.

신문이나 텔레비전 뉴스를 볼 때도 세상의 연약함에 놀라

자주 어리둥절해졌다. 급격한 인구 감소와 노령화와 일인 가구의 급격한 증가 같은 기사, 떠도는 비정규직 노동자의 비중이 생각보다 너무 높은 기사, 어느 지역에선 겨우 사 년 사이에 아파트 값이 몇 억이나 올랐다는 부동산 기사나 작전 세력에 의해 급등과 급락을 반복하는 증시 기사, 학교재단의 비리나 정치인의 부패나 사회 지도층의 거짓말, 대규모 사고 기사, 종교적 분쟁과 테러들, 따지고 보면 돈이 목적인 전쟁 기사, 여성에 대한 폭력과 아동 착취와 지구 온난화 기사…….

세상이 얼마나 연약하고 우발적이고 잔인하고 무책임한 것인지. 하나의 나라라는 것이, 국민의 수를 걱정해야 하고 살림을 하기 위해 국민 연령을 고뇌해야 하는 것이다. 돈과 권력을 구하기 위해 학력과 지연의 패거리를 짓거나 줄을 서서 이리로 몰려가고 저리로 몰려다니는 그런 세상이 가진 가치란 또 얼마나 허약하고 근거 없고 변덕스러울 것인가.

세상이 아전인수의 장이며 거짓말의 바벨탑이라는 사실을 있는 그대로 인식하는 것은 성숙일까? 절망일까? 아니면 그게 바로 삶일까? 그런 때면 세상에서 현실적으로 무언가를 이룬다는 것이 내가 생각하는 것만큼 의미가 없을지도 모른다는 의심이 생기면서 버섯처럼 마음이 차갑게 식곤 했다. 겨우 스무 살에 말이다.

2

비가 내려 저녁 내내 가게가 한산했다. 차가운 아이스크림 진열대 앞을 서성이자니 외로운 기분마저 드는 밤이었다. 기분이 안 좋을 때면 그럴 리가 없는데도, 아이스크림에서 옅은 비린내가 나는 것만 같았다. 전문대에 다니는 언니는 손님이 없는 틈을 타서 영어단어를 외우느라 전자사전을 만지며 중얼댔다. 열시쯤에 비가 그쳤지만 이미 거리엔 행인들이 없었다. 슬슬 마칠 준비나 해볼까 하고 싱크대를 닦고 행주를 씻어 짜는데 손님이 들어섰다. 맙소사…….

K였다.

"핑크 걸."

내 행색을 살핀 뒤 K는 나를 그렇게 부르고 방긋 웃었다. K는 체중이 십 킬로그램은 빠져나간 것 같았다.

3

K는 무턱대고 기숙사에 나를 찾아갔다가 룸메이트에게 아르바이트 장소를 알아냈다고 했다. 홍대 앞 클럽 쪽으로 가자

고 했더니 고개를 저었다.

"나, 그냥, 다른 일로 왔다가 들렀어. 밤차로 내려갈 거야. 두 시간쯤 남았어. 역에 가서 시간을 보내자."

K의 음성은 차분했고 밤에 물든 두 눈은 어두운 호수처럼 깊어 보였다. 역은 한 정거장 반 정도의 거리였다. 실감이 나지 않았다. 우리가 이토록 먼 곳에서 낯선 거리를 또다시 함께 걷는다는 것이. 어느덧 세상의 봄꽃은 다 지고 초록색 밤바람이 불어왔다. K의 새하얀 셔츠에 푸른 물이라도 들 것 같은 밤이었다. K를 마지막 본 게 언제였는지 아득했다. 나는 손가락까지 꼽으며 정확히 세어보았다. 이 년 사 개월 만이었다. 그사이에 K는 무척 달라졌다.

살이 빠진다는 게 이런 걸까? 얼굴은 갸름해지면서 윤곽이 선명해지고 팔다리도 길어지고 굴곡이 선명했으며 말투도 달라졌고 음성도 달랐다. 단지 살이 빠진 게 아닐지도 모른다. 근본적으로, 그러니까 생리 화학적으로 달라진 것 같았다.

역에서 표를 끊고 기다리는 동안 햄버거가게로 들어갔다. 살이 빠졌는데도 햄버거를 쥔 K의 손은 여전히 희고 통통했으며 손톱은 분홍색이었다. 사람 손은 잘 변하지 않는 모양이었다. 손목에는 동그란 모양에 흰색 가죽 시계가 묶여 있었다.

"선밴 여전하네. 아깐, 핑크 모자에 핑크 유니폼 때문에 몰랐거든."

K는 특유의 낮은 음성으로 눈을 반짝이며 말했다.

"뭐가?"

"눈빛, 그리고 특유의 그 느낌."

"그게 뭔데?"

"선배 눈빛은, 상대를 제압해. 말하자면, 너란 인간이 그렇지 뭐, 하는 시선이야. 너의 바닥을 안다는 눈빛. 그 눈빛 때문에 선생님들이 선배를 거북해했던 거야."

하긴 선생님들과의 관계는 늘 말썽이었다. 담임은 심지어 나를 선동적인 아이라고 감시하기까지 했다.

K의 눈빛도 여전했다. 작은 동물처럼 집요하게 나를 바라봐 마침내 나를 동요시켰던 눈이었다. 하지만 그 눈빛 외엔 많은 것이 달라졌다. 소년과 소녀 사이에서 웅크린 작은 동물 같았던 K는 마술이 일어난 듯 변해 있었다. 그다음 단계는 당연히 여자라는 듯, 여자가 된 것이다. 곰이 변신해 여자가 된 신화만큼이나 놀라웠다.

우리는 묵묵히 햄버거를 먹었다. 햄버거가게를 나와 개찰구 근처의 대합실 의자에 나란히 앉았을 때 K가 머뭇머뭇 입을 열었다.

"그때, 그 시절의 우리에 대해서 꼭 이야기를 나누고 싶었어."

심장이 와락 뜨거워졌다. K는 자기의 두 손을 꼭 쥐었다.

"마지막 날 전화하면서 선배가 불같이 화냈지. 그리고 방학 동안, 일언반구도 없이 서울로 떠나버렸어."

K는 열차의 행선지와 시각 들이 반짝이는 전광판에 시선을 고정시키고 있었다.

"그게 너에게 무슨 의미라도 있었니?"

나는 빈정대듯 물었다.

"선배가 떠난 뒤…… 무척 힘들었어. 정말 어떻게 학교를 졸업할 수 있었는지 모르겠어."

그게 무슨 말일까……. K는 얼굴이 뻣뻣하게 굳은 채 정면만 뚫어져라 보았다.

"네겐 Y가 있었잖니?"

K는 고개를 저었다.

"Y는 선배와는 의미가 다른 상대야. 나와 마음이 같다면, 선배도 알 거야. 선배를 대체할 수 있는 건 세상에 아무것도 없었어. 난 단지 선배가 Y와 사귀었기 때문에 사귀었어. 일종의 앙심이었는지 몰라. 선배가 떠난 뒤 곧바로 Y와 헤어졌어."

K가 하는 말의 의미를 이해할 것 같았다. 얄밉기까지 한 어린 마음을.

"나 간호전문학교에 다녀. 졸업하면 미국으로 갈 거야."

"소문과는 다르구나."

나는 K가 인근 지방의 국립대학에 진학했다고 들었다.

"공부를 망쳤어. 통 못 했지……. 선배, 그 시절, 그때 말이야……."

이젠 나도 정면만 바라보았다. K가 어떤 말을 할지 긴장되어 몸통이 뻣뻣하게 굳는 것 같았다. 그때 그 시절을 지난 이년 동안 떠올리고 또 떠올렸었다. 떠오를 때마다 조금씩 다르게 보이던 시간들……. 다시 보이는 것들, 새롭게 보이는 것들…….

"처음엔 내가 마구 선배에게 다가갔잖아. 그때 난, 선배 앞에서 무슨 말을 해야 할지, 무엇을 어떻게 해야 할지 알 수가 없었어. 선배를 좋아하게 되었을 때 난 무서웠어. 선배가 나를 좋아하게 되었을 때는 더 무서웠지. 선배 앞에만 서면 귀가 먹먹하도록 불안하고 초조했어. 선배가 하는 말이 잘 들리지 않을 정도였으니 말인들 어떻게 했겠어. 그렇게 보고 싶었으면서도 선배가 나를 쳐다보면 수줍어서 표정은 뻣뻣하게 굳고 생각은 뿔뿔이 달아났어. 손도 어디다 놓아야 할지 몰라 좌불안석이었어. 바보가 된 기분이었어. 그렇게 멍청이같이 굴 바엔 차라리 도망쳐서 꼭꼭 숨고 싶더라……."

K가 가방에서 손수건을 꺼내 눈을 꾹 누르듯 눈물을 닦았다.

"선배는 집착이 너무 강했어."

그 말은 어처구니없었다.

"내가?"

"몰랐어?"

나의 반문에 K는 나보다 더 어처구니없는 표정을 지었다.

"내 친구들이 얼마나 말이 많았는데. 선배의 집착증에 대해."

그랬었던가…….

"기억나? 선배가 그랬잖아, 기숙사 나와서 방을 얻어 나와
함께 살 거라고. 대학 가서도, 직장을 얻어서도 나와 함께 방
을 얻어 살 거라고."

얼굴이 붉어졌다. 상상만 한 것이 아니라, 그 말을 K에게
했던 것이다.

"그저 지나가는 말이었을지 몰라도, 난 결정적으로 그 말이
무서웠어. 그래서 그뒤부터 도망친 거야."

"까맣게 몰랐어. 도무지 알 수 없는 이유로, 네가 피하기 시
작했을 때, 나를 희롱하는 것만 같았어. 그 의미를 도무지 알
수 없었어."

"선배가 오해하고 있을 줄 알았어. 그래서 이 말을 꼭 하고
싶었어. 그래야, 풀려날 수 있을 것 같아. 선배도 나도."

K의 눈에 자꾸만 눈물이 고였다.

"미안해. 더 약한 상대가 더 잔인한 법인가봐."

"아니야, 그러고 보니 내가 심했어……."

나는 어찌할 바를 몰라 K를 말렸다. 그러자 K가 해죽 웃었다.

"선배도 참 너무했었어. 내가 참다 못해, 단것 싫다는 말까지 했는데도, 보란 듯이 초콜릿과 사탕만 계속계속 선물했어."

"그랬어. 넌 분명 단 거 싫어한다고 했는데……. 그게 너를 못 보게 된 뒤에야 생각나더라. 들어도 들을 수 없는 때가 있어."

진실은 실은 표면에 드러나 있는데, 보지 못할 뿐이라고 한다. 그 많은 진실들을 다 놓쳐버리고, 우린 무지와 오해 속을 살아간다.

"선밴, 나를 만나고 있을 때도 우연히 거리에서 다른 후배나 친구들을 만나면, 펄쩍 뛰듯 반가워했어. 인사를 꼭 스킨십으로 했지. 선배가 내 친구의 머리나 어깨를 만지면, 난 무시당하는 거 같았어. 간부모임 때문이라며 일방적으로 약속을 취소하기도 잘했지……."

"난 네가 그런다고 여겼어. 네가 그럴 때 난 무시당하는 거 같았고."

"선밴 내가 보낸 편지는 대수롭지 않게 여겼어. 가방 속에

176

구겨져 있기도 하고, 기숙사 방바닥이나 책상 위에 뒹굴기도 했어. 누가 보든 말든 상관도 없는 듯이……. 그러면서 선배가 보낸 편지를 내 짝이 우연히 봤다고 불같이 화를 냈지."

"그래……. 그때 말하지 그랬니? 넌, 네 친구가 네 사진을 몰래 찍어 내게로 전송했다고 불같이 화를 냈었지. 기억나?"

K가 고개를 끄덕였다.

"난, 네 감정을 이해할 수 없었어. 내가 보기에는 화가 날 일 같은데 화를 내지 않고, 화날 일이 아닌데 미친 듯이 화를 냈지."

K와 나는 경쟁이라도 하듯 사소하지만 날카로운 상처들을 들추어냈다.

"선배도 그랬어……. 그때 우린……."

K는 입을 커다랗게 벌리고 긴 숨을 내쉬었다. 나는 고개를 끄덕였다. 그때 우린 불우했다. 그리고 어렸다.

"선배는, 사랑을 늘 무섭게 할 거 같아."

"집착?"

K는 고개를 끄덕였다.

"다음엔, 그러지 마."

"생각해볼게."

내가 고분고분하게 대답해서인지 K는 상큼하게 웃었다.

"사실은, 나 선배 만나러 일부러 왔어. 다른 일 따윈 없었어. 두시쯤에 도착했는데, 망설이느라 두세 시간을 보냈고, 선배 아르바이트 끝나는 시간 맞추느라 또 몇 시간 기다렸지. 돌아가버릴까도 했는데, 오늘이 아니면, 영영 이런 말 못 할 것 같았어."

다섯 시간쯤 기차를 타고 와 아홉 시간이나 기다린 셈이었다. 어떤 말을 하기 위해 먼 여행을 하고 그 상대를 기어이 만나는 것, 그건 K 같은 부류만이 할 수 있는 고전적 성실성이었다. 지난 일을 이야기하는 것은, 성실성뿐 아니라 용기까지 필요한 일이었다. 더구나 서툴기 짝이 없었던 우리의 지난 일이란……

"와주어서 고마워. 그냥 돌아가지 않아서 고맙고."

나는 진심을 다해 말했다.

"선배, 보기가 참 좋아, 지금 모습. 내가 상상한 그대로야."

"여전히 고민이 많고 진로에 대한 갈등도 자주 오고 혼란스럽기도 해."

"이럴 수도 있고 저럴 수도 있어야지, 벌써 인생의 중요한 것들이 결정되는 건 불행한 거야. 나처럼. 난 간호사가 되겠지. 선밴 좋은 대학에 들어갔잖아. 아무에게나 그런 기회가 오는 거 아니야. 한 학기 한 학기 학과 공부에 충실하면 두려울 게 뭐 있어?"

K는 예전에도 오히려 선배처럼 나를 압도하는 데가 있었다. 그런 특유의 건강성과 힘이 나를 매혹한 점이기도 했다.

"선배는 원래 기자가 되고 싶다고 했잖아?"

나는 고개를 끄덕였다.

"바닥부터 톱까지 여러 가지 기자가 있지. 실망스러워. 기자조차 금력에 침식당한 시대거든. 좀더 모색해볼 생각이야. 넌 정말 미국에 갈 거니?"

"형편이 그래. 난 지금 완전히 고학생이야. 내가 벌어서 학교를 다니지. 이곳에서는 힘들어. 거기 가서 일하면 훨씬 나을 거야. 엄마 병은 더 깊어지고 아빠 지쳐가고 있어. 난 가장이 되어야 해."

그래서 이렇게 야위었을까⋯⋯. 하지만 입을 꼭 다문 옆모습의 K는 의지로 가득 차 있고 단단하고 야물었다.

"잘 되길 빌게."

나는 간신히 그 말을 할 수 있을 뿐이었다. K는 손목시계를 만지작거리더니 풀었다.

"이 시계 생각나?"

어딘가 낯익으면서도 또렷하게 기억나지는 않았다.

"내가 시계 줄을 바꾸었어. 원래는 검정색이었어."

"아⋯⋯."

그건 내가 생일 선물로 준 시계였다. 내가 미역국을 끓여 먹었던 그해 생일날 K는 시계를 두 개나 더 선물 받았었다. 나로서는 고가의 선물을 한 셈인데, 이내 무색해져버렸다.

"난 시계를 자꾸만 바꾸어 차야만 했어. 선물한 다른 친구들이 서운해할 테니까. 기억나? 선배를 만날 때나, 등교할 땐 난 이 시계를 꼭 찼어."

나는 고개를 저었다. 세 개의 시계를 한꺼번에 선물 받는 것을 보았을 때, 나는 무의식적으로 그 시계를 지워버렸는지 모른다. 내가 사준 시계를 찬 K의 손목에 대한 기억은 잘라낸 듯 없었다.

"선배가 떠난 후 이 시계만 찼어. 시계 줄이 닳아서 바꾸었어."

K는 내 손을 끌고 가 손바닥 위에 시계를 놓아주었다.

"맡아줘. 언젠가 나를 다시 만나면 그때 돌려줘. 예를 들면, 미국에서 돌아왔다든지⋯⋯."

마음이 고통스러워졌다.

"걱정 마. 다른 의미는 없어. 선배가 이 시계를 맡아주면, 나 힘들어도 쓰러지지 않고 해낼 수 있을 거 같아. 국제 어두운 밤하늘 협회의 후원을 받는 작은 별같이 힘껏 반짝일 수 있을 거 같아."

나는 시계를 꼭 쥐었다.

  K는 가방을 들고 일어섰다. 우린 형식적인 악수를 나누었다. 누가 보아도 예전의 연인 같지는 않을 것이었다. K는 개찰구를 나가서 계단 아래로 사라지기 직전에 손을 흔들었다. 그제야 오래 맺혀 있었던 슬픔이 녹듯 내 눈에서도 눈물이 흘렀다. 너무 오래된, 유효기간이 지난 눈물처럼 뜨겁지도 않고 차갑지도 않게 흘러내렸다. 나는 K의 뒷모습이 사라진 뒤에도 오래 대합실 의자에 앉아 있었다. K를 실은 기차가 떠나고 난 뒤에도 한참 동안…….

  예전에 나는 국제 어두운 밤하늘 협회로부터, 라고 사인을 해 K에게 편지를 보냈었다. 그것은 밤하늘의 별을 더 밝게 빛나게 하기 위해 노력하는 실제로 존재하는 단체의 이름이었다. 나는 내 편지가 K의 마음을 더 밝게 빛나게 하라는 의미로 그 사인을 썼다. 천장지구유시진 차한면면무절기…….뿌리는 다르지만 연리지 되자던 그 말대로 지금 우리의 이런 모습도 연리지일지 모른다. 사랑한다는 것이 무엇일까…….얼마 전 텔레비전에서 본 브라질 할아버지가 떠올랐다. '난 이애를 내 삶보다 더 사랑한답니다.'

  할아버지는 길이 이 미터의 커다란 뱀을 안고 침대에서 누워 있었다. 삶보다 더 사랑한다니……. 난 그런 사랑을 할 자신은 없다. K와의 관계에서 내가 후회하는 것은 우리 관계가 시련에 처했을 때, 친구들의 여러 가지 말과 비난과 그들의 측도에 휩쓸려 내 진심의 갈피를 잃었다는 것이다. 나와 K의 가치를 저버렸을 때 우리 사랑의 생명은 물거품처럼 꺼져버렸다. 그러니, 오래 나를 괴롭혔던 실연의 아픔은 다름 아닌 나 자신에 대한 실망이었다.

사랑이 다시 온다 해도 난 뒷걸음질칠 것만 같다. 사랑은 나를 격정적으로 만들고, 균형 잡힌 관계들을 훼손시키고, 내 일상의 페이스를 무너뜨린다. 내 사랑에 대해 내가 보는 눈과 다른 사람들이 보는 눈은 다를 것이다. 무엇보다 사랑은 반드시 끝이 난다. 대체 어떤 사람들이 사랑에 빠지는 것일까?

엄마와 아저씨는 정말 사랑을 하는 것일까? 마흔다섯 살에 사랑에 빠지는 건 원자폭탄을 맞는 만큼의 확률이라는데…….고등학교 때 친구 소영이는 같은 과 남자애와 진도가 한참 나갔고 경조는 의대생에게 벌써 청혼을 받았으며 은재는 열세 살이나 많은 영어학원 강사와 동거하고 있다.

사랑이 시작되면 나는 두근거림보다 먼저 슬픔에 젖을 것 같다. 내 속의 어둠과 허기와 이기심을 들여다보며, 나는 사랑을 시작할지 말지 망설일 것이다. 나 같은 인간이 사랑을 할 수 있을까? 평생 단 한 번이라도 제대로 된 사랑을 할 수 있을까?

일요일의 통증

1

가만히 내려쬐는 한낮의 햇볕 속에, 지구가 태양의 프리즈마에 접근해가는 긴장감이 느껴졌다. 공기가 하얗게 질리고 흐르는 물조차 느려지는 것 같다. 해 뜨는 자리가 점점 더 동쪽으로 휘면서 이동하고 해 지는 자리는 서쪽으로 휘면서 이동해 이른 아침과 저녁시간이 환하다.

엄마 집 창가에 선 수양버들은 연둣빛 긴 가지들을 바람에 휠휠 날렸다. 가지들이 물결처럼 갈래갈래 흘러가는 것 같았다. 다채롭던 새싹빛 숲은 푸른색으로 짙어져가고 작은 오솔길들이 신록에 묻혔다. 아이들의 목소리가 유난히 높아지고 아카시아 향이 바람에 실려오고 영산홍이 붉게 타오른다.

산에는 팥배꽃, 스노벨 같은 흰 꽃들이 피겠지. 여름이 더

쨍쨍하게 무르익으면 우린 한낮에 삶은 감자를 먹을 것이다. 설탕도 소금도 없이 여름 햇볕의 맛 같은 감자를 먹으면 순한 포만감 속으로 전분가루같이 가벼운 졸음이 몰려온다. 세월이 마구 흘러가버리는 것 같던 여름 한낮의 깊은 오수…….

새하얀 발가락에 분홍빛 페디큐어를 칠하고 슬리퍼를 끌고 빗속으로 뛰어나갔던 어린 시절의 추억이 떠오른다. 그땐 아직 질산과 황산 같은 중금속이 섞인 산성비에 대한 공포도 몰랐었다. 맑은 빗물에 젖은 흰 발가락들은 얼마나 예뻤던가, 채송화꽃잎 같던 발톱들도……. 엄마와 아빠가 나를 촛불 도깨비라고 불렀던 시절이었다. 내가 무언가를 얻어내기 위해 귀염을 떨면, 뿔에서 반짝반짝 초록빛을 발광하는 아기 도깨비 같다고 두 사람은 배를 잡고 웃었었다. 여보, 쟤 좀 봐요. 머리에 불을 켠 거 같아…….

2

엄마의 집에서 보내는 일요일은 피난지에 몸을 숨긴 것처럼 편안했다. 마음껏 자고 일어나 단골가게에 피자를 시킨다. 창문을 활짝 열고 진한 커피를 연이어 마시다가, 피자가 배달 되면 우린 소풍이라도 나간 것처럼 어둑한 거실 바닥에 신문지를 깔고 피자와 콜라와 잔과 피클 따위를 쭉 펼쳤다. 그리고 소파에 눕거나 거실 바닥에 뒹굴면서 서너 시간에 걸쳐서 피자를 먹고, 채널을 이리저리 바꾸며 텔레비전을 보고 실컷 이야기를 나누었다. 일요일마다 엄마의 집은 지상 최고의 릴렉스 호텔이었다. 엄마와 나 사이에 아무런 억압도 강박도 불안도 결핍도 없는 휴식의 시간이 천천히 흘러갔다. 엄마는 모아둔 보따리를 풀듯 좀 많은 말을 했다. 엄마 자신을 내게 알리고 싶어했고 나를 더 많이 알고 싶어했다. 일요일에 나눈 그 많은 이야기들은 내가 혼자 있을 때도 몸속을 돌며 소곤거렸다. 오후에는 산책을 나가거나 백화점엘 갔고 저녁은 주로 외식을 했다. 한번은 엄마가 방심 중에 신세한탄을 했다.

"아, 누가 돈만 좀 벌어다주면 딱 좋겠는데……."

하지만 임마는, 항생제를 투여하듯 즉시 자기비판에 들어갔다.

"빌어먹을 망국적인 의존 기대증이 아직도 고쳐지질 않는군."

그리고 주문을 외우듯 자주, 자립, 자애, 자위, 라고 중얼댔다.

자위란 말 때문에 나는 킥킥 웃었다. 우리가 일요일에 온종일 엉겨 붙어 지내는 것은 헤어져 있던 날들이 만든 그리움 때문일 것이다. 그 많았던 토요일 오후와 그립기만 할 뿐 아무

일도 일어나지 않았던 적막한 일요일에, 난 베이는 풀처럼 마음이 아팠었다. 일요일의 통증……. 엄마도 그랬을 것이다.

3

방 안에 음식 냄새가 가득하고 부엌에서 물 흐르는 소리가 요란했다. 눈을 떠보니 침대 아래서 잠들었던 승지도 자리를 깨끗하게 치우고 나간 뒤였다. 여덟시 삼십분이었다. 웬 부지런들을……. 나는 구시렁거리며 거실로 나갔다. 엄마는 부엌에서 분주하고 승지는 콩쥐처럼 쪼그리고 앉아 엄마 방을 닦고 있었다.

일요일 아침에 두 사람이 경쟁이라도 하듯 근로하는 모습을 보니 머쓱해졌다. 식탁 위 쟁반엔 매운 부추전이 담겨 있었다.

"이게 다 뭐야?"

게다가 우묵한 팬 속에서 고문당하고 있는 음식은 고기와 버섯과 시금치와 당근이 듬뿍 들어간 당면잡채였다. 그런 음식을 집에서 먹어본 게 얼마 만인지 기억도 나지 않았다. 엄마는 이제 막 덤성덤성 파를 썰어 팬에 넣고 긴 나무젓가락으로 저었다.

"오늘 무슨 날이야?"

"……."

"혹시 손님 와?"

"먹자. 승지야, 손 씻고 와."

엄만 나를 완전 무시하고 잡채를 큰 접시에 담았다.

"일요일엔 피자 먹는 게 더 좋은데."

난 잡채가 그저 그랬다. 승지는 식탁에 앉아 벌써 젓가락을 들고 기다렸다.

"저, 그거, 제일 좋아하는 음식이에요."

내가 보기엔 승지가 엄마에게 알랑대는 것 같았다.

"알아."

엄마는 간단하지만 편편하게 대답하고 먹음직스러운 당면 잡채 접시 위에 통깨를 뿌렸다. 고소한 향이 퍼졌다.

"어떻게요?"

"그냥. 아이들은 다 당면잡채를 좋아해."

엄마가 당면잡채 접시를 식탁에 놓았다.

"모르시는 말씀, 아이들은 피자를 더 좋아해."

내가 끼어들자 승지가 좀 서둘러 말했다.

"난, 집에서 엄마가 만든 부추전과 당면잡채가 훨씬 더 좋아."

엄마라니……. 그 말을 한 당사자가 더 놀란 모양이었다.

세 사람 사이에 잠시 침묵이 흘렀다. 하지만 어색함을 무마할 방법은 없었다. 다행히 음식은 맛있었다. 승지가 온 이후로, 엄마는 부엌에서 많은 시간을 보냈다. 냉장고엔 인터넷에서 뽑아낸 요리 정보가 조각조각 붙어 있었다. 엄마는 붓과 물감만큼이나 묵직한 나무 도마와 이제 막 간 부엌칼도 사랑하는 것처럼 보였다. 설거지를 하겠다고 했다가 거절당하고 대신 욕실 청소를 맡아했다. 청소하는 김에 샤워까지 하고 나왔다.

집이 이상할 정도로 고요했다. 커튼이 드리운 창문에서는 바람이 맑은 샘물처럼 찰랑찰랑 들어왔다. 바람이 왜 물 같은 느낌으로 살에 닿을까? 여름이 왔기 때문일까? 머리카락을 말리고 소파에 털썩 앉았으나 텔레비전을 켤 엄두조차 나지 않았다. 승지가 보이지 않았다.

"승지 어디 갔어?"

"친구들과 숙제한다고 도서관 갔어."

"친구도 생겼대?"

"선생님이 짜준 조별 숙제인가봐. 언제 돌아갈지도 모르니 친구들 사귀어지겠니? 짝과는 잘 지내는 거 같아."

엄마는 싱크대에 선 채 왼쪽 고무장갑에 바람을 잔뜩 넣어 막았다. 그리고 얼굴을 고무장갑 끝에 갖다 댔다. 그런 짓을 세 번쯤 반복하더니 가운데 손가락 끝부분을 두 손으로 잡아

늘여 골똘히 쳐다보았다.

"뭐 해?"

나는 엄마 곁으로 바짝 붙어 섰다.

"물이 새."

"근데?"

"어디서 새나 보려고."

"물이 새면 어차피 버려야지, 구멍은 왜 찾아?"

"찾아보고 싶어. 내 느낌엔 새끼손가락에서 새는 것 같았거든. 새끼손가락에 지꾸 물이 찼어. 근데 말이야, 가운데 손가락에 아주 작은 틈이 있구나."

"그래서?"

"그래서는…… 그냥, 조용히 한번 구멍을 찾아보고 싶었다니까."

참, 이상한 일이었다. 어느 때보다 엄마가 평화로워 보였다.

"미스 엔."

"왜?"

"그냥 불러봤어."

심심할 때면 나는 늘 그런 식이었다.

"그저께, 금요일에 말이야."

엄마의 어조가 가볍고도 고요했다.

"승지 담임선생님이 전화를 했어. 무슨 일이 있느냐고, 승지가 학교에 안 왔다고."

"땡땡이 친 거야?"

"그런데, 내가 엄청나게 순발력 있더라. 승지가 간밤에 식중독을 일으켜 병원 응급실 갔다가 이제 막 들어왔다고 둘러댄 거야. 경황이 없어서 연락 못 드려 죄송하다는 말까지 술술 나오더라."

"대단하네."

나는 진심으로 치하했다.

"승지는 어디 갔던 거야?"

"하루 종일 시내 서점 구석에 박혀서 책 읽었단다."

낯선 교복 차림으로 뿌리 내릴 수 없는 낯선 학교로 가다가 우뚝 멈추어 섰을 아이의 모습이 그려졌다.

"왜 그랬느냐고 못 물어보겠더라. 그보다 훨씬 더한 짓을 해도 난 못 물어볼 거야. 그애가 감당하고 있는 것들을 안다면, 누구도 물어볼 수 없을 거야."

땡땡이까지 치고도 이 도시에서 얼마나 갈 곳이 없었으면, 온종일 서점 구석에 박혀 있었을까. 나에게 전화를 했으면, 수업을 빼먹고라도 함께 쏘다녀주었을 텐데. 남산에 가서 케이블카를 타거나 동대문 시장 구경을 하거나 한강에 가서 자전거도 타고 배를 탔을 수도 있는데.

"호은아."

"왜?"

나는 방심한 채 건성으로 대답했다.

"승지와 너, 둘 말이야. 닮았어······."

엄마는 혼잣말처럼 중얼거렸다.

"닮긴, 왜 닮겠어."

나는 괜히 짜증을 내며 되물었다.

"글쎄······ 닮았어."

"어디가 닮았단 거야?"

"눈."

"설마?"

승지와 난 눈이 달랐다. 난 외까풀의 긴 눈이고 승지는 가느다란 쌍꺼풀이 진 긴 눈이다.

"너희 둘 다, 아직 어린것들이 이 세상을 수백 번 살아본 것 같은 눈을 하고 있어. 참 이상해. 이 세상과 인간을 바닥까지 다 안다는 듯이 봐."

"왜 닮겠어? 말도 안 되잖아."

나는 집히는 게 있어 얼굴이 와락 달아올랐지만 강경하게 부인했다.

"승지에게 언니라고 부르라고 하렴."

"싫은데."

"싫을 게 뭐 있니? 어쨌거나 둘 다 아빠 딸인데. 그리고, 천지간에 여동생이 하나 있는 건, 좋은 일이야."

엄마는 여전히 구멍 난 고무장갑을 꼭 쥐고 있었다.

"그래도 싫어."

나는 혀를 내밀었다. 하지만 속마음은 흔들리고 있었다. 반복되는 나의 슬픈 꿈속에서 승지는 늘 벼랑 아래로 속수무책 떨어지는 아이였다. 누구라도 팔을 벌려 받아주어야 할 무방비한 아기였다. 누군가의 언니란 어떤 존재일까? 어떤 의미일까?

나는 거실 소파에 앉아 텔레비전을 켰다. 리모트컨트롤을 이리저리 돌리다가 다큐 채널에 멈추었다. 1961년 4월 12일 유리 가가린이 보스토크 1호를 타고 우주비행을 한 기록을 방송하고 있었다. 가가린은 팔십이 분 동안 지구의 공전 궤도를 따라 사만 킬로미터를 완전히 돌았다. 지구를 이탈하는 동안 소유즈 캡슐 속의 가가린은 탈수기의 빨래처럼 진동하고 있었다. 눈이 튀어나오고 목뼈가 부서질 것처럼 요동쳤다. 그런 팔십이 분은 얼마나 긴 시간일까? 우주비행을 끝내고 지구로 귀환한 가가린은 소련 우주국으로부터 멀리 떨어진 러시아 들판

의 어느 옥수수밭에 떨어져 일하던 농부를 놀라게 했다. 어차
피 귀환지점 같은 것을 정할 수는 없었는지 모른다. 그 유명한
가가린의 말이 흘러나왔다. 지구는 푸른빛이었다…….

"승지 저애, 참 신기해. 반갑지 않은 손님인데도 함께 지내
보니 하나 걸리는 데가 없어. 하는 짓도 예쁘고."

"뭐가 그리 예뻐?"

"엄마가 그리운 거야. 제 엄마가 아니래도, 누구 엄마든. 저
혼자 잘 자다가도 새벽마다 이불 끌고 내 방으로 와서 잔다."

"옆방 남자의 숨소리 때문일걸."

나는 살짝 질투가 나 투덜댔다.

"그제는 하교하는 길에 산 밑 길로 왔는지 찔레꽃을 꺾어왔
더라. 가시가 많아 찔렸을 텐데……. 아침에 일찍 일어나 약
수도 떠오고, 오는 길에 민들레잎을 뜯어와 토끼도 먹이고.
심부름도 잘하고, 가끔 애교도 떨어. 친척 아줌마, 친척 아줌
마, 하면서……."

텔레비전 화면에는 러시아의 우주훈련센터가 비춰졌다. 소
나무 숲에 가려진 우주센터는 몹시 낡고 생각보다 작은 건물
이었다. 1967년부터 세계 각국의 우주인들을 우주 정거장까
지 실어 날랐던 소유즈 우주선 모듈, 중력가속도 적응훈련을
위한 십팔 미터 초대형 원심분리기, 우주유영 훈련을 위한 수

영장 등이 보였다.

"미스 엔, 승지가 엄마라고 불러도 돼?"

"그거하곤 달라."

"나로선 별로 다르지 않거든. 근데 요즘 데이트 안 해?"

엄마가 물끄러미 나를 쳐다보았다. 너무나 많았던 데이트가 일시에 떠오르는 표정으로. 그 표정엔 기쁨과 엑스터시와 함께 고뇌와 슬픔과 갈등까지 드러났다.

그사이 화면은 미국이 경쟁적으로 우주선을 발사했다는 내레이션과 함께 달로 옮겨갔다. 그것은 아폴로 11호였다. 1969년 7월 20일 암스트롱은 달의 표면을 밟았다. 화면엔 우주복을 입은 암스트롱과 달의 평원에 서 있는 달착륙선과 월면차가 보였다. 달의 표면은 썰물이 빠져나간 마른 갯벌같이 황폐했다.

"보아하니, 노윤진과 최민경, 싸웠구나."

엄만 마음속의 무엇을 꾹 누르는 얼굴로 텔레비전 화면을 보고 있었다.

"사랑은, 어쩌면 달나라에 가는 것과 비슷할 거야. 지구의 중력을 이탈해 별들이 보석처럼 빛나는 무한의 우주를 지나 꿈꾸어온 달에 착륙하는 여행 말이야. 그 여행이 엄청난 것은 우주선도 없고 연로도 없이 오직 단둘이 끌어안고 스스로 발사체가 되어 날아간다는 점이지. 그리고 달나라에 갈 수는 있지만 그곳에서 살 수는 없는 것처럼, 사랑 속에 안주해서 살 수도 없단다. 실제로 달은 채석장처럼 끔찍하게 척박한 곳이고 인간의 발을 둥둥 뜨게 만드는 곳이지. 단지 지구와 달 사이, 원심분리기같이 굉장한 속도로 회전하는 허공만이 사랑의 현장인 거야. 사랑이 끝나고 지상으로 돌아올 때는 우주선을 버리고 각자의 낙하산을 펴야 하지. 이 지상에 따로따로 떨어져 착륙해야 하는 것, 사랑은 그런 거야. 얼마간의 시간이 흐른 뒤, 그때 함께 있든, 혹은 헤어져 있든, 무사한지 서로의 안부를 묻는 것으로 결국 끝이 나. 삶은 사랑의 열정이 아니라 인간의 도리로 사는 거거든."

그리고 평생 계속될 것만 같이 단단하게 뭉쳐서 희끗한 형체의 유령처럼 등 뒤를 따라다닌 감정의 응어리도 때가 되면 결국 재처럼 부서져 흩어지겠지. 단둘만의 달나라를 보았던 동질성조차 겨우 이 년 혹은 삼 년 정도면 무화되고 타인이 되는 것이다……. 진짜 상실의 아픔은 그것이다. 평생 계속되는 감정은 아무것도 없다.

"엄마, 아저씨와 안 만나는 거야?"

"……."

할머니와 이모가 했던 말이 떠올랐다. 승지를 데리고 있으면, 전남편과 아직 정리도 다 안 된 사이로 알 거라고, 세속에 사는 사람인데 누군들 속마음이 그리 다르겠느냐고.

"승지 때문에 아저씨가 뭐라고 해? 오해해서 깨진 거야?"

"넌, 정말 온갖 일에 다 간섭이구나."

엄마는 성가신 얼굴로 나를 쳐다보더니 뭔가 견딜 수 없다는 몸짓으로 방으로 들어가버렸다. 엄마는 바닥이 환히 비치는 맑은 시냇물처럼 거리낌 없이 반짝반짝 흐르다가도 상처가 생기면 이내 무섭도록 깊은 호수로 변해버렸다. 그땐 들여다보는 내 얼굴만 되비칠 뿐, 아무것도 보이지 않게 된다. 나는 뺨이 얼얼하게 굳도록 머쓱해졌다. 질문을 해댄 내 목소리에 걱정이 아니라 일말의 기대와 흥분이 묻어 있었다는 것을 뒤늦게 깨달았던 것이다.

텔레비전 화면엔 달의 사막과 절벽과 메마른 강과 구릉지와 분화구와 마른 갯벌 같은 평원이 슬픈 꿈결처럼 펼쳐졌다. 그리고 엔딩 내레이션이 흘러나왔다.

'달에서는 우리가 꿈꾸는 일이 일어납니다. 이곳에 한번 찍힌 발자국은 수백 년이 흘러가도 없어지지 않고 모래성을 쌓으면 절대 무너지지 않는답니다. 비도 내리지 않고 바람도 불지 않고 중력도 거의 없으니까요.'

4

엄마와 난 가능한 충돌을 피하며 지내왔다. 우리가 마지막으로 부딪쳤던 건 오래전이었다. 내가 엄마 집에 온 뒤, 한 달가량 지났을 무렵일 것이다. 이월의 끝자락에 걸린 봄방학 기간이었다. 표면적으로는 고요하고 평화로웠지만 나로선 고3이라는 전장에 투입되기 직전의 강박이 어깨를 짓누르는 하루하루였다. 이마와 뺨엔 뾰루지들이 자꾸만 솟아났다. 책상과 식탁과 침대와 욕실이 나의 동선이었다.

그날은 일요일이었고 엄마는 하루 종일 외출 중이었다. 밤이 오자 나는 엄마가 테이블에 놓고 간 돈으로 돈가스를 배달시켜 꾸역꾸역 먹었다. 온종일 공부한 뒤라 머릿속이 푹 데친 시금치같이 흐물흐물했다. 일요일 밤이니까, 하며 나는 얼굴에 시트지 팩을 붙이고 소파에 누워 텔레비전을 보았다. 봄이 오느라 바람이 창문을 덜컹덜컹 흔들었다. 창문이 흔들릴 때마다 나는 무의식적으로 현관 쪽을 쳐다보았다.

아홉시가 조금 넘었을 때, 갑자기 비밀번호가 열리는 기계음이 들리고 현관문이 열리더니 두 사람이 집 안으로 수선스럽게 들어왔다. 추운 날씨인데도 두 사람의 얼굴은 이제 막 핀 연꽃처럼 환했다. 뭐가 저렇게 날마다 좋을까……. 그 순간 전혀 예기치 못한 반감이 가슴 가운데서 발딱 일어서더니 그만 나를 사로잡아버렸다. 나는 시트지 밖으로 내놓은 눈만으로 인사를 하고 그대로 누워 있었다.

엄마는 내 눈치를 살피는 시늉을 하고 부엌 쪽에 붙은 식탁에 아저씨를 앉히고 주전자에 물을 끓여 차를 만들었다. 두 사람이 소곤소곤 이야기하며 차를 마실 동안, 나는 버티듯이 소파에 드러누워 있었다. 얼굴엔 허연 시트지 팩을 붙인 채……. 불쑥 닥친 방문객에 대한 단순한 귀찮음과 불편함인지, 그 정도를 훨씬 넘어선 분노와 적대감인지 규정할 수 없었다. 나는 눈동자를 붙들어 매다시피 텔레비전만 보고 있었다. 텔레비전에서는 개그맨들이 죽기를 불사하고 웃기고 있었다. 나는 불편함을 무릅쓰고 이따금 피식피식 웃었다.

"호은아, 너 잠깐, 방에 들어가 있으면 안 되니?"

이윽고 참을 만큼 참았다는 듯 엄마가 말했다.

"나, 텔레비전 보잖아. 내가 여기 있으면 안 돼?"

내 음성은 정도 이상으로 격앙되어 나왔다.

아저씨가 팔을 저으며 그대로 두라고 엄마를 말렸다.

"아니면, 이리로 와서 차라도 같이 마시든지. 손님이 왔는데, 그 꼴로 꼭 거실 소파에 누워 있어야겠어?"

엄마의 음성도 낮았지만 날카로웠다.

"차 마시기 싫어."

이번에 나는 눈치 없는 아이처럼, 터무니없이 밝게 대답했다.

"그럼 시트지 떼고 바르게 앉아."

엄마의 음성이 한껏 위협적이었다. 나와 무슨 상관이 있는 손님이라고, 자기한테나 의미가 있지. 밤 아홉시도 넘은 시간에 왜 남의 집에 불쑥 닥치냐고……. 나는 속말을 하며 그대로 버텼다. 그러다가 마침 텔레비전이 웃기는 바람에 킥킥 웃고 말았는데, 그때 아저씨가 일어섰다.

아저씨가 현관으로 나가자 나는 또 눈빛으로만 이제야 가나보죠, 그러게 왜 밤중에 남의 집에 막 들어와요, 하는 식의 인사를 했다. 엄마가 뭐라고 하고 아저씨가 괜찮다고 하더니 엄마도 뒤따라 나갔다.

두 사람이 사라진 뒤에야 나는 발딱 일어나 앉아 시트지를 떼어냈다. 그리고 알면서도 여태 덮어두었던 비밀을 백일하에 드러내듯 신발장 문을 활짝 열어젖혔다. 참 이상한 일이었지만 바로 그 순간에 확신 같은 각성이 왔던 것이다.

신발장 맨 위칸 깊숙한 곳에 남자 운동화가 있었다. 나는 엄마의 방으로 가서 정확히 서랍장 맨 아래칸을 열어보았다. 역시 남자 속옷들과 양말, 체육복과 티셔츠, 면바지 같은 옷들이 들어 있었다. 화장대 서랍엔 상상 그대로 남성용 스킨과

로션, 면도기가 들어 있었다. 슬픔과 공포가 뒤섞인 오한이 몰려와 등골이 오싹했다.

서랍들을 꼭 닫고 소파에 앉았을 때 눈물이 흐르기 시작했다.

돌아온 엄마는 내게 화를 내려다 말고 의아한 표정을 지었다.

"왜 우니?"

그러자 둑이 터지듯, 오래 참고 있었던 것 같은 울음이 밀려나왔다. 울음은 엄마의 집에서 외가가 있는 J시로, 아빠의 집으로, 학교 교정과 기숙사로, 또 엄마와 아빠가 살던 옛날 집과 더 옛날 집으로 마구 흘러다니며 내 몸을 쾅쾅 울렸다. 몸의 깊은 지층들이 흔들리고 뒤집어져 돌덩어리 같은 것이 입 밖으로 꽈르릉 꽝꽝 쏟아져나오는 듯했다. 물끄러미 보던 엄마가 나를 끌어안더니 다급하게 등을 쓸어내렸다.

왜 우니, 라고 묻지도 않고, 울지 말라고 달래지도 않고 그저 내가 체하기라도 한 것처럼 등을 쓸어내리는 것이었다. 엄마의 몸에서 아직도 물감 냄새가 나는 것만 같았다.

"미안하다. 호은아, 미안하다. 엄마가 미안해."

나는 고개를 세차게 저었다. 호흡이 얽혀 뭐라고 말을 할 수가 없었다.

"너를 울려서 미안해…… 호은아 미안해……."

엄마는 밑도 끝도 없는 사과를 자꾸만 했다. 호은아, 미안해 엄마 잘못이야, 엄마가 미안해…….

나는 간신히 울음을 그치고 몇 번 심호흡을 했다.

"엄마 때문에 우는 거 아냐."

"아니야, 나 때문에 우는 거야. 호은이 네가 울면 그건 엄마 때문이야."

"아니야. 아니야……."

내가 부정해도 엄마는 사과를 멈추지 않았다.

"너만 할 땐 네 자신이 만드는 울 일 같은 건 아직 없어. 네 잘못 같은 건 없어. 엄마가 만든 거야……. 네가 우는 건 전부 엄마가 잘못해서 우는 거야. 무슨 일로든, 네가 운다면 그건, 다 엄마 때문이야. 다, 나 때문이야."

그러자 울음이 다시 터졌다. 엄마는 또 허겁지겁 내 등을 쓸어내렸다.

"엄마가 아저씨와 헤어지면 좋겠니? 그럴까? 아저씨 만나지 마?"

나는 다급하게 고개를 저었다.

"내가 우는 건, 내가 나빠서 우는 거야."

나는 딸꾹질을 하기 시작했다.

"엄마도 아저씨도,"

"나쁘지 않아."

"내가,"

"나빠,"

"그래서,"

"울어,"

딸꾹질 때문에 자꾸만 호흡이 끊겼다.

"왜 그렇게 생각하니?"

"나 오기 전에,"

"아저씨와,"

"함께,"

"살았지?"

엄마의 표정이 참혹해졌다.

"나 때문에, 두 사람 떨어져, 지내잖아, 아저씨도, 불편하고, 엄마도, 불편할 텐데…… 두 사람은, 날 위해, 나 때문에, 헤어져 있으면서 잘 참는데, 난 버릇없이 굴고, 불평불만이잖아……"

이걸 어째, 하는 표정으로 내 눈 깊숙이 시선을 맞추고 있던 엄마의 눈에 안도의 빛이 차올랐다.

"호은아, 넌 어쩜 이렇게 착하니!"

엄마는 내 뺨을 두 손으로 안았다.

"난 아기 때부터 네가 너무 착해 감탄하곤 했단다. 넌 정말 신기할 정도로 착해. 하지만, 그렇진 않아. 너 때문에 떨어져 있는 거 아냐. 그게 다는 아니야."

엄만 호흡을 몇 번 내쉬고 들이쉬더니 부엌으로 가 물을 가져왔다. 나와 엄만 물을 한 잔씩 가득 부어 마셨다. 따뜻한 보리차 물이, 장 속에 차오르자 차차 마음이 안정되었다.

"호은이 너 오기 전에 아저씨와 엄마 얼마간 함께 지낸 거 맞아. 그리고 호은이 편하게 지내게, 호은이 위주로 생활하자고 약속한 것도 맞아. 아저씬 아저씨 아파트에서, 난 호은이와 이 집에서……. 호은이 대학 가고, 좀더 클 때까지 우리 그런 모습으로 계속 사랑하자고……. 호은아, 엄마와 아저씨는 결혼하는 거 하나도 안 급해. 아니, 일부러라도 늦추고 싶어. 어차피 시간이 더 필요해. 그러니 네가 그런 마음 갖지 마."

엄마는 내 머리를 쓰다듬었다.

"아저씨하고는 밖에서만 만날게. 집에 데리고 오지 않을게."

엄마는 그 사태를 감당하느라 뺨이 발갛게 달아오르고 콧등에 땀이 맺혔다. 내 몸은 실컷 운 뒤여서인지 피부로 숨을 쉬는 듯 고요했다. 엄마의 어깨에 기대자 엄마가 숨 쉴 때마다 내 얼굴이 오르락내리락했다. 힘껏 뛰는 엄마의 심장박동도 느껴졌다.

"엄만 아저씨를 사랑한다는 거 어떻게 알아?"

나는 발가락을 꼼지락거리며 물었다.

"아빠와 헤어진 뒤로 사랑이라는 말 따위 쓰지 않으려고 결심했었다."

"다시는 사랑하지 않으려고 결심한 거야?"

"아니, 그 단어를 쓰지 않으려고 했어."

엄마는 눈앞을 가리는 거미줄 같은 거라도 걷어내듯 허공에 손을 획 저었다.

"이 사람이라면, 내게 상처를 입혀도 괜찮아. 이 사람이라면, 내게 잘못을 해도 좋아……. 그런 마음이 생겼을 때, 내가 아저씨를 사랑한다는 것을 알았어."

나는 조금 놀랐다. 타인에게 그런 마음을 느낄 수도 있는 것일까…….

"남자와 여자가 사랑을 하면 상처가 많이 생긴단다. 다른 여자에게 시선을 주어도 마음이 아프고 헤어질 때 한번 더 돌아보지 않고 총총 가버려도 상처를 받지. 나이가 들어가는 것도 상처가 되고 언젠가는 우리가 죽을 거라는 사실도 상처가 돼. 인간인 모든 게 선물인 동시에 상처가 된단다. 우리가 인간이어서 하는 잘못들과 불가항력을 승낙하기로 한 거야."

"아빠와는 사랑이 없었어?"

엄마는 난감한 표정을 지었다.

"엄마와 아빠 너무 일찍 만났어. 세상을 모를 때 말이야. 그 시대의 대담한 청춘들이 그랬듯 엄마와 아빠 세속적인 모든 것을 경멸했어. 권위적인 것, 관습적이고 통념적인 것, 집단적인 것, 가족주의, 유교적인 위계질서와 의례들을 비롯한 모든 고착된 질서들, 유명 브랜드 제품들, 공교육, 돈……. 우린 그런 것들을 우습게만 여겼어. 그땐 정말 둘이 의기투합이 됐었단다. 우린 평생 가난하고 자유롭게 살자고 맹세했으니까. 가난하게, 간결하게, 자유롭게. 그게 네 아빠의 모토였지."

엄마는 한숨을 휴 내쉬었다. 창문이 유난히 덜컹거리는 밤이었다.

"우린 세상과 삶을 무시했고 무지했고 오만방자했어. 하지만 거기엔 우리가 삶을 걸고 지켰더라면 아름다웠을 어떤 진실이 있었어. 부모로부터 거의 아무것도 받지 않고 정말 가난하게 시작했었지. 너를 낳기 위해 보증금을 빼서 더 좁은 셋집으로 이사를 하면서도 그것이 의미하는 바가 무엇인지 모를 정도로 세상을 몰랐으니까. 하지만 우리의 삶이 일그러지는 데는 얼마 걸리지 않았단다. 우린 먼 다른 나라로 떠나간 이방인이 아니라, 세속의 한가운데로 툭 떨어졌으니까."

그 당시의 온갖 감정들이 되살아나는 듯 엄마는 양손으로 자기의 무릎을 당겨 안으며 잔뜩 움츠렸다.

"엄만 너를 낳아 키우는 사이에 삶에 완전히 속박당했다는 것을 깨달았어. 동네 아이들을 상대로 놀이방과 다름없는 미술학원을 열어 운영했지만, 혼자 열심인 생활은 우릴 더욱 곤란한 지경으로 밀고 갔어. 네 아빠, 여전히 돈을 비롯해 삶의 모든 것을 우습게 여겼으니까. 결혼생활 동안 네 아빠 직업을 여섯 번이나 바꾸었어. 여섯 번을 그만두었고 실패했지. 네 아빠 지금도 변하지 않았어. 이젠 돈을 우습게 알면서 동시에 원한까지 품고 있겠지."

엄마는 말을 멈추고 맞은편 벽지의 무늬를 세는 듯 곰곰이 바라보고 있었다. 나도 벽지를 쳐다보았다. 흰색 속에 펼이든 은회색 다이아몬드 무늬가 사방 연속으로 이어지는 벽지였다.

"네 아빠 나를 배반자라고 할지도 몰라. 엄마와 아빠가 사랑했었느냐고 물었지?"

엄마는 거짓말을 해줄까, 진실을 말할까 하고 묻는 듯 내 눈을 보았다. 진실을 말해, 엄마. 나는 속으로 말했다.

"우리가 사랑이라는 개념의 자를 가지고 들이대는 순간, 사랑은 없단다. 어디에도 없어. 지금이라면, 난 사랑에 억압되지도 않고 기대하지도 않고 꿈꾸지도 않고 기만당하지 않았을 거야. 내가 하는 게 무엇인지 규정하지 않고 어떤 형태로든 네 아빠와 헤어지지 않고 세상의 높은 곳과 낮은 곳을 흘러갔을 거야. 사랑이든 아니든, 사랑에 도달하지 못하든 혹은 사랑을 지나가버렸든, 사랑이라는 개념 따윈 버리고 둘이 함께 있는 것을 믿을 거야. 네 아빠와 난, 그것에 실패했어."

그날 무슨 일이 생긴 걸까……. 그뒤론 몸에서 가시들이 빠져나가듯 아빠에 대한 미움이 조금 스러졌다. 내 미움의 근원은 아빠를 아빠라는 개념의 감옥에 가두고 그 역할을 요구했기 때문에 생긴 것이었다. 내가 아빠를 개념의 감옥에 가두는 폭력을 자행했다니 놀라웠다. 아빠는 적어도 나를 그런 감옥에 가두지 않았는데 말이다. 아빠에게 역할을 요구하는 대신, 이 사람이라면, 내게 상처를 입혀도 괜찮아. 이 사람이라면, 내게 좀 잘못해도 좋아, 아빠니까, 라고 말해보았다.

그리고 엄마와는 정면으로 싸우지 않고 최대한 비켜간다. 우리가 싸우는 건 너무 슬프니까. 내가 화를 내면 엄마는 상대를 끌어안고 보는 비겁한 복서처럼 사과부터 한다.

'미안하다. 엄마 잘못이야. 네가 만든 화낼 일 같은 건 아직 없어. 전부 엄마 탓이야.'

그렇게 조건 없이 사과하는 사람은, 내 인생에 엄마 외에는 없을 것이다.

유전

1

젊음도 인생도 너무 길다. 우리 세대는 평균 수명이 백 살이라고 한다. 결혼 적령기는 서른 살도 넘어설 거라고 한다. 이십대란, 아무것에도 얽매이지 않고 무엇이든 할 수 있을 것 같지만 실제론 아무리 휘저어도 손에 잡히는 게 없다. 몸이 붕붕 떠오르는 무중력 속에서 우리에게 허용된 것은 오직 배움이고 계획이고 허구이고, 꿈이고 대기뿐이다. 지루함을 견디기 어려울 때면 나는 휴대폰 폴더를 열고 나의 외국인들에게 전화를 했다.

지하철이나 버스 안, 아이스크림가게나 거리에서……. 주로 마야와 에이미와 롤리, 그리고 교수인 폴이다. 그들은 내 상상 속의 외국인들이다. 마야와 에이미는 레즈비언이고 롤리는 스타벅스에서 내게 프러포즈했던 영국인이다. 롤리는 런던에서 왔고 에이미는 플로리다, 마야는 이스라엘인이다. 폴은 스무 살 연하의 아내와 사는 이태리계 미국인으로 한국에 오기 전엔 일본에서 오 년을 거주했다. 한국의 계약이 끝나면 인도로 갈 계획이었다. 나는 폴에게 그 과제물은 에이플러스를 받을 자격이 있다고 영어로 조목조목 따진다. 그는 다 듣고 난 뒤, 내 과제물이 완벽하긴 하지만, 자기와 방향이 달랐다고 대답했다. 전화할 때마다 나는 상상한 과제물 내용에 따라 다르게 따지고 그는 항상 같은 대답을 한다. 학생의 과제물은 완벽하지만 내가 원하는 방향과는 달랐다. 교수들에게 바른 답은 자신과 같은 답이다. 그들은 자신의 추종자만을 원한다.

마야와 에이미는 서로 오해를 하고 의심하고 자주 다툰다. 심지어 덩치 큰 에이미가 폭력을 휘두르기도 한다. 야위고 작은 마야는 울면서 전화한다. 맞으면서도, 점점 더 더 깊어져 가는 사랑이 너무 고통스럽다고 하소연한다. 롤리는 한국인 여자를 사귀면서 틈틈이 내게 조언을 받고 싶어한다. 나는 귀찮아하면서도 도움이 될 만한 말을 해준다. 롤리는 지적이지만 소인배다. 이기적이면서도 의존적인 어떤 한국여자를 경험한 뒤로 한국여자가 의지할까봐 잔뜩 몸을 사린다.

이 놀이의 장점은 영어 공부에 도움이 된다는 점과 바로 주변에 있는 타인들로부터 자유로울 수 있다는 점이다. 부작용도 만만치 않다. 전철 안이나 거리에서 외국인들이 내게 말을 걸어온다. 그들은 길이나 싸고 맛있는 식당을 묻기도 하고 한국에 대한 느낌이나 불만을 토로하기도 하고 내 전화번호를 알고 싶어하기도 한다. 데이트 신청도 한다. 정말 귀찮은 일이지만, 그런데도 전철 안에서 내가 빈 상자같이 느껴질 때 아무것도 하지 않고 버티기는 어렵다.

지루한 정도라면 나는 꽤 적극적으로 스스로를 돕는 편인데 우울은 좀 다르다. 이따금은 속수무책의 우울이 서커스 텐트가 무너지듯 나를 덮치곤 한다. 계단을 올라갈 때, 수업을 마치고 나올 때, 학교 식당에 홀로 들어갈 때, 심지어 아침에 잠이 깰 때, 클럽에서 밤을 새워 놀고 나온 다음 날 새벽에나 느낄 법한, 환멸과 자책과 서러움이 뒤섞인 농도 짙은 우울이 기습적으로 나를 덮는 것이다.

우울은 어디에서 오는지, 잠속의 꿈은 어디에서 오는지, 그리고 삶은 또 어디에서 오는지……. 내 청춘의 문제들은 성적 정체성, 진로, 몸무게, 영어, 학점, 가족이었다. 그리고 이 모든 존재적 외로움과 괴로움과 그리움…….

다행인 건 우울이 내게 유독 별나게 구는 건 아니라는 사실이다. 친구들 대부분은 생리주기처럼 우울주기를 반복한다.

더 심각한 건 우울주기의 균형마저 잃고 무너질 때이다. 예를 들면, 중절수술을 했다거나—최근에 중절수술을 한 친구가 자그마치 세 명이다. 그 친구들은 결코 자유분방하지도 않고 대담하지도 않다. 오히려 소심한 편이다. 자신의 의지를 어쩡쩡하게 유기해버린 지극히 우발적인 십여 분이 상상하기조차 끔찍한 결과를 잉태한다. 부모와의 갈등으로 가출해 친구들의 원룸을 전전한다거나, 어느 날 갑자기 시간감각을 상실하고 밤에는 불면에 시달리고 낮에는 무력증에 빠져 회색의 나날을 삼 주, 혹은 사 주 계속 보낸다거나, 어처구니없게도 돈을 빌려 명품 가방을 사고 빚에 쫓긴다거나……. 내 친구들 대부분은 노트북 PC로 미국 드라마를 다운 받아 밤새도록 볼 때 진정으로 행복하다고 한다. 이 정도면 행복조차 가여울 지경이지만 달리 방법도 없다.

서랍 속에서 타로 카드를 꺼내 한장 한장 카드를 뽑아 보는 때는 내가 우울하다는 표시이다. 타로 카드는 내면이라는 나라의 외국어이다. 타로 점은 대개 나를 격려하고 경고하고 희망을 주고 무엇보다 안정시켜준다. 우울이 계속될 때면 일부러 『이상한 나라의 앨리스』를 영문판으로 읽었다. 영문판으로 읽으면 훨씬 더 이상하고 재미있어진다. 이상한 나라로 미끄러져 들어간 앨리스는 삼거리에서 토끼를 만나 길을 묻는다.

"어디로 가야 하니?"

토끼가 대답한다.

"어디로 가고 싶은데?"

"어디든 상관없어."

"이쪽으로 가면 미친 사람들이 살아."

"그럼 저쪽으로 가야겠네."

"저쪽으로 가도 미친 사람들이 살아."

"그럼 어디로 가야 하지?"

"어디로 가든 마찬가지야. 어디든 미친 사람들이 살거든."

앨리스로도 안 되면 『삼국지』를 찾아 읽었다. 그리고 유비와 관우, 장비, 조조의 죽은 나이를 생각한다. 유비 육십이 세, 관우 오십팔 세, 장비 오십오 세, 조조 육십오 세……. 삼국을 들었다 놓았다 했던 천하의 영웅들도 아침 이슬처럼 이내 스러져갔다. 내가 읽은 『삼국지』 중에서 가장 아름다운 건 키타카타 겐조가 쓴 『영웅 삼국지』였다. 『삼국지』로도 안 되면? 그러면 노래를 부른다. 내가 아는 모든 노래를. 아침엔 아침밥 점심엔 점심밥 저녁엔 저녁밥 그리고 잠잔다. 이것이 인생의 의미 인생의 참된 것……. 힘들 땐 쉬운 일에 전념하는 것이 방법이라고 말한 건 아저씨였던가. 일곱시 반에 시작되어 여덟시에 끝나는 기숙사의 아침밥을 제때에 먹긴 힘들다. 늘 열시쯤, 거리의 패스트푸드점에서 아점을 먹게 된다. 그러니 점심도 저녁도 밀린다. 아르바이트를 마치고 자정 넘어 야식을 먹고 숙제를 끝낸 뒤 미국 드라마를 보다가 새벽 세시쯤 잠잔다. 이것은 내게 인생의 참된 의미가 너무 먼 곳에 있다는 증거인 것만 같다. 노래로도 안 되면? 잠을 잔다. 그런 경우의 잠은 이박 삼일 동안 계속되기도 한다. 다행히 자주 있는 일은 아니다.

2

현대문학 시간에 즉흥적으로 발표한 콩트 시놉시스가 놀랍게도 에이플러스를 받았다. 다른 학생들은 리포트를 제출해 점수를 받아야 했지만 나는 순발력 있게 발표해 간단히 점수를 획득한 것이다. 교수는 주제의 메타포가 뛰어나고 발상이 좋다고 평했다.

콩트 시놉시스를 간명하게 요약해보겠다. 제목은, 비 오는 날 뒹구는 병이다. 여자 주인공에게는 비 오는 날이면 뒹구는 유전병이 있다. 운이 좋을 때면 맑은 빗물이 고인 푸른 잔디 위를 구를 수도 있지만 대체로 운이 좋지는 않다. 여자는 일

기예보에 늘 주의를 기울이고 비 오는 날은 외출을 삼갔다. 어느 날 여자는 버스 정류장에 서 있다가 갑자기 비를 만난다. 피하려고 했지만 여자에겐 우산이 없었다. 정류장의 플라스틱 지붕 아래엔 사람이 가득 들어서 있었다. 빗방울은 여자의 머리카락에 구슬처럼 맺히고 어깨에 떨어져 스며들었다.

빗물에 머리카락이 젖자 여자는 길바닥에 스르르 쓰러져버렸다. 그리고 빗물이 고이기 시작한 보도 위를 뒹굴었다. 그것은 발작과는 좀 다르게 그냥 바닥을 이리저리 느리게 뒹구는 것이다. 고통스러워 보이지만 동시에 운명의 정수를 이상한 방식으로 즐기는 듯 보이기도 한다. 여자가 뒹굴고 있을 때, 누군가 손을 내밀었다. 길고 새하얗고 깨끗한 손이다. 손의 주인인 남자가 말한다.

"괜찮아요?"

여자는 속수무책의 상황 속에서 수치심에 사로잡힌 채 제때에 내밀어진 구원의 손을 바라본다. 여자의 옷은 버려졌고 머리카락은 젖었으며 얼굴은 붉다. 여자는 그 새하얀 손을 잡는다. 남자와 여자가 리본처럼 서로의 손을 묶은 그 순간이 얼마나 깊은 심연인지, 누가 알겠는가? 여자는 그 남자와 결혼을 한다. 결혼은 그렇게 손쓸 수 없는 숙명적인 결함과 타이밍의 예술인 것이다.

세월이 흘러 여자는 이제 늙었다. 여자는 남편과 거리를 걸어가다가 집을 떠나간 자기 아들을 발견한다. 아름다운 아들은 애인과 오픈카를 타고 천천히 거리 저편으로 지나가고 있다. 아들의 애인은 남자이다.

여자는 그들을 보며 생각한다.

"아버지도 비 오는 날 뒹굴었지……."

거리엔 빗방울이 떨어지기 시작한다.

발표가 끝나자 학생들은 와, 하고 일제히 웃음을 터뜨렸다. 나 역시 앞에 선 채 웃어댔다. 이건 정말 우스꽝스럽고 아프고 슬프고 무서운 이야기인 것이다. 그 웃음 속에서 외할아버지 얼굴이 떠올랐다.

외할아버지는 돌아가시기 두 달 전 마지막 수술을 앞두고 몰래 병원을 빠져나가 택시를 탔었다. 외할아버지가 이 세상에서 마지막으로 방문한 곳은 4·19의 도화선이 된 지방 항쟁이었던 3·15 순국선열의 묘였다. 외할아버지는 택시를 세워놓고 눈물을 흘리며 참배했다.

평생 평범한 회사원으로 일했고 은퇴한 뒤에는 집에서만 지낸 평범한 노인의 특별한 기행(奇行)이었다. 엄마는 외할아버지가 4·19 세대여서 그렇다고 했다. 외할아버지는 그 혁명의 와중에 첫사랑이나 잊지 못할 친구를 잃었거나 꿈을 상실했거나 보지 말았어야 할 장면을 보았는지도 모른다. 어쩌면 역사의 나쁜 편에 몸을 담았거나 현실로부터 도망쳐 꼭꼭 숨어버린 뒤에 평생에 걸쳐 석연치 않은 자기 환멸에 시달렸는지도 모른다.

엄마는 여학생 시절에 교과서에 실린 아주 작은 흑백사진을 보며 펑펑 운 적이 있다고 했다. 조선 남자들이 일본 군복을 입고 총검 훈련을 하는 사진이었다. 태어나서부터 그때까지 헐렁한 바지저고리만 걸치고 소를 몰고 낫을 들고 산과 들을 쏘다녔을 조선 남자들의 소박한 사지를 결박한 일본 군복이 너무 가혹해서 엄마는 울었다고 했다. 엄마는 자신이 남의 전쟁에 끌려가 맹목적으로 총을 쏘아대다 죽어야 하는 조선 남자 중의 한 명인 것처럼 소리 내어 울었다.

나도 고등학교 역사 시간에 훌쩍훌쩍 운 적이 있었다. 팔십 년대 5·18과 학생운동을 배운 시간이었다. 하필 팔십년대에 스무 살이 되어 십 년을 보낸 청춘들이 가여워 울었었다. 아빠와 엄마도 포함해서. 나도 그때 태어났더라면 역사 밖으로 도망치지는 못했을 것이었다. 아무도 역사 밖으로 도망칠 수는 없다. 역사와 무관한 듯 산다는 것은, 삶의 온실 세계로 도피해 자신을 최대한 소외시킨 비존재로 사는 일이다. 하지만 그것조차 정말 가능할까. 미술실에 박혀 살았던 엄마같이 얌전하고 평범한 여자도 시대를 비켜가지 못했다. 시대는 최루탄 뒤집어쓴 한 남자를 느닷없이 미술실 안으로 밀어넣는 것이다.

훗날 내가 청춘을 보낸 이 시대는 다음 세대에게 어떻게 규정될까? 아마도 우리 역사에서 처음으로 출현한, 오직 세속만이 문제가 되었던 비운의 청춘으로 규정되지 않을까? 국방의 의무보다 더 긴 시간과 대학원 등록금에 맞먹는 경비를 영어에 쏟아붓는 세대. 취업 필수인 영어에 매여 남학생들은 보통 육칠 년 이상, 여학생들도 평균 오 년여 만에 대학을 졸업한다. 대학 내내 취업 공포증에 시달리고 졸업 후에도 삼사 년씩, 심지어 오륙 년 동안 취업전쟁은 계속된다. 직장을 잡지 못하고 학교를 떠나는 것이 두려워 휴학을 하고 용돈을 아끼기 위해 하숙촌과 고시촌에서 동거를 하며, 결혼할 능력이 없어 야동에 기대어 서른셋을 넘긴다. 비성규직과 아르바이트로 삶을 영위해야 하는 88만 원 세대로 불리는 남루한 청춘들, 중년의 부모들은 자식의 앞날보다 자신들의 긴긴 노후를 더 염려하게 되었다. 훗날 누군가는, 내가 그랬던 것처럼 역사책을 펼치고 울어줄지 모른다. 지독히 세속적이기만 했던 저성장시대의 우울한 청춘들을 위해.

밖엔 장맛비가 주룩주룩 내렸다. 빨래가 젖은 만국기처럼 후줄근하게 널린 방 안엔 섬유린스 냄새가 가득했다. 창문도 열고 출입문도 열어놓아야 했다. 유리창에 부딪치는 굵은 빗줄기가 열린 창틀 안으로 튀어 들어왔다. 나는 오전 수업 하나를 빼먹고 기숙사 방에 홀로 누워 있었다. 밤을 새워 과제를 끝낸 날이었다. 출입문 밖으로 항상 신발이 넘쳐나는 신발장들이 늘어선 복도가 보이고 그 끝의 로비 난간에 널린 울긋불긋한 이불들도 보였다. 꼭 수용소 시설 같았다.

라디오에서 말러의 심포니 〈거인〉의 삼악장이 흘러나오자 방 안은 무게와 부피와 색을 조금 바꾸었다. 고전적인 평화가 가시화되어 허리에 노란 리본을 살짝 조여매고 복도를 돌아다니다 방 안으로 들어오는 느낌……. 비가 쏟아지지만 말러는 젖지 않았다. 음악이 끝나자 FM 라디오 디제이가 책을 읽어주었다.

'부모가 내게 무슨 짓을 했건, 우린 그것을 원망하기보다 극복해야 한다. 극복하는 가장 좋은 방법은 부모의 운명을 가엾게 여기고 자신의 자아를 강화하는 것이다. 자기존재에 의미를 부여하고 자신을 긍정하며 스스로를 키워야 한다. 알고 보면, 모든 부모는 자기 인생의 많은 부분을 후회한다. 그렇게 하지 않았더라면 더 좋았을 것을……. 유감스럽게도 우리는 그들의 최선 속에서 태어나고 자라는 게 아니라 그들의 불가능성과 실패와 희망과 좌절이 교차하는 시행착오 속에서 잉태되고 출생하고 성장해 부모의 운명을 온몸에 덕지덕지 묻힌 채로 분가하는 것이다.'

독설이지만 옳은 말이었다. 내 또래의 많은 아이들 중 첫아이인 경우에는 결혼을 했다는 딩위 속에서 별생각 없이 태어났다. 개중에는 피임에 무신경했거나 실패해서 태어난 아이도 많다. 그리고 두 번째 아이들은 부모들의 약간의 망설임 끝에 첫아이의 외로움을 덜어주고 가정을 안정시킨다는 명분으로 태어났다. 물론 이건 두 자녀 시대인 우리 세대의 특성에 관한 이야기이다.

예컨대 내가 알아낸 비밀은, 어떤 부모든 바로 그 아이, 즉 나 자체를 위해 아이를 낳은 건 아니라는 사실이다. 그러니 우린 누구나 지나가는 과객에 불과하다. 난 그것이 지상에 태어난 모든 인간의 비극이라고 생각한다.

엄마에게 온 뒤에 소말리아 기아 어린이에게 매달 만 원씩 보내는 구호 봉사단체에 가입했었다. 한 달이 지난 후 그 아이의 이름과 함께 신상과 사진이 도착했다. 지라레라는 이상한 이름이었다. 상상대로 나뭇가지처럼 야윈 팔다리와 갈비뼈가 악기처럼 드러난 몸통을 가진 아이였다. 지라레는 엄마품에 꼭 안겨 크고 깨끗한 눈과 새하얀 이빨을 다 드러내 해맑은 감사의 미소를 짓고 있었다. 몹시 야위고 주름진 엄마의두 눈 속에서 영혼의 웃음이 새벽이슬처럼 빛났다. 그들 곁엔알록달록한 얼룩 염소까지 있어 목가적이고 행복해 보였다.

나는 고개를 갸웃했다. 전혀 가여워 보이지 않고 오히려 질투가 났다. 나는 엄마에게 그토록 완벽하게 안겨서 자라지 못했다. 그래도 나는 몇 년째 매달 초마다 지라레라는 이상한이름의 소말리아 아이에게 돈을 보내고 있었다.

엄마들은 왜 아이를 낳을까⋯⋯. 엄마, 난 왜 태어난 거야? 내가 태어날 때의 이야기를 해줘⋯⋯. 나를 가질 때 아빠와 엄마는 서로를 정말 사랑한 거야? 나를 가질 무렵의 상황은 어땠어? 나를 낳은 기분은 어땠어? 내 속에서 그런 질문이 들끓을 땐 일이 잘 풀리지 않을 때였다. 대체 왜들 사는거야? 이따위 세상에서, 왜 사는지를 모르겠어⋯⋯. 엄만그걸 알고 나를 낳은 거야 모르고 낳은 거야? 아마도 나는 엄마를 그리워한 만큼 미워하는 것이다.

내 속에서 모호하게 떠돌던 원망과 분노와 의심이 갑자기 원한처럼 분명해질 때가 있었다. '살아보려고 아이를 낳는 거다. 더 열심히, 더 사랑하면서, 더 오래 같이 살아보려고……' 그건 엄마의 말이었다. 그럼에도 불구하고 엄마는 아빠와 헤어졌다. 그게 나를 낳은 엄마의 진심일까? 좀더 구체적으로 비밀을 알고 싶다. 내가 태어난 비밀을…….

나는 누운 채로 팔을 뻗어 휴대폰을 찾아들고 엄마의 키를 눌렀다. 엄마의 넘버가 액정화면에 나타났다. 나는 연결버튼을 눌렀다. 그리고 신호가 세 번 갔을 때, 폴더를 꼭 닫았다. 전화로 물을 일도 아니지만, 이마를 마주 댄 채 두 손을 잡고 묻는다 해도, 엄마는 말하지 않을 것이다. 외계인이 와서 고문을 한다 해도, 지구 인류의 비밀이라도 되는 듯 엄마는 함구할 것이다. 엄마가 승지와 나에게 경고한 대로, 때로 아이는 생명 자체의 야만적인 힘으로 준비되지 않은 여자들을 덮치기도 하는 것이다.

엄마에게 전화하지 않기 위해 노래를 불렀다. '난 이 따분한 방에 앉아 있어. 일요일 오후에 또 비가 내려. 난 하는 일 없이 그냥 서성이며 너를 기다려. 왜 아무 일도 일어나지 않는 걸까……. 어찌된 일인지 왜 그런지 궁금해. 너는 어제 파랗고 파란 하늘을 이야기했어. 하지만 내가 볼 수 있는 건 레몬트리뿐, 고개를 위아래로 돌려봐도, 주위를 아무리 둘러보고 또 둘러봐도, 내게 보이는 건 단지 또 다른 노란 레몬트리뿐 인걸……'

천장을 바라보고 있으니 물방울들이 총총히 매달린 목욕탕의 천장처럼 눈물이 이마로 모여들어 맺히는 것이 느껴졌다. 한번 더 눈을 깜박하면 눈물이 흘러내릴 것 같았다. 그 모든 슬픔과 의문은, 엄마가 아빠와 화해만 하면 일시에 해결될 것들이었다.

순간들의 심연

1

버스 옆좌석에 하필이면 늙은 남자가 다가와 앉았다. 작고 야윈 체구에 누런 셔츠와 흐릿한 체크무늬 바지를 입은 오십 대 중반 남자였다. 머리 밑 피부가 비치는 듬성하고 힘없는 잿빛 머리카락에 시선이 닿자 나는 얼른 고개를 돌리고 창 쪽으로 힘껏 몸을 틀며 두 다리를 모았다. 나의 반응에 신경이 쓰이는지 늙은 남자도 몸을 움츠리고 짧고 야윈 다리를 가운데로 모았다. 피지컬physical, 이란 단어가 떠올랐다. 자연의, 육체의, 물질의…… 그 세 가지가 피지컬이라는 단어 속에서 동의어였다. 마음이 아파서 불쾌한 것인지, 불쾌해서 아픈 것인지 모호했다. 버스는 밤의 거리를 좀 거칠게 달려갔다. 세 정류장쯤 지났을 때, 늙은 남자의 휴대폰으로 전화가

왔다. 보기 드물게 벨소리의 원음 그대로인 벨이 울렸다. 따르
르릉……

지금 가. 밥 아직 안 먹었는데. 당신은 밥 먹었어? 응, 배고
파. 먼저 먹지. 그럼 좀 기다려, 뭐, 필요한 거 있어? 사가? 알
았어. 괜찮아. 그래.

전화기에 대고 말하는 늙은 남자가 애 같아 나는 놀랐다.
늙은 남자는 전화 받는 사람의 다정에 기대어 사는 듯 심지어
어리광스럽기까지 했다. 처음으로 어떻게 생긴 사람인지 궁
금했다. 힐긋 얼굴을 보니 영락없이 노동으로 찌든 볼품없는
늙은 남자였다. 그래도 그 늙은 남자는 기대어 살 아내가 있
는 것이다. 창 쪽으로 다시 고개를 돌리는데 차창에 옆자리의
늙은 남자가 아니라 아빠가 비쳤다.

내가 늙은 남자들을 외면하는 건 실은 아빠로부터 고개를
돌리는 것이다. 아빠도 삶의 노동에 찌들며 볼품없이 늙어갈
것이라는 사실이 끔찍한 것이다. 마음을 기댈 다정한 사람도
하나 없이 늙어갈 아빠, 마음이 참담했다.

2

아빠가 돌아왔다. 아빠는 다시 친척의 식품회사 트럭을 몰고 배달 일을 할 거라고 했다. 대략 사 개월 만에 승지를 아빠에게 인계하게 되었다. 떠나는 날 아침에 승지와 나는 창가에 붙어 서서 우유를 마셨다. 그때 승지가 내 귓가에 고개를 기울이고 작게 속삭였다.

"산이 푹신푹신해 보여."

승지의 윗입술 위에 우유가 하얗게 묻어 있었다.

"하늘 위에서 저 산으로 떨어지면 내 몸이 탱탱볼처럼 토옹, 토옹, 토옹 튀어오를 것 같아."

내 몸도 토옹토옹 튀어오르는 것같이 간지러워 웃음이 나왔다. 승지도 킥킥대고 웃었다. 웃음이 뒤섞이며 커지자, 둘이 손을 잡고 산 위로 통통 튀어오르는 기분이었다. 웃음 끝에 눈물이 맺혔다. 공중그네를 타는 서커스 소녀처럼 손을 바꾸며 이곳과 저곳을 오가지만 그렇게 무서워하지 않아도 될 것만 같았다. 때론 고리를 놓치고 아래로 떨어지더라도, 저 산은 우리를 푹신푹신하게 받아줄 것이다. 강과 바다와 이 세상 모든 바닥 위로 나는 탱탱볼처럼 토옹토옹토옹 튀어오를 수 있을 것 같았다.

"비밀을 하나 말해줄게."

승지가 은밀한 눈빛으로 말했다.

"난 말이야. 삼인칭 관찰자 시점으로 일기를 써."

일기를 삼인칭 관찰자 시점으로 쓴다는 게 어떤 것인지 얼른 이해가 되지 않았다.

"삼인칭 관찰자의 시점으로 나를 보면 내가 지금 어떤 꼴인지, 내가 지금 어떻게 해야 하는지, 훨씬 분명해져."

음……. 승지는 여러모로 나를 놀래키는 아이였다.

"그리고 웬만한 일도 그리 아프지 않아. 통통볼처럼 말이야."

아, 통통볼처럼……. 나는 삼인칭 관찰자 시점에 감동해 바보처럼 한줄기 눈물을 흘리고 말았다.

승지의 짐은 올 때보다 두 배로 많았다. 엄마는 따로 큰 가방을 하나 더 싸주었다. 체육복이 두 벌이나 더 생겼고 새하얀 면으로 된 소녀 잠옷과 청바지, 운동화 두 켤레, 책들과 삼 개월은 쓸 수 있을 양의 생각대, 마지막으로 엄마가 직접 만든 동그랑땡까지 냉동실에서 꺼내 집어넣었다. 동그랑땡은 승지가 가장 좋아하는 음식이었다. 두 사람은 짐을 싸는 내내 감정 상한 사람들처럼 입을 꾹 다물고 있었다. 짐을 다 싼 엄마는 나의 예상과는 달리 소파에 앉았다.

"엄마, 같이 안 나가?"

엄마는 고개를 저었다. 나도 모르게 무슨 기대라도 가졌던 것처럼 낙심이 몰려왔다.

"엄마."

내 음성은 분명히 강압적으로 들렸다.

"그만 해."

엄마도 날카로웠다.

"밥 한 끼쯤은 같이 먹을 수 있잖아."

"싫다."

엄마가 어찌나 차가운지 딴사람 같았다.

"아빠가 그렇게 싫어?"

눈물이 걷잡을 수 없이 쏟아졌다. 꼭 차양에 고여 있던 빗물이 쏟아지듯, 울음도 없이 눈물이 넘쳐흘렀다. 나도 나가기 싫어. 나도 아빠 보기 싫다구. 엄마와 아빠, 끝없이 두 갈래로 나누어지는 이 모든 게 다 지겨워. 있는 힘껏 소리를 내지르며 뛰쳐나가고 싶었지만, 나는 삼인칭 관찰자 시점의 힘으로 꾹꾹 눌렀다. 그녀는 욕실로 가서 세수를 한다. 수돗물이 눈물처럼 미지근하다. 세수를 하고 거울을 본다. 그녀의 눈 속이 여전히 붉다. 그녀는 다시 세수를 한다. 비누를 손에 묻혀 거품을 내고 얼굴을 문지르고 뽀독뽀독 헹군다. 그녀는 수건으로 얼굴을 닦고 방으로 간다. 그녀의 엄마는 석상처럼 미동도 않고 소파에 앉아 있다. 준비를 다 끝낸 승지는 식탁의자 곁에 엉거주춤 서 있다. 그녀는 감정을 누르고 옷을 갈아입는다. 그녀는 머리를 빗는다. 그녀는 승지를 바라본다. 승지와 그녀는 여행 가방을 하나씩 들어올린다. 그녀는, 그녀는……

삼인칭 관찰자 시점으로 팔다리를 움직이자 꼭 이제 막 허물 한 겹을 벗고 다른 차원에서 행동하는 것 같았다.

"그동안 감사했어요."

승지는 현관 앞에 서서 인사를 꾸벅했다.

"아빠 많이 도와주고…… 잘 지내."

말도 다 끝내기 전에 엄마의 얼굴이 슬픔으로 뭉그러졌다. 어찌해야 할지 모르겠고, 어떻게도 하지 못하겠다는 표정이었다. 엄마의 눈이 짓이겨진 꽃잎 같았다.

3

"난, 타락하지 않을 거야. 그게 내 목표야."

승지가 불쑥 말했다. 눈에서 결의가 번쩍였다. 수녀라도 되려고 그러나……. 나는 윤리에 관한 말인 줄로 짐작하며 물었다.

"네가 보기엔 누가 타락한 사람이니?"

"친척 아줌마."

승지는 엄마를 그렇게 불렀다.

"우리 엄마가?"

"좀 타락했어."

나는 화들짝 놀라고 말았다. 애인이 있다는 것 때문일까?

"넌, 타락이 뭐라고 생각하니?"

"타락이란, 살기 위해 하기 싫은 일을 억지로 하며 사는 거야."

머리를 한 대 맞은 느낌이었다. 중학교 이학년생이 인생을 이렇게 종합적으로 거론하다니…….

"우리 엄마가 왜 좀 타락했지?"

"화가이면서, 생계를 핑계로 진짜 그림을 그리지 않잖아."

휴, 어깨가 일 센티미터쯤 올라가 있다가 내려오는 듯 긴장이 풀렸다.

"꼬맹아, 우리 엄만 언젠가 다시 그림을 그릴 거야. 엄마가 그랬어."

나는 승지 머리에 꿀밤이라도 먹이고 싶은 것을 참았다. 그렇다고 타락이라니.

"그렇게 나이 든 어른들도 나처럼, 언젠가라고, 시간을 기다리는 거 이상해. 그게 인생인가?"

엄마는 병역 의무처럼 생업을 삶에의 복무라고 했다.

"친척 아줌마 좀 돌봐드려. 요즘 사실은, 겨우 식사만 해먹어. 그 외엔 하루 종일 소파에 누워 지내. 병든 짐승처럼 눈 속엔 아픔이 가득해."

나도 눈치 채고 있었다.

"외출도 전혀 안 해. 애인과 헤어진 거 같아."

그래서 난 엄마와 아빠가 화해할 수도 있다는 희망을 가졌는지 모른다. 따지고 보면 아무런 근거도 없이.

"내가 화근이었을까?"

"아니야. 그런 생각 마."

나는 그 화제가 마음에 들지 않아 얼버무렸다.

"형편이 좋아져서 친척 아줌마가 하루빨리 그림을 그리게 되기를 기도할게."

"넌, 자신의 기도 효력을 믿니?"

"내가 마음먹는 건 다 이루어진다고 믿어. 난 그 힘으로 버텨. 그게 아니면 달리 믿을 데가 어디 있겠어?"

"그런데 아빠는 타락했어, 안 했어?"

"아빠 자살하지 않는 것만으로도 존경스러워. 범죄자도 되지 않았고, 최대한 평범한 척하며 살아. 감정 기복도 별로 없고 우울해하지도 않는다구. 대단하지."

이상하게 아빠 주변 사람들은 모두 아빠에게 관대했다.

4

큰길에서 횡단보도를 건너 약속장소인 도넛가게로 가는데 아빠가 보였다. 아빠는 통유리 창가 자리에 앉아 있었다. 엄마가 함께 나오지 않았는데도 실망하는 빛도 없이 나와 승지를 골똘하게 쳐다보고 있었다. 어느 날 느닷없이 승지를 데려다 맡기고, 이젠 우리 둘을 하나로 묶인 자매인 양 보고 있어서 심술이 났다. 아빠는 어디를 얼마나 쏘다녔는지 얼굴과 목과 팔과 손이 검붉게 그을었고 피부도 거칠었다. 승지는 밋밋하게 아빠와 재회하고 도넛을 고르러 갔다. 아빠는 내가 테이블에 놓은 작은 책을 물끄러미 보았다. 카슨 매컬러스의 영문판 소설이었다.

"그게 읽어져?"

"물론. 폼으로 들고 다니겠어?"

"총을 들고 들어왔으면, 저항이라도 할 텐데, 밥을 들고 왔으니. 이 나라는 영어 식민지야."

"영어뿐 아니라 카슨 매컬러스를 읽는 거야."

"어디가 좋아?"

"그녀의 작품 세계. 그리고 그녀의 비하인드 스토리. 다른 여자를 사랑하게 되어 남편과 이혼을 했는데, 나중에 남편이 자살해."

나는 이혼과 자살에 유독 힘을 주었다. 아빠는 카슨 매컬러스는 네 문제라는 표정을 지었다.

"『공산당 선언』은 읽었니?"

엄만 정말, 이런 사람과 어떻게 살았을까? 기가 막혀 혈압이 오르는 것 같았다.

"아빤, 대체 그걸 왜 읽으래?"

"이 사람아, 그건, 감동적이기 때문이지."

맙소사. 내가 어릴 때, 공룡의 이름을 왜 외워야 해요? 라고 물었을 때 아빠가 한 대답과 같았다. 그건 감동적이기 때문이지.

"내가 읽은 세계 명작 중에서 가장 감동적인 책이야. 우선 감동적인 책이라고."

나는 아빠에게 묻고 싶은 것이 있었다. 물어보려고 결심도 하고 나와 앉아 있었다. 도장 케이스, 승지, 승지 엄마, 엄마와의 이별, 그런 것들에 대해……. 그런데 말이 나와줄 것 같지 않았다.

"공산당 같은 건 공룡처럼 이 세계에서 사라졌어."

"사라지긴 왜 사라져? 단지 보이지 않을 뿐이지. 우리가 오늘 보는 별빛은 칠십만 년 전에 소멸된 별들이 보내오는 빛이야. 진실들은 비실재의 모습으로 우리 인생에 빛을 보내. 소멸은 절대로 단순한 사라짐이 아니야."

"『공산당 선언』 같은 것이 지금 우리에게 어떤 빛을 보낸다는 거야?"

"글로벌 자본주의 구조 속에서 물질에 농락당하지 않고 주체적으로 존재하려면, 마음과 생각 속에서 우선 착취의 사슬을 끊어야 해. 말하자면, 더 가질 수 있고 더 할 수 있는 것을 하지 않는 공존의 선을 가져야 하는 거야. 진짜 삶은 욕망의 무한한 가능성 속에서가 아니라, 욕망이 멈추는 공존의 선 위에서만 가능해. 너도 그 선을 찾아야 하고."

이야기는 이내 선동이라도 하는 듯한 아빠 특유의 어조로 변해갔다.

"공존? 설마, 그런 식으로 아빠의 가난을 합리화하는 건 아니지?"

"모든 것에 가격이 붙어 있는 이 세계에 속지 마. 때가 되면, 네가 가격의 질서에서 벗어나 살게 되기를 바란다."

승지가 도넛과 아이스크림과 우유를 가져왔다. 나는 묵묵히 아이스크림을 떠먹었다. 그런데 마음이 차차 순해지는 것 같더니 눈 속에 흰 깃털이 떠다니는 듯 아슴해졌다. 그렇게 가볍고 자유롭게 해방된 공존의 존재론이 공산당 선언인가. 승지는 도넛을 좋아해서 한입 가득 베어물고 흡족하게 웃었다.

"넌 도넛 때문에 타락하게 될지 몰라."

내 놀림에 승지가 응답했다.

"맞아, 이 세상의 그 어떤 것을 너무 사랑하게 되면 그것을 위해 하기 싫은 일을 꾸역꾸역하며 살게 되겠지. 무섭다."

그러자 엄마가 말한 삶에의 복무가 무슨 뜻인지 알 것 같았다. 꿈에서 깬 뒤로 진심으로 세속적으로 산다는 의미도.

"타락이라니, 무슨 말이냐?"

아빠가 물었지만 우린 웃기만 했다.

"비밀."

승지와 내가 동시에 입을 꼭 다물자 아빠의 얼굴에 흐릿한 미소가 지나갔다.

"무엇을 진심으로 사랑해서 타락하는 건 나름대로 또 훌륭한 거야."

아빠가 말했다.

"아빤 그래서 타락했어?"

"그래, 엉망진창으로 깨졌지."

아빠의 대답이 너무 통렬해 우린 다 같이 웃고 말았다. 웃음의 주름이 걷히는 아빠의 눈 속에 물기가 어리고 한순간 그리움이 스쳤다. 그 짧은 찰나에 아빠는 누구를 떠올렸을까…….
나는 공연히 심술이 났다.

"엄마가 나오지 않아서 실망했지?"

아빠는 오히려 나를 위로하듯 따스한 눈빛으로 응시했다. 그리고 고개를 저었다. 나는 눈빛 정도가 아니라 좀더 실제적인 위로가 필요했다.

"엄마 본 지 오래됐잖아?"

"오래됐다."

내가 알기론 육 년이나 되었다.

"보고 싶지 않아?"

"모르겠다."

"아빠와 엄만 처음에 어떻게 만났어? 처음에 어땠어?"

나의 저돌적인 질문공세에 아빠는 눈치라도 살피듯 승지 쪽을 흘깃 보았다. 승지는 관심 없는 척 우유 잔을 들어 뽀얀 우유를 꼴깍꼴깍 마셨다.

승지의 표정이 많이 밝아진 것을 아빠도 알아챘을 것이다. 아빠가 갑자기 자리에서 일어섰다.

"나가자."

5

주차장에 세워둔 아빠의 트럭에 승지의 짐들을 실어놓고 식당들이 늘어선 좁은 골목길을 나가니 시내 중심지라고 믿기 어려운 호젓한 돌담길이 나왔다. 은행나무와 키 큰 플라타너스 가로수가 늘어선 경복궁 길이었다. 우리는 국가 청소년위원회와 갤러리들과 적요한 빌라들이 늘어선 길을 따라 청와대 쪽으로 걸어 올라갔다.

"네 엄마를 만난 건, 일종의 환상 때문이었어. 환상 때문에 난 무척 수고를 했지. 누구도 이해 못 할 거다. 하지만 어떤 면에서는 환상이야말로 우리가 해독할 수 없는 추상 형태로 존재하는 진실이란다. 그리고, 인간이야말로 가장 추상적인 존재지."

아빠는 시니컬한 표정을 지었다. 우리는 작은 검문소를 지났다. 이제 청와대 구역이었다. 아무도 저지하지 않는데도 아빠의 표정이 약간 경직되었다. 그곳 공기는 긴장감이 돌 정도는 아니었지만 먼지 한 톨 없는 것처럼 고요하고 청량했다. 제비꽃이 든 검정색 가방을 크로스로 멘 승지는 우리로부터 한두 걸음 떨어져 두리번거리며 느릿느릿 걸었다.

"열두 살 때 네 엄마를 처음으로 보았어. 난 시골애였다. 어느 날 길을 걷다가 철로 차단기 앞에서 멈추어 서게 되었어. 때마침 차단기가 내려왔거든. 그때 검정색 세단이 다가와 내 곁에 정지했어. 그런 자동차는 당시엔 드물었어. 내가 길 가장자리로 피해 서자 뒷좌석 차창 문이 천천히 내려가고 한 소녀가 고개를 내밀었어. 새하얀 블라우스를 입고 단발머리를 한 열두 살쯤 된 소녀였지. 너무나 창백했어. 회벽처럼 희어서 피폐하다 할 정도였지. 소녀는 나를 보지 않았어. 공허한 구슬 같은 눈으로 먼 철길 끝을 바라보았지. 그리고 기차가 다가와 천지를 뒤집는 듯 지나가고 차단기가 올라갔다. 그 순간에 무슨 일이 있어났는지 내가 어떻게 알았겠어. 순간의 심연이 그렇게 깊어지는 마술을 누가 알겠느냐고……."

아빠는 그 순간의 심연 속에서 길을 잃은 사람처럼 반복적으로 중얼거렸다. 우리는 유니세프 한국 위원회 앞을 지나고 있었다. 사복 전경들이 어슬렁거리고 여자 인부들이 가로수 아래 화단에 꽃을 바꾸어 심고 있었다.

"검정색 자동차는 움직이기 시작했고 차창은 천천히 올려졌지. 그리고 소녀는 사라졌어. 그뒤 십여 년이 지나 네 엄마를 처음 보았을 때, 난 그 소녀를 재회했다고 믿었다."

"사실은 그 소녀가 아닌데도, 알면서도?"

"새하얀 얼굴, 납작한 가슴, 가녀린 몸…… 네 엄만 귀공

녀는 아니었어. 오히려 친척집에서 핍박받은 고아의 모습이었어. 그런데, 분명히 아닌데도 난 네 엄마 속에서 그 소녀를 보았다. 왜 그런 일이 생겼는지 내 무의식의 고집과 환상을 이길 수 없었어. 난 열두 살 이후로 그 소녀를 찾아 헤매고 있었는지도 몰라. 그리고 내 인생의 층위에서 소녀를 만날 수 있었던 최선이 엄마였는지도 몰라. 온통 모른다 투성이로군. 할 수 없다. 정말 모르겠으니까. 어쨌거나 네 엄만…… 의무교육 따위의 정규과정을 거친 사람 같지 않았어. 표정도 사람의 종족 같지 않았어. 땅위에서 자란 사람 같지 않고 이십 년 동안 벽장에 숨어 있다가 어느 날 불쑥 햇빛을 받는 사람 같았어. 독특했지. 여러모로."

"엄만, 아빠를 어떻게 생각했을까?"

"아마 비를 피해 들어선 움막집 같았을 거다."

청와대 정문 맞은편 로터리 광장엔 관광버스들이 서 있고 중국인들이 삼삼오오 흩어져 서서 웅성거렸다. 그들은 사진을 찍거나 투덜거리거나 웃어대거나 기념품가게를 들락거렸다. 관광객들은 왠지 진정으로 감탄하는 게 아니라 비웃는 것 같았다. 아침 메뉴가 아주 나빴거나, 잠자리가 불편하거나, 여행사에서 옵션을 더 받았는지도 모른다. 그래서 단체 여행에 편승한 제 자신을 경멸하고 있는지도. 우린 청와대 정문이 마주 보이는 벤치에 앉았다.

"네 엄마의 인생은 나를 만났을 무렵 장마철이었던 거야."

나는 광장 로터리 가운데에 꾸며진 조형물을 묵묵히 바라보았다. 무궁화꽃으로 장식된 구형 위에 봉황이 날개를 활짝 펴고 앉아 있었다.

"원래가 좀 특이한 사람이니 그 성장기가 어땠겠니? 네 엄만 가족과 소통이 거의 없이 자라났어. 스무 살을 보내기엔 시대도 처박했고…… 긴 비가 내렸겠지. 그 우중에, 건초 냄새나는 허름하고 따스하고 의외로 튼튼한 움막집을 만난 거야……. 하루 낮, 하룻밤 비를 피할 생각이었겠지. 그런데 일 년, 또 이 년이 흘러 그 움막에서 애가 생기고. 낳아서 키우고, 그러다 너무 오래 묵게 된 거야. 엄마와 아빠 사이에 정말 평화롭게 세월이 흘러갔다 해도 네 엄만 어느 날 떠났을 거야. 네 엄마는 계속 자라고 있는 처녀처럼 뿌리를 내리지 않았어."

난 그 반대로 알았다. 아빠가 흘러다니는 사람이고 엄마가 머무는 사람이라고. 어쩌면 엄마도 그렇게 생각할 것이다. 네 아빤 뿌리를 내리지 않았다……. 엄마는 대학을 졸업하던 해에 대담하게도 위장 취업자였던 아빠와 결혼을 했다. 꽃이 떠내려가던 강물과 빈병과 스티로폼들이 떠 있는 바다가 떠올랐다. 우리는 자주 그 굽이진 해변 언덕길들을 자동차로 달려 바다에 가곤 했다.

해변에서 목적 없이 배회했고 해파리나 불가사리 물미역을 잡아보기도 했다. 썩은 굴 껍질 냄새, 멸치를 말리는 어장, 철 지난 해수욕장들, 전직 대통령의 생가를 지나기도 했다. 나는 폐선을 타고 흔들리며 노는 것이 가장 즐거웠다. 엄마는 해변 길에서 무슨 의식처럼 지갑 속의 동전들을 바다로 던지곤 했다. 아마 돈이 많았다면 지폐들도 바다로 날려보냈을 것이다. 그리고 아무 목적 없이 해가 지도록 해변을 배회했다. 어느 땐 캄캄한 밤까지 해변에서 떠나지 않았다. 다른 결혼한 어른들은 그런 식으로 해변에서 방황하진 않을 것이다. 단지 집에 돌아가고 싶지 않다는 이유로.

"네 엄마를 붙잡기 위해, 난, 나름대로 노력을 다했어. 그래도 떠나려는 사람을 어떻게 막았겠니."

갑작스럽게 반발이 솟구쳤다. 승지는 기념품가게에 들어가 구경하고 있었다. 나는 용케 참고 있던 질문을 하고 말았다. 내 음성이 잔뜩 눌려서 나왔다.

"승지, 진짜 아빠 딸이지?"

나도 모르게 주먹이 꼭 쥐어졌다. 아빠는 청와대 지붕 뒤로 솟은 북악산에 눈길을 두고 있다가 천천히 내게로 고개를 돌렸다. 무슨 소리냐, 하는 표정이었다.

"아니다."

아빠는 담백하게 대답했다. 긴장이 풀리며 허무감이 밀려왔다.

"너 무슨 상상을 한 거냐?"

"아니, 뭐, 그냥……. 아빠와 승지 엄마, 전부터 알고 지낸 사이였잖아? 엄마와 이혼하기 전부터, 그 오래전부터……. 나, 그거 알아."

아빠는 반응이 없었다.

"엄마에게 미안하지 않아?"

아빠는 한숨을 휴, 내쉬었다. 나는 기다리지 못하고 또 물었다.

"아빤 지금도 엄마가 사람 같지 않아?"

아빠는 시선을 먼 산에 둔 채 고개를 저었다.

"그게 사람이야. 네 엄마가 사람이야. 사람이란 게 그렇게 추상적인 존재다. 사람이란 게, 손으로 만져도 비현실적으로 느껴져."

그 말을 한 뒤 아빠는 자기 말에 동의하듯 몇 번 고개를 끄덕였다.

"조심해라. 눈에 보이는 것과 보이지 않는 것, 어느 것이 환상이고 어느 것이 실재겠냐? 조심하라는 건, 금지가 아니다. 그것을 의식하고 이 현실 속에서 상호교환을 잘 하라는 의미야."

그러자, 나 자신이 환상과 실재가 교환하는 신비로운 마법 속에서 탄생한 것만 같았다. 따지고 보면, 누구나 현실만으론 납득할 수 없는 탄생신화가 있을 것이다.

"난, 승지를 진짜 딸로 여긴다. 또 다른 너라고 생각해. 살면서 저지른 잘못을 승지에게 속죄할 수 있어 다행이지."

아빠는 뭔가 다음 말을 하려다가 그만두고 막연하게 애처로운 표정을 지었다. 호은이를 언니라고 불러……. 그 순간 마치 복화술이라도 한 듯 선명하게 아빠의 마음이 소리로 들려왔다. 나는 화들짝 놀라 아빠의 눈을 쳐다보았다. 그건 내 상상 속의 음성이 분명했다. 나는 어깨를 으쓱했다.

"시골은 어땠어?"

내 음성엔 연민과 비웃음과 애정이 뒤섞였다. 시골은 아빠의 로망이었다. 낙원이고 도피처이고 동경이고 팜므 파탈 같은 위험한 사랑이었다. 그리고 그 사랑은 또다시 유보되었다.

"좋았다."

아빠의 대답은 바람피웠던 여자에 대해 품평하듯 간단했다.

"점심 먹으러 가자."

아빠의 말에 나는 그러죠, 하며 자리에서 일어섰다. 아빠는 여전히 앉은 채 그런 나를 물끄러미 보았다.

"촛불 도깨비."

아빠가 옛날처럼 나를 부르자 머릿속이 물렁해지는 기분이었다. 엄마와 아빠가 함께 웃던 즐거운 날들……. 그리움과 아픔이 입 안에 가득 차올랐다. 나는 무안해져서 아빠를 쏘아보았다.

"호은아."

"……."

"미안하다."

밑도 끝도 없는 말이지만, 무슨 뜻인지 알 것만 같았다. 아빠는 사랑한다는 말을 사과로 대신한 것이다. 하지만 나는 아빠의 화법으로, 나도 미안해, 아빠, 라고 말해줄 수 없었다.

"알았다, 오버."

돈을 센 뒤, 작은 구멍으로 표를 밀어내주는 매표소 안의 여자애처럼 최대한 감정을 배제했다. 말끝에 눈물이 찔끔 묻어났다. 나는 얼른 등을 돌리며 입 안쪽의 볼 살을 아프도록 깨물었다.

6

아빠와 승지가 식품회사의 파란색 트럭을 탔을 때, 나는 조
수석 앞으로 다가가 시로 채운 노트 한 권을 승지에게 주었다.

아직은 작은 내게
세상이 허락한 건
작은 내가 견딜 수 있는 아픔과 고독
내가 이길 수 있을 만큼의 시련
그리고
내가 참을 수 있을 만큼의 눈물…….
그것보다 더 큰 선물은
앞으로도 내가 그럴 수 있다는
나의 믿음

그 노트 속엔 엄마와 헤어져 외가에 얹혀 있을 때, 눈물이
날 때마다 펜을 꾹꾹 눌러 베껴 썼던 시들이 빼곡히 들어 있
었다.
"나를 언니라고 불러."
승지는 노트를 가슴에 안고 곰곰이 생각하듯 얌전하게 내 눈

을 보더니 소리가 나오는지 시험하듯 신중하게 입을 열었다.

"언니."

나를 부른 승지는 얼음물을 한 모금 들이켠 것처럼 놀란 표정을 지었다. 그러자 내 가슴에 예기치 못했던 온기와 충족감이 몰려왔다. 홀로 잠들고 홀로 잠 깨는 차가운 버섯이, 심장이 뛰는 사람으로 변하는 느낌이었다.

"다음에 오면, 남산에 놀러 가자."

나는 생긋 웃어주었다.

"방학하면 잠시, 내려갈게."

아빠에게도 꾸벅 인사했다.

"꼭 와야 해."

승지가 다짐을 받고 바람에 흔들리는 물가의 긴 부들같이 손을 흔들었다. 두 눈에서 예의 그 초록빛이 반짝 빛났다. 액셀러레이터를 밟고 떠나는 아빠는 거의 수줍어하는 듯 이상하게 웃었다. 희망이라는 단어가 생각나는 웃음이었다.

7

현관문을 연 엄마는 재빨리 돌아서서 등을 보였다. 나는 어둑한 실내로 숨어드는 등을 잠시 보고 있다가 문을 닫고 신발을 벗었다. 엄마는 부엌으로 가더니 공연히 수돗물을 틀었다. 수돗물이 흐르는데, 엄마는 우두커니 서 있었다. 싱크대엔 빈 그릇도 하나 없이 말끔했다. 수돗물을 틀어두고 엄마는 냉장고 문을 열었다.

"점심 먹었니?"

나는 엄마의 등 뒤로 가서 수돗물을 껐다.

"점심 먹었냐고?"

엄마는 점심에 매달리듯 물었다. 엄마의 눈언저리와 뺨이 붉었다.

"아빠와 먹었어."

엄마는 야채 박스에서 참외를 꺼내고 과도를 챙겨 식탁에 앉더니 고개를 떨어뜨리고 노란 껍질을 깎기 시작했다. 참외 향기가 물씬 났다. 내가 좋아하는 여름의 향기였다.

"별일 없었니? 갔어?"

엄마는 그 말을 불안정하게 높은 음정으로 빠르게 말했다.

"갔지."

나는 시큰둥했다. 엄마는 다 깎은 참외를 접시 위에 가지런히 잘라 내게 권했다. 내가 식탁에 앉자 엄마는 내 시선 밖으로 도망치듯 마루로 가더니 리모컨을 들고 텔레비전을 켰다.

그리고 채널을 이리저리 바꾸었다. 한숨이 휴, 나왔다. 나는
참외 접시를 들고 엄마 곁으로 가 앉았다.

"엄마……."

"제비꽃이 없으니, 집이 허전하구나."

"……."

"제비꽃에게 정이 들었었나봐."

엄마가 승지라고 하지 않고 제비꽃이라고 바꾸어 말해도
나는 다 알아들었다.

"어떻더냐, 네 아빤?"

엄마가 아빠 안부를 묻자, 녹슨 칼이 가슴을 긋고 지나가는
것처럼 아팠다. 엄마와 아빠에 대해 아무런 기대도 갖지 않기
위해 그토록 노력해도 언제나 희망이 한순간에 솟는 새싹처
럼 자라는 것이었다.

"멀쩡했어. 그러니까, 함께 나가서 만나지 그랬어?"

"이 세상에서 마주 앉고 싶지 않은 단 한 사람만 고르라면
그건 네 아빠다. 그사이 많이 변했겠지……. 피할 수 있으면
피하고 싶어. 어쩔 수 없지 않니, 아직은 안 되는걸."

엄마의 음성은 아까보다는 누그러졌지만 여전히 완강했다.
마음이 쓰라렸다.

"엄마가 집을 떠난 것을 넌 이해할 수 없을 거다. 너로선 아

직 해결되지 않은 문제란 거 알아. 그게 분노가 되어 네 속살을 찌르는 것도 알아. 네 분노를 풀 수 있다면……."

엄마는 그러기로 결심했다는 듯 안간힘을 다해 이야기하려 했다. 하지만 엄마는 곧 스스로 고개를 저었다.

"말하기가 참, 부끄럽고, 어렵구나. 아직도……. 평생 그럴 거 같다. 엄마 아빠의 전부를 네게 말하기는 불가능해. 전부라고 해도 내 입장에서 내가 아는 것에 불과하고……. 또 내가 얼마나 정직할 수 있겠니? 인생의 전부라는 건, 제어하기 어려운 괴물 같아."

엄마의 표정이 엉킨 실타래같이 복잡해졌다. 나는 리모컨을 찾아 쥐고 볼륨을 줄였다. 낮춤 버튼을 세 단계 내렸다가 조용함이 불편해 다시 한 번 올렸다.

"냉담함이 깊어진 마지막 시절에, 우린 서로 소통을 포기했고 이해를 단념했었다. 소통과 이해를 단념했을 때, 너를 낳아 키우며 함께 살아온 네 아빠가 새삼 무서웠다. 같이 살기엔 무서웠어. 네 아빠 함께 겪은 일들을 다르게 기억했다. 다르게 생각했고 다르게 느꼈고 다른 색깔로 간직했어. 그리고 대부분은 서로 기억조차 못 했어. 자기 편의에 따라 기억이 마구 바뀌거나 사라진 거야. 그리고 그 엉터리 기억을 통해서 엄마를 원망하거나 경멸하고 미워했어. 문제는, 아빠뿐 아니라 나 역시 그랬다는 거야. 난 괴물같이 변형된 기억 앞에서 가장 큰 배반감을 느꼈다. 절망적이었어. 얼음판이 갈라지고 우린 이미 다른 빙판을 딛고 의지할 데 없는 추운 강 위를 흘러가고 있었던 거야. 어딘가에서, 오래전부터 뭔가가 잘못된 거였지."

엄마는 두 손으로 열기가 오르는 뺨을 감쌌다. 자기 인생의 가장 깊고 혼미한 곳을 회상하는 엄마의 두 눈은 캄캄한 상자 속 같았다.

"네 아빠가 혼자 품고 있는 비밀, 내가 혼자 품고 있는 마음의 거짓과 계산, 그리고 인내라는 방식이 만들어낸 비밀들의 퇴적……. 그것이 저절로 붕괴되는 것을 느꼈어. 그것이 기억을, 현실을 끊임없이 왜곡시킨 거야. 진실은 어디에도 없었어. 네 아빠와 함께했던 시간도 무서웠고 앞으로 함께할 시간들은 더 무서웠다. 그렇게 되니 우리 사이에 세어할 수 있는 게 아무것도 없었어. 나중엔 눈도 코도 입도, 귀도 없는 사람을 대하듯, 서로에게 폭력적이었어. 어떤 일들이 일어날지 두려웠지."

거짓, 몰이해, 폭력, 단념, 두려움……. 엄마가 아빠를 떠나기 전에 어떤 일들이 일어났는지 나는 구체적으로 상상할 수 없었다. 나는 참외조각을 우물우물 씹었다.

"네 아빠만 이상했다는 뜻은 절대로 아니야. 그땐, 나도 그랬어. 마치 그 무엇이 풀 먹인 종이로 나의 두 눈과 코와 입과 귀를, 온몸을, 씌워버린 것 같았어. 그러니 우리가 서로에게 팔다리를 휘두르는 폭력 외에 무엇을 할 수 있었겠니. 우리가 그렇게밖에는 할 수 없었던 한계까지 포함된 그게 당시의 총체적 상황이지……"

숨이 차오른 엄마는 긴 한숨을 토해냈다. 나는 엄마에게 냉장고의 물을 한 잔 가져다주었다.

"그즈음 차를 몰고 나갈 때면, 내 몸속에서 무서운 충동이 급박하게 치밀어오르곤 했었다. 어딘가에 쾅 부딪히고 싶었어. 만신창이가 되더라도 부서진 뒤에 아직 남는 몇 개의 진실이 있다면 그것으로 살고 싶어……. 망치를 든 부조 속의 여자처럼 나는, 사지를 덮고 있는 나의 과거와 현재를 부수고 싶었어. 하지만, 왜?"

엄마는 그 질문을 내게 하듯, 나를 심문하듯 내 두 눈 속을 들여다보았다. 그러자 도장 케이스가 떠오르고 가슴이 깊숙이 찔렸다. 하지만 엄마는 나를 심문하지는 않았다. 나는 포크로 참외조각을 꾹꾹 눌렀다. 참외 향이 코끝을 아프게 스치고 사라졌다.

"그즈음 나는 두 번쯤 사고를 일으킬 뻔했지. 만약 사고로 이어졌다면 대형 참사가 일어났을 위험한 순간들이 있었어. 나는 차라리 죽음을 향해서라도 밖으로 나가려 했던 것일까······. 그렇게 된 거야. 그 지점에서 엄마는 집을 나왔어."

어느 이른 아침에 산책이라도 나가듯 엄마는 집을 떠났었다. 그리고 열흘 뒤에 이모가 나를 외가로 데려갔다.

"이따금 나에 대한 의문이 생긴단다. 이 모든 일이 나로 인해 비롯된 불행이라면 어쩌지······. 그런 생각이 들면 몸이 빳빳하게 굳어."

엄마는 씩씩하게 잘 하다가도 이따금 그런 식으로 죄의식을 비쳤다. 나는 엄마가 상상하는 것만큼 그렇게까지 불행하지는 않았다. 부모와 함께 사는 애들도 소통불능의 외로움이 있고 나만큼의 괴로움과 불편과 미래의 불안을 겪으며 자란다. 비록 엄마와 아빠 사이에서 끝없이 나뉘어지는 삶이지만, 조금 독창적으로 생각하고 좀더 섬세하게 균형만 잡으면 별로 문제될 건 없었다. 하늘과 땅, 빛과 어둠, 차가움과 따뜻함, 단단함과 부드러움, 이곳과 저곳, 그 사이에서 더 생생하게 삶을 느낄 수도 있었다.

적어도 내겐, 불필요한 억압과 위선과 형식적 낭비는 없었다. 나는 좀 외로운 대신 자유로웠다. 엄마는 자기 진실을 위해 이 삶에 그만한 경비지불을 정직하게 한 셈이었다.

나는 확실하게 고개를 저었다.

"그렇지 않아. 그런 걱정 마."

"네게 미안해."

"난 이제 아이가 아닌걸. 무너지지 않고 꿋꿋하게 엄마 생을 사는 것으로 충분해……."

엄마가 내 머리를 쓰다듬었다.

"호은아, 거짓말과 비밀의 차이가 뭔지 아니?"

"드러난 것과 드러나지 않은 것?"

"그래. 지켜지면 비밀이고 지키지 못하면 거짓말이 돼. 난, 네 아빠가 사력을 다해서 지킨 비밀을 나도 지켜주기로 했다. 네 아빤 그만한 것을 치르고 있어."

"엄마, 승지, 아빠 친딸 아니야. 내가 물어봤어."

"안다."

"어떻게? 엄마도 사실은 의심했잖아?"

"승지와 지내보니, 그냥 알게 되더라. 승지가 네 아빠 딸이었다면…… 네 아빠를 증오했겠지만 그래도 덮었을 거야. 난 참 바보였다. 네 아빠와 승지 엄마가 그렇게 오래된 사이인데도 까맣게 모르고 살았으니……. 네 아빠 주변에서 승지 엄마를 몇 번이나 부딪쳤는데도 알아채지 못한 거야. 내가 눈 뜬 장님이었어."

엄마가 사례 걸렸는지 얼굴이 붉어지며 기침을 연이어 했다.

나는 엄마의 등을 쓸어내려주었다. 엄마의 붉은 눈 속에 눈물이 그렁그렁 맺혔다. 엄마는 마음속에 감추어진 갈등을 조율하는 듯 양손을 모았다.

"승지하고는, 자매처럼 지내도록 해……."

나는 고개를 끄덕였다. 차가운 새벽안개를 몸속 가득 마신 것처럼 먹먹해졌다.

"넌 몰랐겠지만, 이따금 네 아빠 전처인 나에게 이런저런 부탁을 해왔어. 승지를 맡기는 그런 질량의 부탁들…… 난 여력이 있는 한 그 부탁들을 들어주었다. 네 아빠니까. 난 늘, 네 아빠가 잘 살기를 바랐어."

먹먹한 가슴에서 매운 연기 같은 것이 이마로 올라와 액화되듯 콧등으로 흘러내렸다.

"내게 무슨 일이 생기면, 네 아빠가 너를 돌보게 되겠지. 그것처럼, 네 아빠에게 무슨 일이 생기면, 내가 승지를 돌볼 거야. 그게 네 아빠가 승지를 내게 보여준 의도이고 소망이겠지."

어른들이란, 도저히 참을 수 없는 것까지도 저렇게 힘껏 받아들이는 사람들인가……. 가슴이 뻐개지도록 밀고 들어오는 진실들을 받아들이고 또, 승낙 없이 떠나려는 것들을 순순히 흘려보내려면 마음속에 얼마나 큰 강이 흘러야 하는 것일까. 진실을 알았을 때도 무너지지 않고 가혹한 진실마저 이겨내며 살아가야 하는 게 삶인 것이다.

"세월이 좀 흐르니, 나도 그렇고, 네 아빠도 그렇고, 한 사람 한 사람이 산 하나처럼 느껴져. 생각해봐. 산 하나의 내부가 품고 있는 그 많은 생명들과 어찌할 수 없는 인과관계와 진실을. 그게 한 인간이 품고 있는 자기 자신인 거야. 그러니, 누구도 타인을 구할 만큼 자유로울 수 없어. 제 한 존재를 버티는 일도 참 버거운 거란다."

엄마가 집을 떠나기 전날, 나는 꿈을 꾸었었다. 엄마는 파티에 가는 신데렐라의 계모처럼 화려한 드레스를 입고 있었고 우리 집 안엔 벽을 따라 멋진 항아리들이 가득 차 있었다. 알록달록 이국적인 화려한 무늬들이 그려진 커다란 항아리들……. 꿈속의 엄마는 갑자기 그 항아리들을 번쩍번쩍 들어 바닥에 내던졌다. 꿈속에서 나는 너무 놀라 숨을 멈추었다. 엄마가 들어올린 항아리마다 모두 밑이 없었다. 화려하고 컸지만, 아무것도 담을 수 없는 뻥 뚫린 항아리들……. 엄만 그 항아리들을 남김없이 내던져 깨뜨렸다.

꿈에서 깬 뒤에도 오랫동안 그 파열음이 귓속을 울렸고 벽에 부딪치던 날카로운 조각들이 살을 찌르는 듯 아팠다. 지금도……. 그 파열음 자체가 하나의 진실처럼 내 달팽이관을 울린다……. 그 꿈을 꾼 뒤로 나는 저절로 엄마를 이해하게 되었다. 이해하는 한 아픔은 폭력이 아니다. 그것은, 우리가 받아들여 성숙해야 하는 순리인 것이다.

"엄마는 나를 이해시키지 않아도 돼. 엄만 내게 그럴 의무 같은 거 없어. 난 엄마가 행복하면 다 이해할 수 있어."

진심을 다해 말하느라 가슴이 뻐근하게 아팠다.

"나도 그래. 호은아, 나에게 상처를 준다 해도, 네가 행복하면 난 너를 이해할 거야."

애정과 염려를 담고 나를 바라보던 엄마의 눈 속에 천천히 기쁨이 차올랐다. 급기야 엄마는 쿡 웃었다. 나는 왜, 하고 눈빛으로 물었다.

"옛날에 말이야, 네가 아장아장 걷던 두세 살 무렵에 말이야…… 넌 냉장고를 열어젖히고 놀기를 좋아했어. 잠깐 사이에 반찬통들이 뒤집어져 양념국물이 새어나오고 야채와 과일이 바닥에 널렸지. 냉장고에 자물쇠를 채울 수도 없고 참 난감했었어. 넌 그때 말도 듣지 않고 고집이 세고 떼를 좀 쓰는 아기였어. 그야말로 머리에 불을 켠 도깨비 같았지. 너무 화가 날 때면 엄만 회초리를 보여주며 금지의 표시로 네 엉덩이를 때렸어. 그런데 한두 대 맞으면 네가 어찌나 엄마에게 파고들며 안기는지 더 때릴 수가 없었어. 네가 파고들 때마다 엄만 내 가슴이 이렇게 깊은가 하고 놀랐어. 그 연하고 따스하고 포근한 두 팔로 나의 목을 꽉 안고 눈물을 흘리면, 엄만 이상한 감동에 젖곤 했어. 자기에게 화를 내고 때리는 사람을 그토록 깊숙이 끌어안는 존재가 자식 외에 또 있을까……. 호은아, 난 그렇게 엄마가 되기 시작했어. 지금도 너를 안을 때마다 난 조금씩 더 큰 엄마가 된단다."

그래서 엄만 내가 화를 내거나 대들면 끌어안기부터 하는 것일까? 왜 그러냐고 묻지도 않고 사과부터 하는 것일까……. 네가 잘못한 건 아직 없어, 전부 엄마 탓이란다, 하며 자신의 전 존재를 사과하는 걸까…….

이젠 엄마와 내가 삐걱이며 다투고 나면, 삼십 분이나 한 시간 뒤 둘은 아주 분명하게 자기 역할을 한다. 먼저 엄마가 허리를 돌려 업어 메치는 씨름 선수처럼 그 묵직한 감정을 멀리 내다꽂고 내게 말을 건다. 나의 역할은 아무 일도 없는 척 그 말을 받는 것이다. 엄마는 허리 힘이 점점 더 강해진다.

내 존재의 강물

1

세상에서 가장 슬픈 이야기는 아니지만, 슬픔이라고 하면 떠오르는 이야기가 하나 있다. 엄마와 난 바닷가의 선착장 근처 이층 식당에 앉아 있었다. 중학교 삼학년에 올라가던 봄이었다. 열린 창문 바로 앞으로 갈매기들이 날아다니고 작은 선착장엔 배가 들어오고 있었다. 식사가 끝나면 엄마는 또 떠나야 했다. 그때 엄마가 그 슬픈 이야기를 시작했다. 그 시절 엄마와 나는 자주 이별을 했다. 두세 달에 한 번씩, 엄마는 나를 찾아왔다가 떠나갔다. 신경이 너덜너덜 닳는 듯했다. 통각조차 뜯겨나가고, 나중에는 아픔조차 느낄 수 없을 것만 같았다. 엄마도 그랬을 것이다.

아주 깊은 산속, 높은 산봉우리 위에서 밤마다 돌탑을 쌓는 여자가 있단다. 흐릿한 달빛만 비치는 무시무시한 정적 속에서 여자는 홀로 탑을 쌓았어. 하나 둘 셋 넷……. 집요한 한과 소망을 연상시키며 어둠 속에 우뚝우뚝 솟아 있는 대여섯 개의 돌탑들은 형언할 수 없이 괴이하고 섬뜩하지. 그 탑들은 거인처럼 여자가 살던 도시의 불빛을 내려다본단다.

여자도 한때는 식당을 하며 남편과 두 아이와 평범하게 살았어. 그런데 아이엠에프가 터진 해에 남편이 섰던 보증이 잘못되어 일시에 전 재산을 날렸다는구나. 두 살과 다섯 살 난 아이들을 안고 하루아침에 길바닥에 나앉게 된 거야. 여자는 그만 병이 나버렸어. 충격으로 인한 기억상실증이었단다. 여자는 제 아이들을 알아보지 못해 물 한 모금도 챙겨 먹이려 하지 않았지.

가산을 탕진한데다 단칸방에서 두 아이와 발작을 하고 행패를 부리는 정신 나간 아내를 돌보느라 남편은 녹초가 되었고……. 그렇게 시간이 흐르는 사이 주변 사람들의 이런저런 조언들이 보태지면서 여자는 산으로 흘러들었단다. 산에서 기도를 하면 낫는다는 소문에 의지한 거지. 처음 들어갈 때는 사흘만 있다가 집에 가는 줄 알았다는구나.

하지만, 사흘이 열흘이 되고, 열흘이 보름이 되고, 보름이

한 달이 되었다. 산속 움막에 혼자 지낸 지 한 달쯤 되었을 때 문득 정신이 돌아왔어. 두고 온 아이들 생각에 애간장이 녹는 듯했다지. 날이 새기 무섭게 여자는 집으로 달음질쳐 갔단다. 그런데 무슨 일이라니? 집의 방문을 왈칵 열고 들어서자마자 여자는 그립던 아이들을 알아보지 못하고 문턱에 멍하니 멈춰 버렸어. 기억이 까맣게 사라져버린 거야. 아이들이 엄마를 부르며 매달리자 여자는 험한 얼굴로 떼내어버렸지. 집에서 며칠도 못 버텼어. 여자는 다시 산으로 보내졌지.

산의 움막에 와서 홀로 눕자 아이들 울던 얼굴이 골수에 사무치며 떠올랐단다. 몇 년 동안 여자는 기억과 망각 사이에서 길을 헤매며 산과 집을 오갔다는구나. 산에 있으면 피를 토할 만큼 애절하게 그리운 아이들인데도 집에 가 방문을 열면 제 아이를 알아볼 수가 없는 거야. 사흘 예정했던 산속 생활은 삼 년이 되고 육 년이 되었다. 그런 시간 속에서 여자는 밤마다 날이 하얗게 새도록 돌탑을 쌓았어. 손가락들이 돌에 치여 피멍이 들고 손톱들이 빠져나가는 시간들이었지.

"산속 여기저기, 뿔뿔이 흩어져 뒹구는 돌들이 불쌍한 내 아기들 같아서 잠을 이룰 수가 없었어요. 어느 날 밤부터 손에 잡히는 대로 돌들을 주워 품에 싸안고 올라가 탑을 쌓기 시작했어요. 밤이 다 새는 줄도 모르고 돌을 줍느라 오르내렸죠…… 탑이 무너지지 않게 쌓으려면 돌과 돌끼리 짝을 찾아 맺어주어야 해요. 돌과 돌을 꼭 맺어놓으면 태풍이 와도 무너지지 않아요."

여자는 어두운 산속에서 뿔뿔이 흩어져 뒹구는 돌들이 불쌍한 제 아이들 같아서 탑을 세워 돌과 돌들을 맺은 거야. 태풍이 와도 무너지지 않도록 단단히.

2

엄마가 혼자 있는 시간이 많아지면서 기숙사로 돌아갈 때마다 마음이 쓰였다. 나는 가방에서 타로 카드를 꺼냈다. 타로 카드는 암시이고, 일종의 주문이기도 하다. 우울할 때 카드를 뽑는 건 좀 위험하지만, 엄마가 좋은 카드를 선택하기를 빌며 여러 번 뒤섞었다. 그리고 테이블 위에 펴고 엄마를 쳐다보았다.

엄마는 말없이 다섯 장의 카드를 뽑았다. 첫 번째 카드는 앞으로의 상태를 의미했다. 엄마의 카드는 strength였다. 그것은 이너 파워, 즉 내면적인 힘이 강화된다는 의미였다. 두 번째는 그 이유인데 엄마는 The Fool을 선택했다. 새로운 시작이었다. 세 번째 카드는 사람들이 보는 엄마의 모습이었다. 카드는 Justice, 균형을 의미했다. 그리고 네 번째는 엄마가 취해야 할 행동, 카드는 The Magician, 마법사였다. 창조를 의미했다. 다섯 번째, 엄마가 뽑은 결과의 카드는 Empress, 여황제였다. 여성으로서의 완전성이었다. 훌륭한 카드들이었다.

"근사하네."

엄마는 싱긋 웃더니 우편물 봉투를 열고 어느 화가의 전시회 카탈로그를 유심히 살폈다.

"거기 갈 거야?"

"으응, 오픈이 모레 저녁이야."

"혼자 가?"

"거기 가면 사람들 만나니까."

"아저씨는, 잘 지내?"

"잘 지내."

엄마는 건성으로 대답했다.

"요즘 통 볼 수가 없네. 아저씨 이제 언제든 집에 와서 차 마셔도 될 텐데……."

난 간섭이 지나치다고 할까봐 조심조심 말했다. 아무래도 내가 엄마와 아저씨를 떼어놓은 것 같아 미안했다. 게다가 아빠와 승지까지 합세해 아저씨를 밀어낸 셈이었다.

"이제 아저씨와 결혼해도 될 텐데……. 안 해?"

나는 더 세게 찔러보았다.

"글쎄…… 네가 졸업하면…… 그때쯤 엄마 결혼할까?"

엄마는 건성으로 말하고 카탈로그를 넘겼다. 나는 정색을
했다.

"나 때문에 안 해? 나 때문에 안 한다면 엄만 뒤를 돌아보
다가 그 자리에서 굳어버린 돌여인인 거야. 난 엄마가 엄마
인생을 계속 살며 앞으로 나가기를 바라."

엄만 그제야 카탈로그를 놓고 나를 보았다.

"돌여인이라니. 애야, 난 살아가고 있어. 살 뿐 아니라 날마
다 노력해. 단지 결혼 자체가 그다지 중요한 일이 아니라고
생각하는 거야. 넌, 결혼의 본질이 사랑이라고 생각하겠지만
그게 아니란다."

"그럼?"

"결혼은 두 사람의 합자로 이루어지는 법인체야."

"훗!"

내 입에서 웃음이 튀어나왔다. 엄마의 해석은 엉뚱하지만
명쾌했다.

아저씨의 아이들, 아저씨의 부모, 아저씨의 친구들, 아저씨
의 삶, 엄마의 딸, 엄마의 그림, 엄마의 삶……. 한 중년 남

자와 중년 여자의 삶의 실체는 사랑이라는 지렛대로 들어올리기엔 너무 무거운 것인가 보았다.

"그럼 사랑이란?"

엄마는 대답하기를 망설이며 앞머리를 쓸어올렸다.

"호은아. 사랑이든 삶이든, 난 그게 내 몫의 강물을 헤엄쳐 건너는 일 같아. 그 물은 내 존재로부터 솟아나와 큰 강을 이루어. 누구에게나 혼자 건너야 하는 강이 있는 거야. 언젠가 아저씨와 내가 헤엄쳐 건너야 할 물을 다 건너고 햇살 따스한 기슭에 닿아 옷을 말리면 좋겠다. 그게 결혼이라도 좋고 아니라도 좋아. 넌 사랑의 결실이 뭐라고 생각하니?"

나는 고개를 갸웃했다. 흔히 말하듯 아이, 하나의 가정 같은 거 아닐까…….

"사랑의 결실은 변태야. 변화를 겪고 달라지는 것."

엄마가 미소를 지었다. 세상의 모든 벽들이 다 넘어지고 눈앞이 광활하게 열리는 것 같은 그런 미소였다. 햇볕 따스한 해안 기슭의 바위에 젖은 옷들을 걸쳐놓고 그 곁에 편히 앉아 도시락을 까먹으며 건너온 물을 바라보는 자신을 상상하는 것 같았다.

"호은아, 한때는, 이러다 너를 잊어버릴 수도 있겠다는 생각이 들 정도로 미친 듯 사랑에 빠진 시간도 있었어. 정말로 너를 외가에 맡겨놓은 채 깜박깜박 잊은 적도 있었어. 하지만 사랑은 이상한 거야. 사랑을 하면 할수록, 우린 사랑하는 사람보다, 우리가 사랑해야 할 사람을 더 사랑하게 되거든. 아저씨를 사랑하면서 난 너를 더 깊이 사랑하게 되었어."

나는 고개를 갸우뚱 기울이고 엄마의 말을 들었다.

"엄마에겐, 너와 이 집이 너무나 중요해. 집을 마련하기 위해 낯선 곳으로 와 몇 년 동안 원룸에서 밤낮 없이 일을 할 때, 난 자신에게 이렇게 독려했어. 지금은 아무것도 원하지 말자. 아무것도 두려워하지 말자. 해내야 할 일만 생각하자. 그것이 이 막다른 곳에서 나가는 길이야. 일하는 한, 난 밖으로 나가고 있는 거다."

우리에게 집의 의미는 다른 사람들보다 훨씬 더 마음 아린 무엇이었다. 예전에 학교에 제출하기 위해 호적초본을 뗐던 날 친구들 것은 대부분 첫 장의 반 정도인 데 비해 내 것은 한 장 반이나 주소들로 빽빽하게 차 있어 놀랐었다. 세어보니 열 개나 되었다. 엄마 말로는 결혼 후 내가 태어나기 전에도 세 번이나 이사를 했다니, 우리 가족은 거의 집시처럼 떠돈 셈이었다. 아마 결혼한 뒤에 아빠의 이직 횟수도 우리가 이사한 숫자만큼이나 바뀌었을 것이다. 아빠의 생애 첫 직장은 신발 공장이었다고 들었다. 그것은 대학 재학 중에 들어간 위장 취업장이었다. 그 후 아빠는 옮긴 직장마다 늘 월급을 못 받았고 무슨 일인가를 벌이면 얼마 못 가 탈탈 긁어 투자한 소자본을 모두 잃었다. 이사는 대체로 실패와 얽혀 있었다.

그러는 사이, 내 인형과 공룡들, 노트, 책, 기념품과 학용품, 작아진 옷과 수집품들과 상장들이 버려졌다. 사라지기 전까지 오랫동안, 한없이 계속 비를 맞고, 누군가의 발길에 차이기도 하고, 외진 곳에서 오래 햇볕에 바래고, 색이 다 바래도록 먼지를 덮어썼을 것만 같다. 그렇게 더러는 재가 되고 먼지가 되고 바람에 날려가고 흙 속에 파묻혔을 것이다. 이곳, 엄마의 집은 내 열세 번째 주소지쯤 되지 않을까…….

"엄마."

엄마가 묻는 눈으로 쳐다보았다.

몸 안에서 저절로 치받쳐올라 그냥 불렀는데, 코 묻은 돈을 모아 엄마에게 보냈던 일이 불쑥 떠올랐다. 집을 마련하기 위해 엄마가 멀리 떠난 후 나는 토요일과 일요일마다 전단지를 돌렸다. 중학교 한때였다. 그 경험 때문에 지금도 지하철 계단 위에서나 거리나 광장에서 누군가 전단지를 나누어주면 절대로 피하지 않고 모두 받는다. 길엔 늘 전단지를 나누어주는 야윈 여자들이나 노인들, 허기져 보이는 남자애들이 있다. 나는 전단지를 돌려서 번 돈을 한 푼도 쓰지 않았다. 친구들

틈에 끼여 빵집에도 가지 않았고 영화관에 가지 않았다. 더구나 가발이나 이어링이나 브랜드 운동화나 옷이나 염색약 같은 것도 산 적 없었다. 나는 그 돈을 모아 집을 사기 위해 멀리 떠난 엄마에게 보냈었다.

"이번 학기가 끝나면 집으로 돌아와."

엄마는 내 속을 다 안다는 듯이 바라보았다. 내 속에 무언지 모를 저항이 파문을 일으켰다. 기숙사로 가던 날이 떠올랐다. 그때 나를 초조하게 했던 것은 단지 엄마의 연애나 결혼 같은 것만이 아니었다. 그보다 나를 힘들게 했던 것은 엄마와 함께 살면서 오히려 엄마를 잃어가는 상실감이었다. 그리워했던 엄마를 잃고 실제 엄마에게는 무감각해지며 스스로 소외되어가는 나 자신이 차라리 숙제였다. 엄마의 집을 떠나서라도, 엄마를 제대로 만나고 싶었다.

"너도 알잖니? 이런저런 문제가 좀 있더라도 우린 잘 지낼 수 있어. 적어도 졸업할 때까진 엄마와 붙어 살자."

나는 고개를 저었다.

"올해는 그대로 기숙사에서 지내고 싶어. 벌여놓은 일이 너무 많거든. 이학기 끝내고 생각해볼게."

나의 태도에 빈틈이 없었기 때문에 엄마도 덧붙일 말이 없었을 것이다. 엄마는 나를 신뢰한다는 눈빛으로 동요 없이 바라보았다.

3

그날 밤, 꿈을 꾸었다. 나는 반딧불이처럼 꽁무니에 불을 반짝이며 캄캄한 길을 달려가고 있었다. 너무나 빠르게 나는 전력 질주했다. 그 캄캄한 곳은 엄마의 질이었다. 나는 엄마를 사랑해서, 너무나 사랑하는 선명한 감정을 안고, 엄마에게 가장 먼저 달려가고 있었다. 사랑해…… . 사랑을 느낄 때, 마치 지구에서 이탈해 우주로 날아가는 것처럼 내 존재는 우르릉 쾅쾅 진동했다. 사랑해…… . 어지러운 원심분리기 속에서 나를 부르는 엄마의 음성이 들렸다. 사랑해, 사랑해, 사랑해…… . 그렇게 나는 아빠에게서 엄마에게로 가서 태어났다. 그토록 자발적으로, 그토록 맹렬하게 달려가서, 태어난 것이다.

그러니, 내가 태어난 이유는 모른다 해도 그 의미는 앞으로 내가 찾아내야 할 과제인 것이다.

레몬

겨울이다. 벌써 첫눈이 내렸다. 창문은 꼭 닫혔고 유리창엔 부연 김이 서렸다. 보일러 돌아가는 소리가 윙윙 들린다. 이 제 막 학기말 시험을 치른 뒤여서 나는 좀 지쳐 있었다.

장학금을 목표로 학기 중의 과제와 발표에서부터 한 알 한 알 콩 줍듯이 학점을 관리해왔는데, 어처구니없게 틀린 시험 문제들이 나를 괴롭혔다. 나는 점점 더 성실하게 학교생활을 하고 있었다. 공부란 한번 교과과정에 밀리기 시작하면 기하 급수적으로 밀리지만, 머리에 쥐가 나더라도 고비를 넘어 밀 고 가기 시작하면, 눈덩이를 굴리듯 쌓아가는 재미가 있다. 심 지어 시험조차 적극적으로 자기를 측정하는 즐거운 시스템이 되는 것이다. 고등학교와 대학 이 년의 지난한 과정을 거쳐 이제야 공부가 제대로 몸에 붙는 느낌이었다. 공부를 하게 하는 가장 큰 힘은 외로움과 자유의지, 그리고 정신을 번쩍 차리게 하는 결핍이란 것을 부인할 수 없다. 나는 그 힘을 잘 이용하고 있는 셈이었다.

엄마와 나의 생활은 단조로우면서도 늘 어딘가 삐걱이며 재조정되어갔다. 나는 기숙사 방을 빼고 엄마의 집으로 돌아왔다. 하지만 이 집에서 내가 머물 시간은 별로 없을 것이다. 아직 말은 못 꺼냈지만, 나는 내년 봄에 한 학기를 휴학하고 유럽 배낭여행을 나갈 계획이었다. 엄마는 조금 놀랄 것이다. 하지만 내가 고집을 부리면 한마디쯤 중얼거리고 받아들일 것이다. 사람은 누구나 자기의 어둠이 있고 혼자 지나야 할 터널이 있지…….

겨울방학 동안엔 여행 경비를 벌기 위해 어린이 영어 캠프에 들어가 아르바이트하기로 했다. 미국과 캐나다에서 네이티브 교사들이 대거 들어오기로 되어 있어 나의 영어도 업그레이드 시킬 수 있는 기회였다. 영어 캠프가 강원도에 있으니 어쩌면 스키를 타볼 기회도 생길 것이다. 어린이 영어 캠프에 들어가기 전에 며칠 동안 아빠의 집에서 보낼 생각이었다.

엄마와 아저씨 사이는 냉각기를 거친 뒤 조금은 형식화되고,

더 친밀하고, 성실하고, 공정해졌다. 가장 큰 변화는 엄마의 집에 물감 냄새가 나기 시작했다는 것이다. 엄마는 작은 사이즈의 캔버스를 방바닥에 놓고 쪼그리고 앉아 내부 장기 같은 형상의 추상화를 그렸다. 겨울방학 동안 엄마는 어떻게 보낼 생각일까…… . 혼자 있는 엄마는 오래 걸어둔 빈 조롱같이 적막해 보였다.

"미스 엔, 이렇게 혼자 집에 있으면 외롭지 않아?"

나는 소파에 앉아 노란색 색종이를 꼬깃꼬깃 접으며 물었다. 열 번째 종이배였다. 엄마는 붓을 씻던 손을 멈추고 잠시 그대로 있다가 대답했다.

"혼자 있는 사람이 외롭다는 건, 사람들이 하는 가장 큰 오해야."

엄마가 나를 보는데, 두 눈에 금성같이 밝은 별이 떠 있었다. 늘 엄마의 눈을 보아왔지만 그런 경험은 처음이었다. 나는 놀라서 눈 속의 빛을 바라보았다.

"……그러면?"

"사람은 자신의 모습으로 존재할 수 없어서 외로운 거야."

엄마는 붓을 든 손으로 심장을 안듯이 왼쪽 가슴 위를 눌렀다. 작업복 앞섶에 연푸른 물 얼룩이 졌다.

"사람이란 관계 속에서 가장 사람답다는 것도 사실이지만,

누구나, 일 년에 한 달쯤은 완전히 혼자 지내보는 것도 좋을 거야. 여행을 가라는 게 아니야. 자신의 일상을 그대로 하면서 가능한 지인을 만나지 않고 묵묵히 홀로 생활을 해보는 거야. 자신의 원형을 생생하게 느끼면서, 이곳과 자신을 만끽하면서."

엄마는 자신만의 집에서, 그림을 그리고, 돈을 벌기 위해 얼마간 일러스트 작업도 하고, 자신을 위해 요리를 하고, 넉넉하진 않지만 꼭 쓰고 싶은 데에는 돈을 쓰고, 언제든 외출하고, 어디든 가며, 누구든 만났다. 무엇보다 깊이 생각할 수 있는 충분한 시간을 가지고 있었다. 사유할 수 있는 삶이야말로 참으로 사치스러운 삶이 아닐까? 여자로 성장해 결혼하고 아이를 낳고 키웠고, 사랑도 한 뒤에 이제 한 인간으로서 독립적으로 자신을 만끽하는 것이다. 그러고 보면 행복하지 않을 이유가 없었다.

"미스 엔, 당신에게 가장 중요한 건 뭔가요?"

나는 엄마가 깊숙이 감추어두었을 비밀 리스트에 노크를 했다. 그리고는 시치미를 떼고 종이배를 꼬깃꼬깃 접었다. 심란할 때면, 습관적으로 종이배를 접는다. 내 감정을 하나하나 꺼내 종이배에 태워 멀리 보낼 수 있다는 듯이.

"내가 엄마인 거."

엄마는 생각할 것도 없다는 듯 단숨에 대답하고 나를 가만

히 바라보았다. 나는 약간 냉소적인 기분으로 의심의 눈빛을
깜박였다.

"호은아, 이상하지? 좀 두렵기도 했지만, 난 승지의 엄마도
할 수 있을 것 같았어. 제비꽃의 엄마도 할 수 있을 것 같았고."

그러니까, 엄마는 단지 나의 엄마를 말한 게 아니었다. 자
신의 정체성으로서의 모성을 말한 것이었다. 맙소사…… 나
는 종이배 접기를 멈추었다.

"이 기분을 좀 과장해서 말하자면, 세상도 내 뱃속으로 지
나가게 할 수 있을 것 같아. 그러니, 사랑스러운 사람들뿐 아
니라, 시시하고 고약한 사람들이나 가여운 것들에게도, 혹은
지리멸렬하고 역겨운 일에 처했을 때도 이런 식이지……"

엄마는 장난기가 잔뜩 어린 눈빛으로 나와 시선을 맞추고
입을 동그랗게 모았다가 풀며 휘파람 불듯 말했다.

"내가 네 엄마다."

나는 어처구니가 없었지만, 헛웃음을 지을 수도 없었다. 무
엇일까, 나를 바라보는 엄마의 눈……. 장식장 위의 먼지 덮
인 장식들을 싹 치워버리고 반들반들 닦은 것 같은 눈빛이었
다. 엄마의 눈 속에 담긴 내가 분명하게 되비쳤다. 바람이 불
어도 마음의 방 안에 먼지 한 톨 일어나지 않을 것 같았다. 활
짝 열린 창문 같은 두 눈을 통해 엄마의 마음속으로 비가 들

이처 물에 잠긴다 해도 정수기로 거른 듯이 맑은 물이 차오를
것만 같았다.

"그다음은?"

나는 미스 엔의 리스트에 흥미가 생겼다.

"그다음 중요한 건, 자유의지…… 나의 일…… 집……
생활……."

나는 허벅지까지 감싸는 밀크색 스웨터의 양쪽 소매를 당
겨 손을 덮고 소파에 비스듬히 누웠다. 그렇게 하면 생의 의
미를 샅샅이 끌어안은 듯한 비애 어린 충족감이 몰려온다. 엄
마는 사용한 붓들을 모아 씻기 시작했다. 물감들이 뒤섞여 풀
리는 물통 속의 물은 검게 변해갔다. 엄마는 무척 안정되어
보였다. 사랑이란 때로 지렛대처럼 인생을 하늘 높이 들어올
려 둥실 떠 있게도 하지만, 이렇게 지상의 제자리에 가만히
내려놓기도 하는 것일까?

"아저씨는?"

"글쎄……."

엄마는 자신과 타인 사이에서 호수처럼 가만히 흔들리는
것 같았다.

"호은아, 사람이 진짜 어른이 되면 말이야. 타인에게서 사
랑을 바라지 않게 된단다."

"그럼, 사랑 없이 사는 거야? 인간은 사랑 없이 살 수 없다
는데?"

농담이 섞여든 내 말에도 엄마는 웃지 않았다.

"사랑은 늘 있어. 너를 바라보는 이 순간에, 햇빛 속을 걸을
때나 비 오는 날 우산을 펼칠 때, 한밤중에 창문 밖에 걸린 반
달을 볼 때도, 청소를 하고 빨래를 할 때도, 차 한 잔을 마시
거나, 홀로 먹을 밥을 끓일 때에도, 아침 일곱시와 오후 두시
와 밤 열한시에, 사랑은 늘 거기 있어."

미스 엔의 특징은 철학을 통해 문제들을 해결하는 방식이
아닐까?

"아저씨, 이혼한 뒤로 오랫동안 자기 아이를 못 보고 살았어."

엄마의 음성이 문득 낮아지더니 습기가 뱄다.

"그동안 마음고생이 심했을 거야. 그런데, 얼마 전부터 아
이를 만날 수 있게 되었단다. 아저씨의 가장 큰 소원이 이루
어진 거야."

아름다운 상상을 보는 듯 미소 짓는 엄마의 얼굴에 빛의 입
자들이 아른아른 어렸다.

"아저씨는 접었다가 펼쳐놓은 내 쌍둥이 같아. 아저씨의 부
성, 자유의지, 일, 아저씨의 집…… 사랑이 오래되어 열정이
바닥에 가라앉으면 드디어 조금 심심한 듯, 우아해진단다. 아

저씨와 난 이성적으로 다시 시작하는 거 같아."

엄마는 신중하게 말하고 소녀처럼 웃었다.

"그러는 넌? 뭐가 가장 중요하니?"

"소소한 즐거움들. 난 심각할 게 없어."

엄마는 눈을 동그랗게 떴다.

"난 엄마 아빠와는 달리 이상향을 꿈꾸지 않아. 너무 어려운 사랑을 할 마음도 없고, 너무 먼 곳까지 갈 마음도 없어. 난 평범한 세속 안에서 진리를 발견하고 싶거든."

엄마는 안도의 빛이 담긴 웃음을 웃었다.

미래를 생각하면, 때론 부풀어오르는 과육 속에 박힌 애벌레처럼 시고 달콤한 세속적 소망에 사로잡히고 또 때론 내 소망의 철저한 세속성에 상처를 받기도 한다. 하지만 난 시골이나 산으로 숨지도 않고 내 방에 틀어박히지도 않을 것이며, 공연히 세상 끝까지 가보려고 하지도 않을 것이다. 난 이 세상의 여러 가지 것들을 배우고 다양한 사람을 만나는 것이 즐겁다. 스와힐리어도 배우고 에스파냐어도 배우고 싶지만, 굳이 아프리카나 라틴아메리카에 가고 싶지는 않다. 물론 갈 일이 생긴다면, 뒷걸음치지는 않을 것이다. 열두 개의 별자리를 골고루 친구로 사귀고 싶고 남자와 여자를 사랑하고 아이도 낳아 키우고 싶다. 커다란 개를 키우며 도심의 강변 빌라에서 살고 싶고 커다란 감나무가 있는 시골집에 공작새를 풀어놓고 살아보고도 싶다. 싸움을 좋아하지는 않지만, 삶에 모욕당하지 않기 위해 눈에 보이지 않는 백 가지 적과 늘 싸울 각오가 되어 있다. 나는 예수와 부처에 대한 경외와 연민을 느끼고 타인에 대한 자비심에 동감도 하지만 무엇보다 나 자신이 여기 살아 있음을 기뻐하고 싶다.

"우리 산책을 좀 하고, 저녁 먹고 들어오자."

아마도 우린 시청 쪽으로 나갈 것이다. 막연히 좀 걷다가 광화문의 서점이나 상가 거리에서 쇼핑을 하고 운이 좋으면 을지로나 종로 쪽에서 아직 먹어본 적이 없는 그리스 음식 같은 것을 찾아낼지도 모른다. 어쩌면 저번 주에 먹었던 매운 낙지볶음을 또 먹을지도 모른다. 엄마는 욕실에서 손을 씻고 나와 옷을 갈아입었다.

우리가 막 나가려 할 때 전화벨이 울렸다. 부츠를 신으려던 엄마는 잠시 망설이다가 도로 들어가 전화를 받았다. 예……. 별일 없어요. 일은 잘 끝났나요? 어디라구요? 엄마의 뺨에 천천히 홍조가 번졌다. 놀랐어요. 아뇨, 좋아요. 그래요. 그렇게요. 엄마는 잇달아 대답하고 수화기를 내려놓으며 나를 보았다. 어쩌니, 하는 얼굴로. 들어보나마나, 엄마는 아저씨와 데이트 약속을 한 것이다. 지금 당장 말이다.

"아저씨 일정이 생각보다 빨리 끝났네. 내일쯤 올 줄 알았는데, 놀래주려고 전화도 하지 않고 출발했대. 지금 시내로 들어오는 중이라는구나. 지금 볼 수 있느냐고 묻는데, 그만 좋다고 말해버렸어."

아저씨는 출장이라도 다녀오는 모양이었다. 나는 도로 소파로 가서 앉았다.

"미안, 정말 미안, 아저씨, 일주일 만에 귀국이야."

사실 난 상관없었다. 일요일 밤엔 늘 기숙사 룸메이트들끼리 간소한 파티가 있는데, 비록 방을 뺐어도 한번 룸메이트는 영원한 룸메이트였다. 재미로 치면 엄마보다는 그쪽이 더 나았다.

"괜찮아."

말은 관대하게 하면서도 나는 입을 내밀었다. 아무래도 엄마인 것보다 애인인 것이 더 중요한 엄마의 정체성 같았다. 혹은, 나와 햇빛이나 비와 반달, 차 한 잔이나, 홀로 먹기 위해 끓이는 밥보다 아저씨가 엄마의 사랑을 더 자극하는 거겠지. 물론 난 속 좁은 사람이 아니니까 다 이해했다. 엄마는 미안을 연발하며 다시 화장대에 앉았다.

딸과 외출하려던 엄마와는 이미 표정부터 달랐다. 딸에게 후광이 뺏긴 채 곳곳에서 지갑이나 대신 여는 삶에 지친 중년

여인 역의 조연에서 갑자기 주연으로 승격된 배우같이 자존감이 팽팽하게 차올랐다. 저기 한 여자가 있구나……. 그건 가장 본질에 가까운 엄마 자신이었다. 빈 조롱에 새가 들어와 지저귀는 것처럼, 빈방의 전구에 환한 불이 반짝 들어온 것처럼, 빈 병에 향기로운 술이 가득 찬 것처럼 혼자 있을 때보다 더 자신다운 한 여자.

"엄마, 달에서는 우리가 꿈꾸는 일이 일어난대. 그곳에 한번 찍힌 발자국은 수백 년이 흘러가도 없어지지 않고 모래성을 쌓으면 절대 무너지지 않는대. 그곳엔 비도 내리지 않고 바람도 불지 않고 중력도 아주 약하니까."

"그게 무슨 말이니?"

화장대 앞에서 머리카락을 빗던 엄마가 거울 속으로 나를 보았다.

"엄마가 전에 말했잖아. 사랑은 어쩌면 달나라에 가는 것과 비슷한 거라고. 그러니까 내 말은, 달나라에서 살 수는 없지만, 그곳에 찍은 발자국은 영원하다는 의미이지."

엄마는 빗을 놓고 가만히 웃었다. 눈물이 글썽 맺히는 웃음이었다.

새로 구입한 보라색 코트로 갈아입은 엄마는 볼을 발그레하게 물들인 채 집을 나갔다. 찬 공기가 휙 들어오고 문이 닫히자 마음이 고요해졌다. 나는 김이 서린 창을 열고 밖으로 얼굴을 내밀었다. 바로 그 순간에 남산 타워의 기둥에 푸른 불이 반짝 들어왔다. 잿빛 어스름이 내린 금속적인 도시의 하늘 아래 건물마다, 거리마다, 집집마다 띄엄띄엄 작은 불빛들이 켜져 파르르 빛나고 있었다. 문득, 사람이 날마다 불을 끄고 다시 켜면서 하루하루 살아가는 일의 기쁨과 가련함을 이해할 수 있을 것 같았다. 차가운 공기에 얼굴이 팽팽하게 조여들었다.

나는 색색의 종이배를 창문 아래로 하나씩 떨어뜨리고 두 팔을 활짝 펼쳤다. 세상을 향해 무언가를 구하는 간절한 마음과 무언가를 주고 싶은 다정한 마음이 똑같이 차올랐다. If life gives you a lemon, make lemonade! 생은 시어빠진 레몬 따위나 줄 뿐이지만, 나는 그것을 내던지지 않고 레모네이드를 만들 것이다.

아파트 축대 계단을 내려가는 엄마의 작은 몸이 아른아른 보였다. 나는 손을 들고 보라색 제비꽃 같은 엄마의 등을 향해 아무도 모르게 머뭇머뭇 흔들었다. 한줄기 저녁 바람이 청량한 샘물줄기처럼 나의 얼굴 위로 흘러갔다. 내 존재로부터 솟아나 흐르는 물결 속에 얼굴을 담그고 있는 기분이었다. 물

결은 점점 더 깊고 큰 강물이 되겠지. 나만의 강물이……. 그때 나는 알게 되었다. 내가 엄마와 아빠와 아무리 무수히 헤어져도, 그건 삶일 뿐 이별이 아니라는 것을.

페넬로페의 후일담

김형중(문학평론가)

집 나갔던 페넬로페의 정착

1998년의 어느 시점 류보선은 이렇게 쓴다.

　한마디로 90년대로 접어들면서 한국소설에서 집을 떠나는
남성들의 모험은 세계의 본질에 보다 더 접근하는 데 어느 정
도 한계를 드러낸 셈이다. 그 불모의 자리를 대신 메운 것은 여
성들의 한숨과 악다구니와 아련한 눈길이다. 신경숙 김형경 공
지영 공선옥 은희경 전경린 이혜경 서하진 배수아 차현숙 권여
선 등등의 페넬로페의 충실한 후예들이 속속 등장하더니, 이제
는 한국소설의 거대한 줄기를 형성하기에 이르렀다.(「불임의 사
랑, 모성의 공포」,『경이로운 차이들』, 문학동네, 2002, 96쪽)

90년대 중반 이후 한국소설의 주류를 점한 여성작가들을 일러 '페넬로페의 후예들'이라 비유한 대목이 흥미롭다. 페넬로페는 물론 원정 떠난 남편 오디세우스를 갖은 고초와 유혹을 견뎌내며 무려 이십 년 동안이나 기다렸던 그 아내의 이름이다. 이 말은 그전까지 한국소설의 주류 서사가 오디세우스적인 것이었음을 암시하는 말이기도 할 텐데, 따지고 보면 우리 현대 소설사는 분명 원정 떠난 남성들, 그리고 그들을 기다리는 여성들의 서사였음을 부인하기 힘들다. 시대에 따라 그 원정의 성격이 조국의 해방, 조국의 근대화, 조국의 민주화 등등의 방식으로 갈렸을 뿐, 남성들은 떠났고 여성들은 기다렸다. 그러나 90년대에 들어서자 사정은 변했다. 원정은 세계사적 격변에 의해 실패로 끝났고, 오디세우스들은 귀환했다. 그들의 귀환은 초라했고, 한동안 그들은 소설의 본질이기도 한 탐색과 모험을 포기했다. 그러자 페넬로페들이 일거에 집을 떠나기 시작했다.

그때쯤, 전경린도 검은 우산과 어둠과 염소의 도움을 빌려 가부장의 집으로부터 야반도주했다. 이후 그녀의 행적은 우리가 아는 바와 같다. 같은 시기 집을 나선 그 어떤 페넬로페들보다도 그녀는 일탈적이었고, 관능적이었으며, 독하고 당찼다. 은희경이 냉소를 택하고, 공지영이 신파를 택하고, 공선옥이 피도 눈물도 없는 자연주의를 택하고, 김형경이 신경증을 택할 때, 전경린은 성(sexuality)을 택했다. 그녀에게 그간 오디세우스의 부재와 권위 탓에 미처 깨우지 못했던 육감은 곧 여성으로서의 존재 찾기를 위한 도구였다. 물론 몸을 통한 존재 찾기는 그 몸을 둘러싸고 있는 가족제도의 각종 금기와 억압들에 대한 가차 없는 비판을 수반했고, 어떤 경우 아예 가족제도에 대한 비판을 벗어나 요기(yogi)의 까마-요가 수행에 육박하기도 했다. 요가란 몸을 통한 존재의 근원(브라흐만) 찾기에 그 핵심이 있는바, 『열정의 습관』의 주인공 '미홍'은 바로 그 존재의 근원을 찾기 위한 '쾌락의 활용'법에 접근하고 있었다. 유비적으로 말해 그녀의 '쾌락의 활용'은 윤대녕의 '여행의 활용'과 크게 다르지 않다. 존재의 근원을 찾기 위해 여행을 택한 대신 성을 택했다고 해서(가족을 돌보지 않기로 치면 양자 모두 마찬가지일 터이니) 그녀가 딱히 더 비판받아야 할 이유는 없었다. 그러니 최소한 남성 평론가들에 의해 그녀에게 주어진 몇 가지 비판들(성애 소설가라느니, 대중 추수적이라느니 하는) 중 상당 부분은 무의식적 가부장의 도덕적 단죄의 흔적을 지니고 있었다고 보아야 맞다. 만약 그녀의 요가가 비판받아야 한다면 그것은 다른 이유 때문이었다. 요가를 포함해서 "모든 구도는 지극히 개인적인 것이어서 한 주체의 해탈(고행을 통해서든 쾌락의 활용을 통해서든)이 다른 모든 주체들의 해탈을 보장해주는 것은 전혀 아니라는 사실이 그것이다"(졸고, 「집 나가는 여자들」, 『켄타우로스의 비평』, 문학동네, 2004, 348쪽). 그녀의 요가가 비판받아야 한다면 그것은 타자에 대한 윤리의 부재에 있다. 너무도 오랜만에 행해진 페넬로페의 외출은 남을 돌볼 틈도 없이 그녀를 자신만의 존재 찾기에 몰입하게 했다. 그러다 보니 공적인 윤리에 대한 탐구가 부재했고, 타인들에 대한 배려가 없었다. 박혜경의 다음과 같은 말이 지시하는 바도 이 점이다.

그런데 여기에서 문제는 전경린 소설 속의 여주인공들이 종종 자기 자신의 욕망에 대한 과도한 집착에 비해 자신의 사적인 욕망 바깥에 존재하는 타자들의 세계에 대해서는 상대적으로 매우 무심하거나 때로는 배타적인 태도를 보여줌으로써, 종종 그녀들이 추구하는 욕망의 절박함만큼이나 그 욕망이 포용할 수 있는 세계의 협소함을 드러내 보인다는 점이다.(「재와 불꽃의 시간 사이에서 떠도는 여자들」, 『물의 정거장』 작품해설, 문학동네, 2003, 340쪽)

집을 떠나 자유를 얻었으나, 전경린의 주인공들이 누린 세계는 협소했다. 박혜경의 글 제목이 암시하는 바대로 그녀들은 '재와 불꽃의 시간 사이' 곧 '제도와 일탈' 사이에서 정념을 통해 존재를 찾아 헤매다녔을 뿐, 자신의 그 일탈로 인해 상처받은 이들, 혹은 자신과 유사한 상처를 가진 이들을 돌보고 그들과 연대할 여력이 없었다. 전경린의 문제는 가출 후 십 년이 넘도록 그녀가 떠나온 집과는 전혀 다른 윤리에 의해 세워진 새로운 집 한 채를 마련하지 못했다는 데 있었다. 새 장편 『엄마의 집』에 대한 이야기가 시작되어야 하는 지점이 바로 여기다.

잘 자랐다, 수

십여 년 전 오디세우스의 집을 나섰던 페넬로페가 집을 구했다. 그 집은 버지니아 울프가 팔십 년쯤 전, 『자기만의 방』에서 꿈꾸었던 그런 집, 그러니까 "한 여자가, 경제적이고 정신적이고 육체적이고 윤리적인 문제를 생애 속에서 전적으로 통제"(작가의 말)할 수 있게 해주는 그런 집, 아빠의 집이 아닌 '엄마'(성별구분 이전의, 크리스테바적인 용법에서의 '모성'을 의미하는 말로 이해해주기를)의 집이다. 그러자 많은 것이 변화한다.

엉뚱한 얘기지만, 엄마가 집을 얻어 정착하고 나자 가장 먼저 '수'가 돌아온다. 수는 1998년작 『내 생에 꼭 하루뿐일 특별한 날』의 주인공 미흔의 아들이다. 남편의 외도가 발각되고, 충격을 받은 미흔이 우울증에 빠지고, 이사한 시골 소읍에서 다른 남자를 만나고, 사랑하고, 불붙고, 성을 통해 존재감을 확인하고, 사고가 나고, 떠나고…… 그러는 동안 내내 마치 없는 듯이, 아랫집에 맡겨지고, 혼자 놀고, 대사마저 거의 주어지지 않았던 그 아이다. 엄마가 도덕과 제도로부터의 일탈을 통해 존재감을 획득하면 획득할수록, 수는 반대로 그 존재감이 희미해졌다. 그 아이는 앞서 박혜경의 언급, "전경린 소설 속의 여주인공들이 종종 자기 자신의 욕망에 대한 과도한 집착에 비해 자신의 사적인 욕망 바깥에 존재하는 타자들의 세계에 대해서는 상대적으로 매우 무심하거나 때로는 배타적인 태도를 보여"준다는 비판의 훌륭한 예가 될 만했다. 그러나 『엄마의 집』은 박혜경의 비판으로부터 자유로운 전경린의 첫 번째 텍스트라 할 만하다.

　물론 『엄마의 집』의 '호은'은 아들도 아니고, 이미 스무 살의 대학생이다. 그럼에도 호은은 자주 수를 연상시키는데, 엄마 윤진이 어느 날 돌연 집을 나간 후 외가에 맡겨져 홀로 큰 아이의 성장과정이야말로 곧 수의 성장과정이었을 것이기 때문이다. 그러니 수가 돌아왔단 말은 이 작품을 『내 생에 꼭 하루뿐일 특별한 날』에 대한 후일담으로 읽을 수 있다는 말이기도 하다.

호은에 대한 윤진의 태도는 전작에서 미흔이 수를 대하던 태도와 사뭇 다르다. 호은을 떠난 후 윤진은 오로지 자신만의 집 한 채를 마련하기 위해 매일 열다섯 시간의 노동도 마다하지 않는다. 자신으로 인해 상처받았던 타자에 대한 배려는 이전의 전경린 소설에서는 찾기 어려웠던 특징인바, 호은으로 다시 나타난 수에 대한 전경린의 태도 변화는 주목을 요한다.

그런데, 가부장적 질서가 지배하는 가족과 집이 싫어 떠났던 여성이 다시 간절히 원하는 집이란 도대체 어떤 것일까? 역설적이지만 집으로부터 벗어나기 위해 구하는 집이다.

"엄마에겐, 너와 이 집이 너무나 중요해. 집을 마련하기 위해 낯선 곳으로 와 몇 년 동안 원룸에서 밤낮 없이 일을 할 때, 난 자신에게 이렇게 독려했어. 지금은 아무것도 원하지 말자. 아무것도 두려워하지 말자. 해내야 할 일만 생각하자. 그것이 이 막다른 곳에서 나가는 길이야. 일하는 한, 난 밖으로 나가고 있는 거다."(264쪽)

윤진은 말한다. 자신만의 집을 갖기 위해 일하는 한 자신은 밖으로 나가고 있는 것이라고. 가출의 완성은 아마도 새로운 곳에의 정착일 것이다. 그런 의미에서 윤진이 마련한 집은 페넬로페가 십여 년 전에 감행한 가출의 완성이다. 그러나 한 가지 잊지 말아야 할 것은, 이제 새로 구한 그 집이 이전에 그녀가 떠난 집과는 전혀 다른 윤리 위에 구축된 집이어야 한다는 사실이다. 또한 그녀가 집을 구하기 전에 타인에게 주었던 상처, 무관심, 혹은 이기적 자기 탐닉과도 무관한 그런 집이어야 한다는 사실이다. 그래야 (수가 자라 스무 살이 되어 다시 나타난) 호은은 지난날의 상처로부터 벗어나 엄마와 화해할 수 있을 뿐만 아니라, 엄마가 저질렀던 오류와 실수로부터도 자유로운 온전한 '존재'가 될 수 있을 것이기 때문이다. 이 요구에 대한 전경린의 해답, 거기에 이번 작품이 전작들과 보여주는 가장 큰 차이가 존재한다. 그 차이란 '웃음'이다.

우선, 집이 마련되자 전경린의 주인공들이 웃는다. 그간 전경린의 주인공들은 자신의 정념과 존재 찾기에 지나치게 몰두한 나머지, 항상 진지했고, 고통스러워했으며, 열정적이거나, 냉소적이었다. 심할 경우 원한적이기도 했다. 그러나 『엄마의 집』의 주인공들은 그렇지가 않다. 다들 작지 않은 상처를 간직하고 있음에도 불구하고 건강하고 명랑하다. 가령 공룡 발자국 화석이 있는 남도의 바닷가 해식동굴 장면을 상기해보자.

"아빠의 특징은 다섯 가지로 요약할 수 있어요."

"다섯 가지?"

내가 되물었다. 졸음이 사라지고 정신이 번쩍 들었다. 함께 사는 사람에 대해 다섯 가지로 요약할 수 있는 논리성이 상큼했다.

"첫째 아빠 내가 무엇을 물으면 외판원처럼 정색을 하고 길게 설명하죠. 아무리 사소한 걸 물어도 온갖 걸 다 끌어내서 지리멸렬하게, 논리적으로, 길게 대답해요. 이제 텔레비전 뉴스 보다가 질문 같은 거 안 해요. 무심코 했다 하면 설명이 최소 삼십 분이죠."

엄마와 나는 갑자기 웃음보가 터졌다. 우린 정말 배를 잡고 웃어댔다.

"386이라 그래. 386!"

내가 폭소 사이로 비명을 질렀다. 386, 그건 지난 시대의 컴퓨터 용량같이 처량했다.(110~111쪽)

승지가 아빠의 나머지 특징 네 가지를 늘어놓을수록 그들의 웃음소리는 더 커진다. 돌아오는 길에 호은이 승지의 MP3에 연결된 이어폰을 자신의 귀에 하나, 엄마의 귀에 하나 꽂았음을 기억해두는 것도 좋겠다. 이 작품에서 MP3는 처음엔 타인과의 대화를 거절하는 단절의 기호였다가, 점차 소통의 기호로 변화한다.

호은이 엄마를 미스 엔이라고 부를 때도, 토끼가 냉장고 코드의 전선 외 기타 식용 불가능한 물질들을 갉아먹을 수 있음을 확인했을 때도, 아빠의 귀농 사실을 승지로부터 듣고도 호은이 그 사실을 엄마에게는 모른 척할 때도, 읽는 이의 얼굴엔 웃음이 번질 만하다. 명랑한 웃음이 아니라 그저 피식 거리는 웃음, 혹은 마음이 따뜻해져서 조용히 짓는 미소까지 더한다면 이 작품은 전경린의 작품치고는 그간의 어떤 작품보다도 명랑하고 포근하다.

물론 이들의 웃음은 엄마가 새로 구한 집이 그녀가 떠난 집과는 전혀 다른 기초 위에 세워져 있기에 가능하다. 가령 승지에게 초경이 비치던 날, 윤진의 성교육은 상상할 수 있는 가장 합리적이고 관대한 성교육이다. 딸 호은의 양성애 취향을 두고 보여준 엄마의 태도도 마찬가지다. "엄만 내가 양성애자라면 어때?"라는 딸의 질문에 엄마가 답한다. "인간은 누구나 행복을 추구할 권리가 있어. 저마다 자기 생긴 대로, 행복을 찾아야 한다구. 그게 인생인걸. 범죄가 아닌 이상, 누구도 그걸 억압해서는 안 돼.""그리고, 이성애자라는 정체성이 꼭 동성애자나 양성애자보다 덜 위험한 것도 아니야. 어차피 인생이란 숱한 기회들과 선택의 연속인걸. 난 네가 다른 사람들과 좀 다르게, 너의 방식으로 행복을 추구하고 삶의 진실들을 경험하는 것에 반대하지 않아." "가족이 이건 해라, 이건 하지 말아라 하며 족쇄를 채우고 각자 가는 길에 바짓가랑이를 붙잡아서야 되겠니. 그건 월권행위지." "더군다나 우리 같은 가족은 최선을 다해 서로 돕는 게 우선이야. 불필요한 고집을 서로에게 부리거나 무리한 요구를 해선 안 되는 거야. 좀 달라도 서로를 이해하고 자유로워질 수 있게 도와야 해."

그러나 어쩌면 어려운 길에 들어서게 될지도 모를 딸을 위해 충고의 말도 잊지 않는다. "하지만 네가 정말로 양성애자라면, 사회적 소수로서 피할 수 없는 불이익과 차별과 편견을 감당해야 한다는 점도 분명히 알아야 해. 이 세상에 대한 선택의 폭과 기회가 훨씬 더 좁아질 거야. 그게 정말로 더 행복한지, 더 치열하고 어려운 삶을 살 용기가 있는지 검증해봐야 해."(148~149쪽)

자녀의 성적 정체성에 대해 이보다 관대하고 합리적인 엄마의 모습을 상상하기는 힘들 것이다. 그것은 오랫동안 자기 자신만의 취향과 욕구를 억압당해본 적이 있는 자만이 터득할 수 있는 태도이다. 게다가 이 대화는 버지니아 울프의 『자기만의 방』의 중요한 한 가지 주제, 곧 '양성적 인간'의 테마를 지시하고 있기도 한데, 윤진이 구한 '엄마의 집'이 아빠의 논리에 기초해 지어진 집과 완전히 상이하다는 사실에 대한 좋은 예라 할 만하다. '엄마의 집'은 더 이상 젠더로서의 남성도 여성도 존재하지 않는 울프의 '자기만의 방'의 21세기 버전이다.

역으로 호은이 엄마의 애인을 대하는 태도, 엄마의 애인 최민경이 호은과 승지를 대하는 태도 역시 전통적인 가족 범주 내에서는 상상하기 힘든 전혀 새로운 윤리를 실현한다. 질투가 없지 않음에도 불구하고 딸은 엄마의 연애를 축복해주고, 엄마의 애인은 애인의 딸을 그리고 애인의 딸도 아닌 중학생 소녀를 하나의 인격체로, 그리고 진지한 대화상대로 대한다. 그것은 완전히 새로운 가족 모델이다.

그렇다면 전경린의 정착은 전혀 '이전 집으로의 귀환'을 의미하지 않는다. 그 집은 오디세우스(그는 얼마나 철저한 가부장이었던가)의 윤리에 따라 세워진 집이 아니라 페넬로페의 윤리에 따라 세워진 새로운 집이다. 그 집과 함께 페넬로페는 가출을 완성하고 정착한다. 소설 말미 호은이 레몬의 윤리를 배울 수 있었던 것도 다 이 새로운 집 덕분이다.

나는 색색의 종이배를 창문 아래로 하나씩 떨어뜨리고 두 팔을 활짝 펼쳤다. 세상을 향해 무언가를 구하는 간절한 마음과 무언가를 주고 싶은 다정한 마음이 똑같이 차올랐다. If life gives you a lemon, make lemonade! 생은 시어빠진 레몬 따위나 줄 뿐이지만, 나는 그것을 내던지지 않고 레모네이드를 만들 것이다.(279쪽)

까마ー요가의 자기폐쇄성으로부터 벗어나 사자의 사유가 아니라 어린아이의 사유, 부정이 아니라 전혀 다른 긍정이란 점에서 상처의 치유법을 찾은 페넬로페의 아들 수, 참 잘 자랐다!

원한의 종결

새로운 집과 함께 남편 오디세우스를 바라보는 페넬로페 자신의 시선도 변화한다. 90년대 중·후반의 많은 페넬로페들과 마찬가지로 전경린의 주인공들 역시 남편에 대해서는 원한적인 데가 있었다. 남편들이야 워낙에 원한의 대상이 된다고 해서 억울할 게 없는 한국사회이니, 원한 자체를 문제 삼을 것은 없다. 그러나 그 원한이 종종 '남성＝폭력·악'이라는 도식 속에서 반복되는 위험은 경계할 필요가 있었다. 아울러 전경린의 몇몇 작품들이 좋은 남자와 나쁜 남자의 이분법, 경제적 남자와 문화적 남자의 이분법, 가해자 남자와 구원자 남자의 이분법으로부터 완전히 자유롭지 못했다는 사실도 지적할 필요가 있다.

그러나 『엄마의 집』에서 전경린이 자신의 남성 주인공들에게 던지는 시선은 사뭇 다르다. 그 시선은 이제 영영 같이 살 이유는 없지만, 그렇다고 더 이상 원한의 대상은 아닌 자를 보는 듯한, 이해와 수긍의 시선이다. 가령 호은이, 『공산당 선언』은 읽었느냐고 대뜸 철 지난 선동을 시작하는 아빠를 두고, 어렸을 적 공룡(그것은 이제 사라지고 없는 영웅적인 존재라는 점에서 공산주의와 닮았다)들의 이름을 떠올리며, "황토색과 갈색이 입혀진 고무 공룡들은 작았지만 결코, 단 한 번도 정말로 작게 느껴진 적은 없었다. 그것은 가공할 크기와 시간과 괴력과 존재성을 압축한 것들 특유의 환상적 이미지와 상징성을 품고 있었다"(19쪽)라고 말할 때, 엄마와 자신 대신 다른 여자와 승지를 택한 아빠에 대한 원한은 찾기 힘들다. 호은의 시선은 이해와 연민의 시선이다. 그녀가 전경린 소설에서는 드물게 종종 사회적인 주제들을(스무 살 대학생 수준이긴 하지만) 사유하고 말하는 것도 아버지로부터 영향 받은 바 크다. 아빠에 대한 연민이 전경린의 소설에 시험적인 수준에서나마 사회적인 것들(지금 386들의 모습, 신자유주의 체제하 한국사회의 각박함 등등)을 도입했다고 할 수도 있겠다.

엄마 윤진이 남편의 옛 동지 해자 아저씨의 죽음을 진심으로 안타까워할 때, 영미네 부부의 굴하지 않는 사회봉사에 대해 존경의 마음을 전혀 감추지 않을 때, 아빠를 존경한다는 딸의 말에 "그래, 죽지 않았어. 범죄자도 되지 않았고, 주정뱅이도 아니야. 어처구니없지만 제 청춘에 변절도 하지 않았지. 저렇게 자신의 바닥을 버티며 사는 건 아무나 할 수 없는 일이야. 그거야말로 성실일지 모르지. 나도 알아. 나도 너처럼 생각해"(114쪽)라고 대꾸할 때, 그녀에게서도 남편을 향한 원한의 기미는 느껴지지 않는다. 나아가 소설 말미, 사랑이라는 개념이 지시하는 바의 부재를 깨닫고, 삶이란 사랑의 열정이 아니라 인간의 도리로 사는 것임을 깨달은 윤진은 말한다.

"우리가 사랑이라는 개념의 자를 가지고 들이대는 순간, 사랑은 없단다. 어디에도 없어. 지금이라면, 난 사랑에 억압되지도 않고 기대하지도 않고 꿈꾸지도 않고 기만당하지 않았을 거야. 내가 하는 게 무엇인지 규정하지 않고 어떤 형태로든 네 아빠와 헤어지지 않고 세상의 높은 곳과 낮은 곳을 흘러갔을 거야. 사랑이든 아니든, 사랑에 도달하지 못하든 혹은 사랑을 지나가버렸든, 사랑이라는 개념 따윈 버리고 둘이 함께 있는 것을 믿을 거야. 네 아빠와 난, 그것에 실패했어."(206~207쪽)

딸 호은이 깨달은 것도 그와 다르지 않다. "내 미움의 근원은 아빠를 아빠라는 개념의 감옥에 가두고 그 역할을 요구했기 때문에 생긴 것이었다."

남성을 향한 이와 같은 시선의 변화는 물론 전경린의 남성 인물들이 가장 반가워해야 할 시선이지만(왜냐하면 도식성을 벗어나 복합적이고 개성적인 인물이 되었으므로), 여성 주인공 자신들에게도 반가운 시선이다. 원한의 종결을 의미하기 때문이다. 니체는 '지상에서 원한에 사무친 열정보다 사람을 더 빨리 소모시키는 것은 없다'고 말한 적이 있다. 전경린의 주인공들이 그간 보여준 존재 찾기의 열정이 항상 일종의 안쓰러움을 동반했던 것도 이런 이유였을 것이다. 그것은 상처받은 자의 열정이었고, 거처 없는 자의 열정이었고, 때로는 너무 사무쳐서 주변의 타인들을 돌보지 않는 열정이었다. 그러나 우리는 이제 『엄마의 집』 말미, 잘 자란 수, 호은의 다음과 같은 독백에서, 원한으로부터 해방된, 타자에 대한 질시와는 완전히 무관한, '자발적 욕망'의 시작을 목격한다.

난 이 세상의 여러 가지 것들을 배우고 다양한 사람을 만나는 것이 즐겁다. 스와힐리어도 배우고 에스파냐어도 배우고 싶지만, 굳이 아프리카나 라틴아메리카에 가고 싶지는 않다. 물론 갈 일이 생긴다면, 뒷걸음치지는 않을 것이다. 열두 개의 별자리를 골고루 친구로 사귀고 싶고 남자와 여자를 사랑하고 아이도 낳아 키우고 싶다. 커다란 개를 키우며 도심의 강변 빌라에서 살고 싶고 커다란 감나무가 있는 시골집에 공작새를 풀어놓고 살아보고도 싶다. 싸움을 좋아하지는 않지만, 삶에 모욕당하지 않기 위해 눈에 보이지 않는 백 가지 적과 늘 싸울 각오가 되어 있다. 나는 예수와 부처에 대한 경외와 연민을 느끼고 타인에 대한 자비심에 동감도 하지만 무엇보다 나 자신이 여기 살아 있음을 기뻐하고 싶다.(275~276쪽)

"열두 개의 별자리를 골고루 친구로 사귀고 싶"어하고 "남자와 여자를" 다 사랑하고 싶고, "삶에 모욕당하지 않기 위해"서라면 백 가지 적과라도 싸울 각오가 되어 있으며, 타인에 대한 자비와 동감을 잃지 않되, 자신의 삶 그 자체를 긍정하겠다는 이 젊은 주인공, 그와 함께 90년대 중반 집을 나왔던 페넬로페의 가출 서사는 보람 있게 종결되었다. 그러나 이후로도 그녀의 가계에 대한 이야기는 계속될 터인데, 이제 '엄마의 집'에서 양육되었고, 막 그곳에서 배출된, 페넬로페의 딸이 말할 차례다.

　IMF 이후 맞이한 2000년대를 여러 관점으로 다양하게 규정할 수 있겠지만, 내 입장에서는 집을 가진 엄마들이 출현한 시대라고 생각한다. 이혼한 엄마들이든, 미망인인 엄마들이든, 혹은 처음부터 남편 없이 아이를 갖는 싱글 맘들이든, 입양아들을 가진 미혼의 엄마들이든, 엄마의 모습은 앞으로 점점 더 다양해질 것이다. 종래와 달리 엄마의 정체성을 획득하고도 동시에 처녀의식을 간직하고 사는 새로운 엄마들의 이름을 미스 엔이라고 불러보았다.

　한 여자가 집을 갖는다는 것은, 경제적이고 정신적이고 육체적이고 윤리적인 문제를 자신이 전적으로 통제하는 일이다. 인간적인 공허와 경제적 강박이 외풍처럼 넘나든다 해도,

나의 집을 가지고 누구의 간섭이나 방해도 받지 않고 온전히 자유롭게 존재하는 것은 초월적일 만큼 즐거운 일이다.

이 소설은 미스 엔 의식을 가진 윤진과 88년 이후에 태어난 새로운 세대인 씩씩한 딸 호은, 두 모녀의 이야기이다. 테마를 간략히 정리하면 386세대를 부모로 둔 현재 스무 살의 세대성과, 이혼을 하고 다시 싱글로 살아가는 엄마의 여성적 삶, 그리고 흩어진 가족들이 나누는 서걱이는 애정의 풍경이라고 할 수 있을 것이다. 조금 엉뚱한 접근은 이 현실에 보다 강하게 노크하기 위한 나의 방식일 것이다.

2005년에 구상해 조각 조각 조금씩 씌어진 이 글은 외부적으로도 유난히 많은 방해를 받았고, 내부적으로도 거센 저항들을 자주 받았다. 그때마다, 글쓰기는 오래 중단되었다. 중단된 채 한 달, 두 달이 흐르고 어느 땐 삼 개월이 훌쩍 흐르면, 다른 것을 써보기 위해 기웃대기도 했다. 글쓰기가 좀더 나와 거리를 가진 타자라면, 그것이 외부에서 독립적으로 이루어지는 작업이라면 포기하고 다른 소설을 잡았을 것이다. 그러나 글쓰기는 내 속으로 삼켜진다. 내 속으로 들어온 문장들은 어느새 나를 점거하고 육화된다. 작품이 일단 진행된 이상, 나는 자유롭지 못한 것이다.

삼켜진 문장들이 몸 밖으로 나오는 방법은 오직 한 가지뿐이다. 그것이 완성되어 나와 분리된 생명을 가지고 스스로 문을 열고 나오는 것이다. 나는 탈영한 병사처럼 다시 붙들려 작품 속으로 들어가고 다시 붙들려갔다. 공사 중인 건축물을 닮은 그 조붓하고 컴컴하고 적막한 소설의 입구로 들어갈 때마다 조금 무섭고 외로웠다. 나와 내 아이들, 그리고 이 세상에 대한 순정한 사랑을 증명하는 마음으로 끝까지 썼다. 이 기쁨을 내 아이들과 함께하고 싶다.

2007년 12월

전경린

엄마의 집

1판 1쇄 발행 2007년 12월 17일
1판 10쇄 발행 2008년   1월 15일

지은이 전경린
펴낸이 정중모
펴낸곳 도서출판 열림원
편집장 김현정
책임편집 김수진 최해경
디자인 이승욱 최혜련
제작 송정훈
영업 배한일 김경훈 정용민 박치우
관리 강정희 신지혜 김은성 정소연
등록 1980년 5월 19일(제406-2003-026호)
주소 경기도 파주시 교하읍 문발리
        출판문화정보산업단지 513-15
전화 031-955-0700
팩스 031-955-0661
홈페이지 www.yolimwon.com
이메일 editor@yolimwon.com

* 책값은 뒤표지에 있습니다.

ISBN 978-89-7063-578-1 03810